2.43 清陰高校男子バレー部

春高編①

コ

集英社文庫

2.43 清陰高校男子バレー部

春高編　①

目 次

SEIIN

SEIIN
7

2.43 清陰高校男子バレー部

春高編　①

プロローグ　星の激突

『星の激突』というやけにロマンチックな見出しで報じられることになる、夏のインターハイ、景星《けいせい》学園対箕宿《みぼし》高校戦は、後に思えば言い得て妙なもので、両コートから隕石《いんせき》をぶち込んで全力でもって砕きあうかのような激しい打ちあいになった。

箕宿のブロックの上から景星がスパイクを叩き込む。ブロックの一部が砕け散り、星の破片がネット上に光の屑《くず》を撒《ま》き散らす。抜けた、と思ったところを箕宿がフライングレシーブで繋《つな》いだ。光の屑を纏《まと》ったボールが急回転しながら体育館の天井に跳ねあがった。

箕宿の反撃となり、九メートルのコートの幅いっぱいを使って展開する御家芸《おいえげい》のコンビ攻撃が景星の守備を翻弄する。速攻《クイック》をおとりに使った、時間差！　あえて空振りしたクイッカーの陰からエース・弓掛《ゆみかけ》がふわりと空中に飛翔した。

東京の景星と福岡の箕宿、地域は離れているが、年間何十セットもの練習試合をやっている密な関係だ。互いに手の内は知り尽くしている。弓掛の速さには景星のブロッカーも慣れている。

「ふっ」という気を吐きながら弓掛の右手がボールを叩き、お返しとばかり景星のブロックの上端にヒビを入れた。激突音とともに剝《は》がれ落ちた星の破片が舞い散った。

指先に焼きちぎられるような痛みを感じながら浅野《あさの》はブロックから着地ざま振り返った。浅い角度ではじかれたボールが景星コート後方へ飛ぶ。ブロックを吹っ飛ばす弓掛のスパイクの破壊力は計算内だ。ワンタッチを想定して後方に位置取りしていた後衛がボールに飛びつく。

「直澄《なおずみ》さん！　セット頼みます！」ボールが山なりを描いて浅野のところへ返ってくる。ジャンプトスでボールを迎えた瞬間、浅野は左手をひるがえし、箕宿コートの守備がいない空間を狙って打ち込んだ。「ツー!?」箕宿側でどよめきがあがる。刹那《せつな》、前衛から取って返した弓掛が腹這《はらば》いでボールの下に手の甲を滑り込ませた。首の皮一枚、というよりまさに手の皮一枚で繋がったボールがコート外へ跳ねとんだ。「繋げぇー!!」箕宿のリベロが猛ダッシュで追い、コート内に打ち返す。相変わらずボールを落とさないことにかけて箕宿の執念ときたら、こっちにしてみれば嫌になる。

「1番！　マーク外すな、打ってくる！」

ネットの向こうを視野に入れつつ浅野は指をさして自陣に指示を飛ばした。伸ばした指先からも髪の先からも汗の粒が散った。

一瞬、ネットを挟んで弓掛と視線が絡んだ。

――おまえさえ同学年にいなかったらもうちょっと楽に優勝してるのにな。

という双方の心境が疎通した。弓掛が嬉しそうに口角を引きあげる。浅野も目を細めて小さく笑う。

箕宿コート上に高いボールがあがった。この状況からではコンビ攻撃での撹乱《かくらん》も不可能だ。助走に入るのは弓掛一人。その弓掛の前に今大会最高のチーム平均身長を誇るブロックが壁をなす。が、それがどうしたとばかりに一七五センチの弓掛が景星の一九〇センチの壁に真っ向から挑んでくる。名が体を表すとおり、引き絞った弓に矢をつがえるようなテイクバックから、身体《からだ》がくの字に折れるとともに右手が振り抜かれた。

超クロス!!　三枚ブロックの内側を削り取るような超鋭角のインナースパイクがネットとブロックの隙間を突き抜け、フロントゾーンいっぱいで跳ねあがった。

インか？　アウトか？　地球上の時間がとまったような、寸秒間の静――。

線審のフラッグがインのジャッジを示した。

箕宿コートで歓声がはじけた。控えメンバーも両手を突きあげてウォームアップエリアから飛びだしてきた。

浅野は放心気味にネットの前で立ち尽くしていた。自分の肺が繰り返す浅い呼吸と、ギアを落としていく心臓の音が外に抜けることなく身体の内にこもって反響する。フルセットに及んだ試合中、コート内の事象を捉え続けてフル回転していた感覚器官の働きが鈍くなり、視界が急に狭《せば》まっていく。決勝戦を勝ち取ったかのような歓喜にわく箕宿コートがぼやけて視界の隅に遠ざかり、その向こうに見える得点板の電光表示で焦点が結ばれた。

景星学園（東京）1－2　箕宿（福岡）
第1セット　33－35○
第2セット○32－30
第3セット　26－28○

全セットが二十五点を超えデュースにもつれこんだことを表す点数が、両チームの優勝への執念がぶつかりあったこのカードの壮絶さを物語っていた。

——が、この試合は決勝戦ではなく、センターコートの試合ですらなく、どういう組みあわせの悪戯《いたずら》か、多面コートの一面で行われた四回戦（準々決勝）の一戦にすぎなかった。

＊

『──では関東ブロックから抽選を行います。最初に東京都第一代表、景星学園』

一番に校名を呼ばれ、ライブ配信を見つめる部員たちに緊張感が走った。会議室が映る画面の中で背広姿の男が抽選箱からくじを引く。くじを受け取った係の男が画面に向かってそれを見せた。

『景星学園、Bゾーンです。続いて番号を引いてください。十一番……Bゾーンの十一番に景星学園が入ります』

「Bゾーン……!?」会議室で読みあげられる抽選結果に息を詰めていた部員一同がにわかにざわめいた。「また……?」と、呆然《ぼうぜん》とした呟《つぶや》きがあちこちで漏れた。「また箕宿と準々決勝であたるのかよ……」

十二月七日の日曜の昼過ぎ、春高《はるこう》バレーの抽選会の模様を公開するライブ配信がはじまった。部員たちが体育館の床に座り込んで自分の携帯電話や人の携帯電話の画面を覗《のぞ》き込んでいる。浅野はマネージャーの携帯を一緒に見ながら自分の携帯は左耳にあてていた。

Bゾーン十一番──左上の角から十一番目に自校の札が貼りつけられる。その十枠上、左角となるAゾーン一番は、第一シードを獲得している箕宿高校の札であらかじめ埋められている。

Aから H まで八つのゾーンがある中でのAゾーンとBゾーンだ。近いな……と浅野は溜《た》め息をついた。反対側のゾーンとまではいわずとも、あと一ゾーン離れていれば四強に残ってからの対決になったものを……まるで互いの重力に引かれあうみたいに両校の名が離れようとしても離れられない距離に配置される。

左手の携帯を握りなおし、ずっと繋がっていた通話相手に報告した。

「決まりました、広基《ひろき》さん。箕宿とまた準々決勝であたります」

淡々と、と思ったがどうしても少々強張《こわば》った声になった。

電話の向こうでも溜め息が聞こえたが、すぐにざっくばらんな調子の佐々尾《ささお》の声が返ってきた。

『ま、抽選は運だ。弓掛のガキはどっかでは倒さなきゃならないんだしな。直澄——』

二年前に卒業したOB、浅野が一年だったときの主将だ。

「はい。必ず景星を日本一にします」

『おまえのために勝てばいいんだよ』

電話口の声が柔らかくなった。浅野は否とも是とも口にせず、小さな吐息で応《こた》えた。

そのあいだにも逐次《ちくじ》発表されていく抽選結果を一年の部員が読みあげ、マネージャーがトーナメント表に書き写している。

「Aゾーン四番、鹿角山《かづのやま》が入りました」

「オーケー。Aゾーン四番、かづのやま……っと。鹿角山も運がないよなあ」

箕宿のわずか三つ下に古豪の一角である北海道の鹿角山高校が書き込まれた。今頃鹿角山も頭を抱えているだろう。

夏と秋を制覇している二冠王者・箕宿高校に序盤で挑戦することになるAゾーンが続々と埋まっていく。四国ブロックからは徳島・松風《しょうふう》高校。北信越ブロックからは福井・七符清陰《ななふせいいん》高校。

「福井……福蜂《ふくほう》工業に勝ってでてきたとこか……。ななふせいいん……」

初出場校が箕宿が待ち構えるゾーンに飛び込んだかと、同情の念が一瞬よぎって消えた。

佐々尾との電話を終えた直後、携帯が短く震えてちょうどメールが一件入ってきた。

〝直澄、抽選見た？〟

部活中に私用のメールをすることは原則ないが、監督は今日は不在だし、部員たちは発奮や同情などそれぞれのリアクションをしつつ残りの抽選を眺めている。体育館の扉からでて外で返信した。

〝見たよ。インハイと同じだな〟

〝決勝でやりたかったー。景星のくじ運が悪いせいやろ〟

もちろん冗談で言っていることはわかっている。チームの関係者が直接引いたならくじ運の悪さを呪うこともできるが、この抽選会は高体連の各ブロック代表者による責任抽選だ。

〝おれのとこまであがってくる前にまさか途中でどっかに負けんなよ、直澄〟

〝そっちこそ、シードがまさか初戦で足すくわれるなんて失態晒《さら》すなよ？〟

〝北辰《ほくしん》みたいなチームがまた突然現れたりして〟

〝それ笑い話にならないでしょ〟笑いの絵文字をつけて返信した。

軽快なテンポで続いていたやりとりがふと途切れた。

実際の会話にふいに沈黙がおりたような空白のあいだ、浅野はトーナメント表を頭に浮かべなおした。景星と箕宿のあいだに配置された全国各地の代表たち。古豪も新鋭もいる。北海道・鹿角山……徳島・松風……福井・七符清陰……。これらの中に三年前の北辰のようなチームがいる可能性だって0とは言えない。

北辰時代と呼ばれた二年間があった——長野の北辰高校が圧倒的強者として君臨していた、去年と一昨年《おととし》の二年間だ。その中核となっていた学年が卒業し、高校バレー男子の世界が大本命なしの戦国時代を迎えたと言われる今年度、夏のインターハイで悲願の日本一を摑《つか》み取ったのが福岡の箕宿だった。

三年で強制的にチーム内が総入れ替えとなるのが高校スポーツだ。三年どころか二年や一年ごとに勢力図ががらりと塗り変わる。日本一に手が届くチャンスが巡ってくるのは一瞬。そしてそのチャンスを実際に摑めるのは一校のみ。その一校になれなかった残りの者に、翌年また同じチャンスが訪れる保証はない――二年生エースとして春高準優勝まで成りあがりながら、翌年は北辰時代の一年目に吞《の》み込まれ、主将としては結果を残せないまま卒業していった佐々尾の背中を浅野は見てきた。

身長に恵まれ一年や二年時から注目される選手もいる。三年目にやっとレギュラーを摑む者もいる。三年間仲間をサポートして終わる者もいる。故障で脱落する者もいる。運も才能も環境も、決して平等に与えられてはいない。

けれど唯《ただ》一つ、これだけは平等に――「三年」という刻限つきの時計をみんなが首にぶら下げている。

〝今年も休み入ったらすぐそっち発《た》つんだよな〟

仕切り直してこちらからメールした。

〝そ。兵庫、大阪、愛知、静岡で出稽古《でげいこ》してく〟

〝またハードな……〟

箕宿は例年冬休み初日に福岡を発ち、つきあいのある大学や社会人のチームを転々として練習試合を繰り返しながら、一月初旬に東京で開幕する春高にあわせて東進してくる。

〝みやげ、ひよ子でよか？〟

〝ひよ子ってまんじゅうの？　あれって東京みやげじゃないの？〟

〝知らないし、どっちでもいいし……。どろぼー！〟

〝東京生まれ東京育ちの上から目線、感じ悪かー！　名物の一つや二つ欲しければあげるし〟

〝あはは、ごめん。別になにもいらないよ〟

憤然とした文句のメールに浅野が笑ってそう答えると、〝そっか〟という返事が返ってくるのは、もう定番になっているやりとりだ。

〝三冠、絶対獲《と》る〟

向こうから仕切り直して短い文面が届く。

〝春高では借りを返す〟

と浅野も短く返した。

それきり返信は途絶えた。たぶんあっちで練習が再開したのだろう。メールを切りあげるためのメールなんかはお互い普段からしない。どうせ一ヶ月後には大会会場で顔をあわせるのだし。

上から目線でなんて見たことないよ……。

携帯を握った手をおろして浅野は胸中で呟いた。

弓掛篤志《あつし》は浅野が中学時代からずっと尊敬しているプレーヤーだ。弓掛のように強いバレーをやろうと、ずっと思って追いかけてきた。

渡り廊下の庇《ひさし》の下から見あげる十二月の空は乾燥して晴れていた。今日の日中は気温があがり、ジャージ一枚はおっただけで外にでてきても寒さは感じないが、東京もこれから年末に向けてぐんと冬の気候になっていく。

開会式は一月五日の朝八時だ。全国各地から集結した代表チームを迎えて〝春の高校バレー〟五日間の日程が幕をあける。大会期間中は雪や雨にも見舞われず天候に恵まれることが多い。天が春高を祝福して……と言いたいところだがたぶん春高とは無関係に、浅野が物心ついてから記憶にある限り、東京の正月は晴れの日ばかりだ。

きっと今年も東京体育館の空はよく晴れて、朝方は冷え込むだろう。

第一話　ユニチカ出航！綺羅星の海へ

1. GO EAST WITH A GIRL

北陸自動車道から名神《めいしん》高速に入ってしばらく走ると、車窓を白一面に閉ざしていた雪の壁が途切れがちになり、緑や都市の景色が彩るようになった。さっき見えたのは東海道新幹線か。この先から東名《とうめい》高速に乗り入れるといよいよ東京まで一直線ですよと、少々「とう」が立ったバスガイドからマイク越しに案内があった。……「とう」が立ったと言ったのは大隈《おおくま》であって黒羽《くろば》ではない、念のため。

バスはおおむね快適かつ順調に東京を目指して走行中だが、フロントガラスの左肩に『黒羽家東京観光バスツアー御一行様』という紙が堂々と張られていることにだけは未《いま》だ釈然としない黒羽本家嫡男・黒羽祐仁《ゆに》であった。『七符清陰《ななふせいいん》高校バレー部応援団御一行様』とかにしようという発想はなかったのか。ツアーの主目的を履き違えている。

春高《はるこう》バレーの開催は五日からなのに三日から選手団と一緒に福井を発《た》ち、「せっかくだから」と正月の東京観光を楽しもうという魂胆《こんたん》である。乗車してからこのかた車内にはアルコールとつまみの匂い、おんちゃんおばちゃんたちの騒がしい談笑が絶えることなく充満している。

大型バスの乗客五十名のうち四十名を占める（さらにそのうち黒羽の縁者が過半数を占める）「応援団」に対し、「選手団」は全部で十名。揃《そろ》いのチームジャージ姿の選手が八名、顧問一名、そして、福井県代表決定戦後に加わったマネージャーが一名――。

通路を挟んだ同じ列の席に黒羽はそっと視線を送った。通路側に女子バレー部のジャージを着た背の高い女子が座っているが、窓側の席からなるべく距離を取るみたいに身体《からだ》を斜めに傾けている。その窓側の席にはパーカーのフードをすっぽりかぶって大判のマスクをした男子部員が彼女と対称をなすように反対側に身体を傾け、側頭部を窓ガラスにつけて目を閉じていた。

二年の棺野秋人《かんのあきと》と末森荊《すえもりいばら》。二人のあいだに流れる空気が、というか流れることなくバチバチとぶつかっている険悪な空気が同じ列に座る黒羽までいたたまらなくさせていた。

棺野先輩、絶対狸寝入《たぬきねい》りだ……。閉じられた睫毛《まつげ》と、末森のそれよりも色の白い瞼《まぶた》があきらかにぴくぴく震えていた。息とめてるっぽいし。死ぬぞ。

一方、そんなこんなで気が休まらない黒羽の隣の席からは規則正しい寝息が聞こえている。灰島公誓《はいじまきみちか》が棺野と同様にマスクで顔を覆い、背もたれを深めに倒してこっちはこっちで完全に熟睡していた。バス乗ってからずっと寝てるな……。移動時となると灰島のスイッチはたいていオフになっている。大会がはじまったらエネルギーの全てを試合に注ぎ込むため平常時は本能的に蓄電する仕組みになってるんじゃないかと黒羽はかなり本気で考えている。すー、すーという腹立たしいほど健やかな寝息にあわせてみぞおちの上で組んだ腕が上下し、マスクの隙間から漏れる息が銀色のフレームの眼鏡《めがね》をうっすらと曇らせる。寝息だけはいたいけな子どもみたいなくせに尊大にふんぞり返った寝姿を見ると鼻でもつまんでやりたくなる。

コーヒーカップの絵の看板の下からバスが脇道に入って減速した。

「トイレ休憩でーす。十分後に遅れずにお戻りくださーい」

バスガイドの声にツアー客たちがどやどやと席を立ちはじめた。年寄りが多いのでトイレ休憩の回数がやたらに多い。いつ東京に着くのやらとやれやれと思っていたら、じいさんたちにまじって大隈まで通路を抜けていった。

「大隈先輩、さっきも行ってませんでしたぁ?」

通路側に首を伸ばして声をかけると大隈が「うるせー。うんこじゃー」と声を投げ返してきた。「大声で公言してくようなことやないでしょ……」そわそわした様子でステップを飛びおりていく幅広の背中をあきれて見送る黒羽に後ろの席から外尾《ほかお》が言ってきた。

「あいつ今日腹の調子悪いんや。緊張で」

「え？　早ないすか？　まだ東京着いてもいませんよ」

「なあ？　黒羽ですらまだ緊張してえんのに」

「ですらって……」と黒羽は口を尖《とが》らせる。

「初心者やのに全国なんか行けることになってもたで、あいつなりにプレッシャー感じてるんや。灰島の足引っ張らんようにって」からかい笑いを含みつつも外尾の声には温かみがあった。「基本鬱陶《うっとう》しい奴なんやけど、憎めんよなあ、なんか」

大隈は高二でラグビー部から転部したという異色の経歴の持ち主だ。バレーと触れてわずか半年の初心者が全国大会に出場するなど例がないかもしれない。しかも八人しかいないチームゆえ、レギュラーのミドルブロッカーとしてコートに立ち、チームを守る柱とならねばならない。見るからに心臓に毛が生えているタイプの大隈でもプレッシャーは感じているのだ。

「なにを隠そうおれもけっこう緊張してきてる……」

外尾の隣に座る内村《うちむら》が冴《さ》えない顔色で白状した。

「大丈夫ですか？　なんか顔が土色ですけど」

「ああ。酔った……」

大隈、外尾、内村、それに棺野を入れた四人が二年の部員の全部になる。

唐突に末森が立ちあがって通路にでた。外尾が「どうした急に。末森も腹の調子悪いんけ」などという声を投げたので黒羽は「その発言、大隈先輩並みのデリカシーですよ……」と半眼《はんがん》を送り、棺野の横顔を窺《うかが》った。

棺野がほっとしたように瞼の力を抜いて薄く目をあけた。が、末森が「すみません、酔いどめってありますか？」と最前列の席で待機しているバスガイドに話しかけただけで引き返してくる気配がしたのですぐまた瞼にきつく力を入れた。

「あー末森、気ぃ利《き》く。さすがマネ」

後ろの席でぐったりしている内村が呟いた。あ、余計なひと言を……。棺野の眉間に皺《しわ》が刻まれ、狸寝入りの意味がもう微塵《みじん》もないくらい瞼が激しく痙攣《けいれん》した。


女子バレー部の末森は、黒羽の母校でもある紋代《もんしろ》町立紋代中学校の女子バレー部の出身者でもある。黒羽もまったく知らない人ではなかったが、同じく紋代中出身で同学年の棺野とはずっと一緒に練習してきた仲らしい。棺野は体質的な事情で長時間日光にあたることができないため、男子の練習が屋外コートの日は女子の体育館練習にまぜてもらうという方式を中学時代から今現在も続けている。

さて、常時三十名前後の部員に恵まれる女子バレー部と違って万年部員不足が最大の悩みである本校男子バレー部にはマネージャーもいなかった。

その男子バレー部が全国大会への切符を手にして東京に遠征するという青天の霹靂《へきれき》の事態になり、部員にしても学校にしても不慣れなことのオンパレードである。直接試合に関わることのみならず、東京遠征にまつわる様々な準備や手配が山積《さんせき》している。誰も言わなければその目がまわるような仕事のほとんど全てを副主将の青木《あおき》が裏でやってしまっていたのだろう。

「マネがいたらな……」

主将の小田《おだ》が痛切な面持ちでこぼしたのは十二月のある日だった。

「こんなこともあろうかとおれが前から女子マネ雇おっせって言ってたやろ」

なにがこんなこともあろうかとなのか知らないがそれを聞いた大隈が偉そうにふんぞり返った。

「今からうちの生徒ん中から探してもいいんでねぇんか？　全国大会の女子マネになれるなんちゅうたら、きっと一人どころか何人も手ぇ挙がって選び放題やぞ」

という大隈の楽観的な発言に棺野が冷静に意見した。

「誰でもいいってわけにもいかんと思う。バレーの知識がある程度あって、練習とか試合の流れわかってえんと、手伝ってもらうつもりが逆にお荷物になりかねんやろ。おれたちにかかって余裕ないんやで。理想言えばスコアブックもつけられたほうがいいし、来年度に向けてマネ募るんはアリやと思うけど、春高に関しては即戦力なんてそうそう……」

　自分で言っているうちになにかに思いあたったように語尾が減速し、あ、と小さな声を漏らした棺野に、我が意を得たりという顔をしたのが青木だった。

「即戦力、一人心当たりあるやろ？」

「……ちょっ、ちょっと待ってください、青木先輩」

「バレーのことはもちろんよう知ってるし、一学期の球技大会で男子手伝ってもらったで、部員以外でうちの内情を一番わかってる。もう全員と顔見知りやで、あらためて人間関係築く必要もないしな」

「ほやけど、末森さんはプレーヤーです！　今女バレで頑張ってて、新人戦でやっとベンチ入れたとこで！」

「ずっとやってもらうわけやないし、春高遠征中だけの期間限定や。ほんぐらいやったら女バレから貸してもらえるやろ」

「ほやけどっ……」

　食い下がろうにも反論を失って棺野が口をぱくつかせた。所詮《しょせん》青木に理屈で敵《かな》うわけがない。

「こんなことも、い、い、い、い、あろうかと、い、い、い」

　青木がこう言うときには十中八九、あらゆる事情を勘案したうえで手回しが済んでいるのである。大隈が適当にうそぶくのとはわけが違う。

福井県では春高バレーの県予選は二段階で進められる。まず九月に県民スポーツ祭という大会を兼ねた一次予選があり、トーナメント方式で準決勝まで行われる。そして十一月に大々的に決勝――「代表決定戦」が行われ、東京での本戦に出場する一校が決まる。福峰《ふくほう》工業高校との男子決勝で、清陰は第五セットにまで及ぶ激戦の末に代表枠を勝ち取った。

この九月の一次予選と十一月の代表戦とでは、細かいことはさておいて主催者が別になっているというのが話のミソで、代表戦に進んだチームは形式的にあらためて大会申し込み用紙を提出することになるらしい。

大会規定上、春高本戦でベンチ入りできるのは県予選の段階で申請済みの選手・スタッフに限られる。こんなこともあろうかと、代表戦の申し込み用紙に青木がマネージャーを新たに書き込んでいた。部員八名で頑張っているチームが代表戦に残ったことなど例がなかったため県のほうでも寛大な配慮がなされ、かくして、末森荊は代表戦から正式なマネージャーとして登録されていたのである。試合当日は誰もそんな暇はなかったので見ていなかったのだが、大会プログラムのチームプロフィールにもちゃんと名前が載っていた。言われて初めて部室にあったプログラムのページをめくり、マネージャーの欄が埋まっているのを確認して青木以外の部員が「あー！」と目を剝《む》いた。

女子バレー部のほうは一次予選で敗退しているので重複登録の問題もクリアされている。なにしろ自校が全国大会に出場するのだし、女子バレー部も期間限定での兼部を二つ返事で認めてくれた。

となれば最後に残った関門は一つ——本人の説得だ。

あとは頼んだぞ主将、と、外堀を周到に埋めておいて青木は自分が描いたストーリーのクライマックスを小田に託した。

「末森。頼めるか。うちはちっせぇチームや、余力はひとかけらもない。というより、圧倒的に足りんと思う。全戦力をコートに注ぎ込まんと勝ちあがることはできん。末森の力を借りたい。一緒に東京体育館に来てくれ」

プロポーズか！　と他の部員のほうが赤面せずにいられなかった台詞《せりふ》でもって小田は末森を口説き落とした。

＊

バスはSAをでて再び一路東京へと走りだしていた。東名高速に入る頃には宴会騒ぎもようやく落ち着き、後ろの席のそこここからいびきが聞こえてきた。

「いい加減にして」

と、末森の棘《とげ》のある声が耳に入った。黒羽は顔の向きを動かさないようにしつつ横目でそちらを窺った。末森も棺野も互いに突き放すように身体を傾けたきりさっきから微動だにしてないいんじゃないかというほど姿勢が変わっていない。棺野は狸寝入りを続けている。

「わたしがマネやるんが気に入らんのはわかったけど、本気で勝つ気あるんやったら、青木先輩見習って利用できるもんは利用するしかないやろ。八人しかえん《いない》のやよ？」

末森の語調が強くなる。棺野の頬の筋肉がかすかに動いた。だが意地になったように目を閉じている。返事がなくても末森が一人で続ける。

「よろこぶと思った……。ほやったら引き受けんかったのに……」

語調が弱くなり、ぽつりとした声になった。

同学年が仲裁《ちゅうさい》してくださいよという思いで黒羽は後ろの席を振り返った。しかし内村は酔いどめが効いて眠っており、外尾は「無理」と口パクで言って手でバツを作り、大隈は下腹がまた不穏な活動をはじめたらしく強張《こわば》った顔で首を振った。えぇー！　二年頼りにならない！

「まっ、まあまあ、小田先輩にあんな直球のプロポーズされたら末森先輩かって断れんですし」

愛想笑いと冷や汗を顔に貼りつけて黒羽が仕方なく取りなしに入ったときである。

「こんなことでチームの空気悪くされても迷惑ですし、だったら帰ってもらいますか?」

いつの間にか目を覚ましていた灰島が口を開いた。といっても身体を起こす気はないようで、腕組みしてふんぞり返ったままマスクだけを顎《あご》まで下げていた。

「こ、こら、なに言いだすんやっ……」

今まさに空気を壊滅させようとしてるのはおまえの発言だと黒羽は戦慄《せんりつ》して灰島を遮《さえぎ》ろうとしたが、普通のボリュームで発しただけでも通りのいい低音の声が、バスの走行音にも掻《か》き消されることなく周囲の者の耳に届いた。

「全国ベスト4に入るチームに女子のマネージャーがいるところはまずないです。相関関係が分析されてるわけじゃないんで女子マネがいないほうがいいとは断言しませんけど、女子マネがいるチームは上まで行けないとは実際に言われてるし、事実強豪はどこも男マネを置いてます」「お、おまえ黙れほんとっ、途中で負けたら末森先輩のせいみたいになるやろが……!」黒羽が飛びついて口を塞《ふさ》ぐと灰島が手の下でなにすんだよともごもご言ってもがく。さすがに狸寝入りをやめた棺野が末森と顔を並べてこっちを見た。外尾たちも後ろの席で息を詰めている。

棺野がマスクをつまんで顎まで引き下げた。生気に乏《とぼ》しい白い顔に赤みが差し、フードの下からゆらりとしたオーラが立ちのぼった。

「ベスト4残れば文句言われんのやな」

普段闘志を剝きだしにすることのない棺野が、静かな闘志に燃える声で言い返した。

「末森さんとおんなじジャージ着れるんやーとか末森さんが抱えてたタオルとか末森さんが配合したドリンクとか渡してもらえるんやーっていうモチベをきっちり結果に繫《つな》げればいいんやろ」ところが続く台詞の方向性がなにやら怪しくなり「って、あんた気に入らんで不機嫌やったんやないの!?」と末森が声をひっくり返らせた。

フードの下に闘志がしゅるんと引っ込み、いつもの陰気な口調に戻って、

「嬉しないとはひと言も言ってえんですよ……。ただ最初反対した手前、末森さんの球で百本レシーブさせてもらったりとか末森さんに背中張ってもらって活入れてもらったりとかできるんを想像してニヤけるわけにも……」

「なにそれ、キモっ」末森がドン引きすると「ええ!?」と棺野が愕然《がくぜん》とする。「正直おれらからしてもキモい……」「何気にドMやな……」それには外尾と大隈からもツッコミが入った。

傲岸不遜《ごうがんふそん》ここに極まるという面構《つらがま》えで灰島が言い放った。

「当然ベスト4残りますよ。おれはバカバカしいジンクスだと思ってますから。負けるときの原因はもちろんあるけど、別の原因があるだけです」

いつもどおり確信に満ちた頼もしい台詞である。が、自分から煽《あお》るような話題を振っ

た直後なので今ひとつ周囲に感銘を与えず、

「まあ灰島にもついでに言っとくけど、チームの空気悪くするんもチームに迷惑かけるんもまずたいがいおまえやでな」

「主将のプロポーズ一刀両断で蹴った唯一の奴もおまえやろ。なにを偉そうに」

外尾たちが急に矛先を変えて冷ややかに突っ込んだ。

「自分が一番勝つ気あるみたいな顔してるけど、代表戦のあと燃え尽き症候群っぽかったんも灰島やろ」

「ほや。結局あれはなんやったの？」

直前まで反発しあっていた棺野と末森まで意気投合して外尾たちの側につき、二年集団からやいやい言われはじめた灰島が「なんでおれが集中攻撃されるんですか」と遺憾《いかん》な顔をした。

修羅場になるかと危ぶんだ風向きがいつの間にか変わっていた。「重いんだよ。いい加減どけよ」と灰島に押しのけられて黒羽は「あれ？」と目を白黒させた。もちろんよかったんだが……肩すかしを食ったような。

前列の背もたれのてっぺんから突きだしている後頭部が軽く揺れ、九〇度だけこちらを振り返った。背もたれの上から青木の目が覗《のぞ》いた。口もとは見えなかったが小さく笑うように目が細まり、すぐにまた前を向いた。青木の隣に座る小田の頭は見えないので反応はわからなかった。

2. SECOND UNIFORM

丸半日の旅程を経て一月三日の十八時頃に東京に入った。バレー部は出場チームとして宿泊場所を斡旋《あっせん》してもらったので『黒羽家東京観光バスツアー』の御一行様とは幸いにも宿は別だ。この足でさっそくスカイツリーに上って夜景を見るとかいうツアー一行と別れてホテル入りした。

夕食後のミーティングで明日の予定が指示された。今日はもう練習はないが明日は割りあてられている練習会場に電車で移動する。夕方からは大会会場である東京体育館で開会式のリハーサルがあるそうだ。

東京のホテルで聞く、東京体育館、という単語が、砂鉄に磁石を近づけたみたいに産毛をさわさわと逆立たせた。

全体ミーティングを終えて各自の部屋に引きあげてから、すぐに二年の部屋に一年も呼びだされてまた小一時間ばかり喋《しゃべ》った。途中で末森が廊下まで声が漏れてると注意しに来たが、末森も結局そのままトークに加わった。

ちなみに清陰が斡旋してもらったのはビジネスホテルに毛が生えたくらいのランクの

ホテルだ。食堂ではそれっぽい集団は見かけなかったが他にも春高に出場する選手団が泊まっているのかもしれない。部屋は二人一組のツインルームで、顧問と末森だけ一人部屋だ。

二人組を作るときは自然な流れでだいたい黒羽と灰島がセットである。どっちのベッドで寝るか協議した結果、じゃんけんで黒羽がユニットバスと接する壁側のベッド、灰島が窓側のベッドという陣取りになった。

「なんかいいよなあ、二年。人数多いで。おれらもあと二人くらい欲しかったなー」

ベッドの上で壁に向かって逆立ちした体勢で黒羽はしゃがれた声で言った。子どもの頃のほうがもっと軽々と逆立ちしていたはずだが、今の体格でこれで喋るのは思いのほか苦しい。

多いと言っても四人だが、それでも小さなチームの半数を占める学年だ。長門《ながと》たちが残ってくれてたらな……と途中退部した同期のことを思いだしてしまい、胸苦しさがわずかに増した。

「ん。二年は地味だけど、地盤だよ」

くつろいだスウェット姿で自分のベッドに仰向《あおむ》けになった灰島がぼそっとした声で答えた。眼鏡は外してヘッドボードの上に置かれている。裸眼で〇・〇一であるらしい灰島は眼鏡なりコンタクトなりで視力矯正《きょうせい》していないときは声が小さくなるような気がする。灰島の実に二百倍の視力を誇る黒羽には実感としてはわからないが、見える範囲が極端に狭くなるから、声を届けようと意識する範囲も狭くなったりするのだろうか。

「地味とかはっきりディスんなや、おまえはまた……」

相変わらずの言葉の使いようにあきれつつ黒羽はばたっと身体を横に投げだした。マットレスに受けとめられてはずんだ勢いで上半身を起こすと頭に昇った血が一気に引いて視界がちかちかした。

「ディスってねぇよ。地盤がないと跳べないだろ」

当たり前のことを当たり前に口にするように。灰島が寝返りを打ってヘッドボードに手を伸ばす。手探りで眼鏡を脇によけ、その下にたたんで載っていた二着のユニフォームを摑《つか》んだ。

全体ミーティングで小田から配布された新しいユニフォームだ。新しいというのは半分は正確ではない。十一月の代表戦後に全員のぶんを一度回収してあったものが各自に返却されたのだが、その際黒羽、灰島、大隈にとっては〝新しい〟ユニフォームも一緒に渡されたのだった。

予選から代表戦までを戦った、黒地にブルーのラインが入ったファーストユニと逆の配色の、明るいブルーの地に黒のラインが入ったユニフォーム。

「あ。外尾先輩のと同じやつや」

受け取ったユニフォームを広げるなり黒羽が言うと外尾が「ふふん。欲しかったやろ?」と鼻を高くした。外尾が務めるリベロというポジションは後衛のみに入ってレシーブの要《かなめ》を担う専門職だ。それ以外のポジションのプレーヤーと区別するため違う色のユニフォームを着るルールになっている。「県内の試合では着ることなかったけど、おれも黒のほうも一応持ってたんやぞ。おまえらがセカンドユニ着るときはおれがそっち着るってわけや」

背番号は代表戦までと変わらず黒羽が7番、灰島が8番。色違いの二着を灰島とそれぞれ一着ずつ目の前に広げ、互いのユニフォームに交互に見入っていると、灰島の瞳がある一箇所に据えられた。

「……福井……」

口の中で嚙《か》み締めるように呟《つぶや》いた灰島の視線の先をなぞってから、黒羽も自分が掲げたユニフォームの同じ箇所を見た。

左の袖口。どちらのユニフォームにも同じ銀色の糸で、灰島が口にしたその二文字の漢字が細身の楷書体で刺繡《ししゅう》されていた。黒い袖にも青い袖にも、月の光が細く射《さ》すかのようにその色が映えていた。

「ほーいえば福蜂のユニには入ってたような。これ入れるためにいっぺん集められたんですね」

「ああ。今まで福蜂の他に入れてるチームはなかったかもな」

一年生二人の反応に小田が満足げな笑みをたたえて頷《うなず》いた。

福井県王者の象徴とすら言えた、福蜂工業の深い赤のユニフォーム。主将・三村統《みむらすばる》のその左袖で燦然《さんぜん》と輝いていた『福井』の二文字を黒羽は思いだした。福蜂一強と言われた時代、長らく福蜂工業ただ一校が県を背負って全国に挑み続けていた。

胸の『SEIIN』と、左袖の『福井』——これまで福蜂が背負ってきたものも引き継いで、背負うものが二つになったのだ。

灰島が寝転んだままユニフォームを枕もとに引き寄せた。手探りでシャツの形を確かめるようにして、左袖にたどり着く。わずかに盛りあがっている刺繍の文字を指の腹で一画一画なぞる。プリントではなく刺繍であることが灰島にとっては意味があるのだと、その仕草に黒羽ははっとした。たとえばボールのへそや縫い目やディンプルや、板張り体育館の床の継ぎ目や、そういうわずかな〝感触〟が、たぶん黒羽にとってのそれの何百倍も灰島にとって多くの情報を与えるのと同じように。

「……来てよかった」

小さな声が白い枕カバーの上にこぼれた。

東京の春高にという話では、ない。——福井に、って言った。

福井に来てよかった。そう言った。

「勝とうぜ、黒羽。あと五日、みんなでバレーやろう」

あと五日——それは途中で負けることなく最終日の決勝まで行くことを意味している。

枕の上で細い瞳をこちらにずらし、そう言って薄く笑ったときの灰島は、もう福井を顧《かえり》みてはいなかった。揺るぎない意志と明確な指向性を持った声が、街々の灯《あか》りが夜どおし消えることなくまたたく東京の夜景を越え、東京体育館の屋根を貫く光景が黒羽の脳裏に見えた。

*

明るい光が漏れる自動販売機コーナーから照明が抑えられたロビーのほうをふと見ると、玄関先の観葉植物が独りでに移動したのかと思うようなひょろりとした人影がソファに座っていた。

「……青木先輩。どうしたんですか？」

黒羽が近づいていくと、膝の上でノートになにか書き込んでいた青木が顔をあげた。バレーのノートか、それとも勉強のノートだろうか。

「おまえこそどしたんや」

「なんか寝れんくなってもて。部屋の冷蔵庫高いんで」と今買ったペットボトルを掲げてみせた。

「はよ寝ろや。睡眠不足で体調不良なんかなったらシメるぞ」さらっと脅された。「間違っても風邪なんかひくなや。東京の空気は乾燥してるでエアコン弱めて布団かぶって寝ろ。マスクして寝れるんやったらそうしろ。ノロやらインフルやらもし誰かもらってきたら……」

黒羽がちょっと閉口して突っ立っていると、つるつると並べ立てていた青木がつと言葉を切り、

「……こういう宿やと他の部屋の様子わからんのは都合悪いな。合宿所みたいな雑魚寝《ざこね》のほうがなんだかんだ全員の顔見えるで都合いいわ。やかましいけどな」

と、目を逸《そ》らして取り繕うような舌打ちをした。

堅牢《けんろう》な鉄筋のホテルでは部屋にこもってしまうと他の部屋がいつ寝たのかもわからない。初戦に向けてミーティングで盛りあがったみんなのテンションがぷつりと分断されたような気になっていたので、黒羽も同じ意見だった。

「集団感染以前の話やな。一人でも欠けたら、うちはそこで詰みや」

黒羽は真面目な顔で「はい」と答え、ひっそりと頰をゆるめた。

「灰島は？」

「もう寝ました。ユニフォーム抱いて」

「はい？」青木の口からは聞き慣れない素《す》っ頓狂《とんきょう》な声を聞いた。

「どんだけ春高はじまるんが楽しみなんやって感じですよ」

ユニフォームと一緒に布団に潜り込んでほどなく寝入ってしまった灰島の、にやにや笑いが浮かんだ寝顔を思いだして黒羽は溜《た》め息をつく。一八〇センチ超の高校生が翌朝のサンタのプレゼントが待ちきれない小学生と同レベルだ。

へえ、と青木が意外そうな相づちを打った。「ほーいう物質的な象徴を大事にするタイプやないと思ってたけどな、あいつ」

「おれもそう思ってました」

黒羽にしても意外だった。けれど思えば福井に転校してきた頃の灰島は銘誠《めいせい》学園のスクールバッグを手放さずに持っていた。そういうところがある奴だった。

母方の祖父母が住む紋代町に灰島が越してきたのはちょうど二年前だ。東京の私立中学のバレー部でのトラブルがきっかけで不登校になり、幼少時代に暮らした福井に帰ってきたのだった。

灰島本人は他人どころか自分の心の機微にすら疎《うと》いような奴だから自覚してないんじゃないかと思う。けれど、小さい頃に母親を亡くして、父親と二人で福井から東京に移り、今度は一人きりで福井に戻ってきて、そういう境遇をたどってきた灰島は、〝帰属する場所〟を心のどこかでずっと探してたんじゃないか……。なまじ才能の塊だったからまわりから浮かざるをえず、バレーボールの神様に愛された代償にコミュニケーションの神様にそっぽを向かれるというなんかもう呪いみたいな業《ごう》を背負って、いつもひとりぼっちでいた奴が。

「福井に来てよかったって、あいつさっき言ったんです……」

「そらよかったな。小田にも聞かしたれや。泣いてまうぞ」

にやりとして青木が視線をあげたが、黒羽の顔を見て不思議そうに笑みを消した。数秒、次の言葉を待つように黙って黒羽の目を見つめてきたが、

「……なんか相談あるんやったらおれが聞いてもいいけど、小田のほうがいいんと違うか。なにが気になってるんか知らんけど、灰島のことやったらおれより小田の担当や」

灰島のことは手に余ると思っているのか、単に必要以上に灰島と関わる気がないのか、青木は深入りしてこなかった。黒羽は若干拍子抜けして「あ……はい」と答えた。

「小田やったら軽く走りいってるぞ。そろそろ戻ってくる頃やと思うけどな」

「こんな時間にですか？　帰り道わからんくならんですかね」

「駅も近いし携帯のGPSあるでそうそう迷子にはならんやろ。東京の夜なんて福井の夜より安全かもしれんぞ。福井で夜現在位置見失ったら本気で山とか川で遭難するでな」

などと淡泊に突き放しつつなんでわざわざ一階のロビーにいるのかと思ったら……なるほど。黒羽はテーブルに置かれている青木の携帯をちらりと見てから玄関のガラス扉に目を移した。街道に面したホテルなのでガラス扉の向こうを車のライトがひっきりなしに行き交っている。夜十一時なんて福井はゴーストタウンと化している時間だが東京ではまだ宵《よい》の口だ。

「全体ミーティング終わってから三年ハブって集まるようなマネしやがって」

「あ、すんません……別に三年ハブったわけやないと思いますけど」

「一、二年だけでもいつの間にかまとまるようになってくもんやな」

膝の上のノートに再び目を落とし、そう言った青木の声に温かな情のようなものが滲《にじ》んだ。すぐにいつもの韜晦《とうかい》した調子に戻り、

「おれとしては心安らかに卒業できるわ。ま、小田は嬉しさ半分寂しさ半分ってとこみたいやったけどな」

「青木先輩たちの代も、最初はもうちょっと部員いたんですよね」

「ああ、おれと小田入れて四人入ったっけな。今年の新入部員より多かったことになるか。六月で一人やめて、あと一人は一年の終わりくらいに小田と喧嘩《けんか》してやめた」

「小田先輩とですか？」

灰島ではあるまいし、小田にもそういうところがあったのかと黒羽は驚いて訊《き》き返し

た。

「小田かって別に一年ときから主将らしかったわけやない。当たり前やけど。リーダーシップ買われて主将になったってわけでもないし、人がえんでなりゆきでっていうんがほんとのとこやしな。小田なりに失敗も試行錯誤もしてきて今があるだけや。やっといい主将になった頃には卒業で、大学なり行ったらまた一年からやりなおしっちゅうんもなんか虚《むな》しいシステムやな」

皮肉げに青木は笑ったが、その失敗や試行錯誤や、その上に積み重ねてきた努力を小田のそばで三年間ずっと見てきた青木だからこそ、今笑って言えることなのだろうと思った。

「お喋りが過ぎたな」

それが会話の終了の合図だった。青木はもう手もとのノートから顔をあげようとしなかった。もう行けという空気を感じ取り、開栓し損ねたペットボトルを手に持ったまま黒羽はおやすみなさいと言ってロビーを離れた。


自分が卒業したあとの小田の一番の心掛かりは、やはり灰島なのだろう。灰島を引っ張り込んだのはなんといっても小田の熱意だった。小田がいなかったら灰島は清陰でバレー部に入っていなかった。

薄衣《うすぎぬ》一枚すら歯に着せられない灰島の物言いはチームの空気を幾《いく》たびも冷え込ませてきた。でも今日のバスでの一場面のように、今のチームではもうみんなを引かせるのではなく、みんなから容赦なくツッコミが入る。小田がいなくても灰島がちゃんと受け入れられるチームになったのだ。

エレベーターが上のほうの階にいたので階段で客室がある四階まで上った。四階に着いたとき、エレベーターホールでちょうどランプが点灯した。

音もなく扉があき、着物姿の不気味な人影がゆらりと滑りでてきた。

「……って、せ、先生……。びっくりさせんでください……。落ち武者かと思った……」

心臓をどきどきさせつつ黒羽が声をかけると「んんー？　おぁー」といういややっぱり落ち武者の呻《うめ》き声じゃないのかという効果音が返ってきた。

木魚そっくりのいびつな形状の薄ら禿《は》げ頭にタオルをひっかけ、耳なし芳一《ほういち》が如《ごと》くホテルの名前が細かくプリントされた浴衣を痩軀《そうく》にまとった我が部の顧問だ。これが落ち武者に見えなくてなんに見える。

こう見えてこのじいさんは学生バレー界の名伯楽《めいはくらく》と呼ばれていたというので世の中わからない。

「今風呂やったんですか」

部屋のユニットバスとは別に上の階に大浴場があるそうなので黒羽たちも期待して行ってみたのだが、想像したような〝大〟浴場ではなかった。黒羽んちの風呂の三分の一じゃんと灰島が言っていた。

顧問が木の洞《うろ》みたいな唇の両端を歪《ゆが》め、黄ばんだすきっ歯を覗かせた。

「仲良《なかよ》しとるけの？」

「はあ、まあ」仲良くしてないと取り憑《つ》かれそうなので黒羽は顔を引きつらせて肯定しておく。

実際チームの雰囲気は今までの試合前で一番いいと言える。灰島がなにも摩擦を引き起こしていないということに黒羽も今までになくストレスフリーである。

なのに、湿った風でざわざわと草がそよぐような、漠然とした不安感が拭《ぬぐ》えないでいる。いやいや灰島が安寧《あんねい》としてると逆に不安とか、我ながらどれだけ灰島のトラブル体質に慣らされたんだか。平和でなによりだ、うん。

「んー。ほうけほうけ」

洞の中で木の実が転がるような空虚な音を身体のどこからかさせて（どこからでてる音なんだ……怖い）顧問が頷き、部屋のほうへとゆらゆら歩きだした。

「先生っ」

薄暗がりに部屋のドアが並ぶ廊下の先へと消えていく妖怪の後ろ姿を黒羽はとっさに

呼びとめた。

「灰島って、鮫《さめ》みたいなもんやと思うんです……。満足して泳ぐのやめたら、そこで死んでまうんやないんか、なんて気ぃして……」

「ほお？」と顧問が興味を示した。かくりと首を倒すとまたカラコロという音がした。

「……やっぱ、なんでもないです。変なこと言ってすんません。おやすみなさい」

3. FANFARE

ピピピピ、ピピピピピ、ピピ……グァッグァッグァッグァッ……

一月五日、午前五時二十分。出所の違う二種類のアラームがわずかな時差で鳴りだした。小田伸一郎《しんいちろう》は枕もとの携帯電話のアラームが鳴らしているアヒル声を先にとめ、上半身を伸ばしてヘッドボードに備えつけのデジタル時計のアラームをとめた。

んん、とベッドの上で背中を伸ばす。緊張と興奮で眠れないのではないかと危惧《きぐ》していたが、思ったより熟睡できた。身体も軽い。

分厚い遮光カーテンを閉ざした部屋はまだ暗く、フットライトの小さな灯りが二台のベッドのあいだの床を照らしている。エアコンは切って寝たが気密性の高いホテルの室温は凍えるほどどには下がっていなかった。しゃっきり目を覚ますのにちょうどいい。

「青木。目覚まし鳴ったぞ」

隣のベッドに声をかけると、

「さっむ……。あと五分寝かしてくれ……」

と青木がしわがれた声で呻いてホテル仕様の重い毛布の中で身じろいだ。これまたホテル仕様の重厚なベッドの下端まで足が届いているのがベッドカバーの膨らみから見て取れる。小田との身長差三十センチ。

「下も一緒に雑魚寝んときは朝ゴネたりせんのになあ、おまえ」

昨夜《ゆうべ》小田が寝入ったときには青木はまだ電気をつけていたが、ちゃんと寝られたのだろうか。

……お疲れさん。と、今日からはじまるのに今言うことではないがねぎらいの言葉を口の中で呟いた。

「ぎりぎりあと十五分は大丈夫やろ。起こしたるわ」

小田自身は軽快にベッドを降りながら言うと「あー。助かる」と青木が毛布を引きあげた。「雑魚寝のほうが都合いいって黒羽には言ったけど、そーでもないな……」と、こもった声が聞こえた。

＊

東京体育館——東京都渋谷区《しぶや》、千駄ケ谷《せんだがや》駅から徒歩一分の立地にある。〝春の高校バレー〟の愛称の由来であった三月開催から一月開催に期を移し、主な開催地も代々木《よよぎ》競技場第一体育館からこの東京体育館へと移って以降、春高の新たな聖地として定着しつつある。

改札を抜けると予想外の景色が道の向こうに広がっていた。

昨日のリハーサルでは選手の姿しか見られなかった体育館前の広場に観客が押し寄せていた。開会式の一時間も前だというのに長蛇《ちょうだ》の列が何ブロックも形成され、最後のブロックの最後尾ともなると朝霧《あさぎり》の先に霞《かす》んでいる。「横四列になってくださーい」とスタッフジャンパーを着た人間が声を張りあげて行列の整理に勤《いそ》しんでいる。

出場校の応援団が持ち込んだ色とりどりののぼりが空を突き刺すように林立している。まさしく天下分け目の大合戦に馳《は》せ参じた全国諸大名の軍勢が掲げる旗印の如しの光景だ。

「これみんな春高の観客なんか……！」

東京の電車はほぼ五分間隔で到着する。清陰が立ち尽くしているあいだにも続々と人が増えていく。

防寒着の襟に顎を埋め、真冬の朝の冷気に足踏みをして開場を待ちながらも、誰もがわくわくした顔で一緒に並んだ仲間となにか話していた。耳を澄ませばきっと春高の話、バレーの話ばかりなのだろう。

「なんか……バレーって人気あったんやなあ」

しみじみと呟いた黒羽を「なに言ってんだ今さら」と灰島が睨《にら》んで曰く、

「FIVB（国際バレーボール連盟）の加盟数は他の競技の国際競技連盟の中でトップなんだぜ」

「おえー。世界トップってまじけや！」

「別に驚くことじゃないだろ。だってバレーは世界一面白いんだから」

その口ぶりは別段感慨深げでも誇らしげでもなく——そのかわり、いっさいの疑問も迷いも引け目もない。単に揺るがぬ確信しかない。

「よう晴れたな」

と小田は人々の頭上を仰いで目を細めた。

空気が乾燥し、気温が下がった朝になった。東京の空には地平線も山々の稜線《りょうせん》もないかわり、ビル群が低空を凸凹《でこぼこ》に切り取っている。ビル群の谷間にうっすらと残る朝焼けがまだ薄い空の色と融《と》けあい、オレンジとサックスブルーのグラデーションを成した帯をかけている。広場に鎮座する巨大なバボちゃんのバルーンが白手袋をはめた両手をその空に向かって掲げていた。

朝のニュースによれば東京の今朝の気温は0℃。じくじくと執拗《しつよう》に精神を蝕《むしば》んでくるような福井の寒さに比べたら、東京の寒さには打ちのめされるような絶望感はない。

「選手入場口から入ります。パス配るんで一人ずつ提げてください」

紐《ひも》がついたIDの束を掲げた末森が一般入場口とは別の入り口を指し示した。ベンチコートやジャージ姿の選手団がそれぞれのカラーの塊を作って続々と入場していく。清陰高校の小さな塊もその最後尾に向かった。


開会式の入場を前に、メインアリーナのバックヤードは全国四十七都道府県から送り込まれた男女代表、三枠持っている東京や二枠持っている大阪、神奈川、北海道を入れれば全一〇四チームの選手たちで溢《あふ》れ返っていた。前大会の優勝旗を先頭に、北海道から順に各県代表の男女チームが並んで入場する。福井県を含む北信越地区は全体の中ほどになるので、一階下ったサブアリーナのフロアで待たされることになった。

清陰と並んで待機しているのは当然ながら福井県女子代表チームになる。男子は福蜂工業高校が過去七年間連続出場していたのに比べると女子は入れ替わりが激しいが、この三年間は県内では数少ない私立校である鷺南《さぎなみ》学園が出場権を勝ち取っている。

「隣が統やないって初めてやで、変な感じやのー。とにかくがんばろっさ。鷺南《うち》の応援団、清陰も応援するって言ってたよ」

自分よりも背が高い鷺南女子の主将を見あげて「どうも。心強いです」と小田がしかつめらしく答えると「なんで敬語ぉ？　堅いのぉー。統とぜんぜんちゃうなー」と笑われた。

前方の待機列がざわざわと進みだした。

「行くぞ」

小田はプラカードの柄《え》を握りなおし、青木以下後ろに続く七人の仲間に号令をかけた。待ち時間は長かったのに動きだすと早かった。前のチームと間隔をあけないよう小走りになって階段を上る。メインアリーナのフロアに上ると溌剌《はつらつ》としたテンポの行進曲が聞こえてきた。心臓に響く吹奏楽の生演奏に否応《いやおう》なく鼓動が同期する。

先行するチームがアーチ型にくりぬかれたハリボテのゲートをくぐっていく。ゲートの向こうで聞こえる拍手の数がスタンド席をいっぱいに満たす観客の存在を伝えてくる。小田はプラカードをしっかりと高く掲げた。

『福井・七符清陰』——今、このプラカードを全国の舞台で掲げるときが来た。顎を上向けて自らが掲げたプラカードを見あげる。背筋が自然と伸び、誇らかに胸が反る。

ゲートをくぐった途端、わんっと割れるような拍手が身体を包み、上下感覚を見失うような浮遊感に一瞬囚《とら》われた。

——空に飛びだしたのかと思った。

いつも見慣れた体育館の天井も床もない。広大な空間があった。頭上を仰ぐと宙に組まれた梁《はり》にきらめく満月に似た丸い照明が並び、足の下にはスカイブルーのシートが地平の彼方《かなた》まで広がっている。踏みだしたら空に嵌《は》まり込みそうに錯覚し、つい足がとまった。鷺南女子の主将が急かすような目配《せ》せをして追い越していったのですぐに小走りで横に並んだ。

『福井県代表、男子・七符清陰高校！　女子・鷺南学園！』

会場アナウンスが高らかに校名を読みあげた。

空の上に描かれたオレンジ色の四つのコートが続々と入場するチームによって埋まっていく。カラフルなユニフォームが一〇四列の縞模様《しまもよう》を編みあげ、全チームの整列が完了した。吹奏楽が演奏をやめ、拍手に包まれていたスタンド席も一度静まり返る。

『開会宣言。大会委員長——』

背広姿の大柄な男が正面の演壇《えんだん》に立った。楽器をおろしていた吹奏楽隊がすっと顔をあげ、各自の楽器を口もとへ持っていく。

出場チームの選手だけが今日この会場のアリーナにいる高校生ではない。式典の吹奏楽隊を務める都立高校の吹奏楽部員、場内アナウンスを担当する同じく放送部員、そして開催地東京の各高校のバレー部から数多くの学生スタッフがこの晴れ舞台の成功のために集められている。高校バレー部員にとって春高は至高の舞台だが、スタッフとして春高に参加することはもう一つの名誉であり憧《あこが》れだ。仮に小田が東京の高校生で、その機会があったとしたら、冬休み返上であろうが勇んで駆りだされていただろう。

大会委員長の開会宣言を受け、ファンファーレが盛大に響いた。静粛《せいしゅく》だったスタンドから拍手のウェーブが起こった。

『続きまして優勝旗の返還です』

前年度優勝校の主将が金色の房《ふさ》で縁取られた優勝旗を掲げて進みでた。

前年度男子優勝校、長野県の北辰《ほくしん》高校。三大全国大会（夏の高校総体《インターハイ》、秋の国体、冬の春高）において過去二年間、六大会連続優勝を遂げた絶対王者だ。しかし今年度、その北辰はインターハイで初戦敗退。去年までの凄《すご》みを完全に失った。

北辰にかわって今年度のインターハイと国体を制し、今大会も優勝候補の筆頭とされているのが、福岡県代表・箕宿《みぼし》高校。九州勢がいる端のほうに小田はそっと顔を向けた。

しかしここからそのチームのユニフォームは視界に入らなかった。

その箕宿とインターハイで準々決勝、国体では決勝で激突し、いずれもフルセットまで競《せ》る激戦を演じて惜しくも敗れている相手校が——。

『続きまして、選手宣誓』

というアナウンスに「はい」と清涼な声があがり、清陰よりも中央寄りの列の先頭にいた選手が機敏に進みでた。

濃いグレーをベースにしたユニフォームがマイクの前に立った。青木と同じくらいだろう、かなりの長身だ。高校生バレーボーラーは総じて細身だが、似たり寄ったりの体型の二千人もの選手が列を成す前に立っても頭身が高く見える。肘下と膝下がすらりと長いせいだ。あれで同学年かと短躯《たんく》の小田はどうしても少々のコンプレックスを抱《いだ》かされる。

長い右腕がすっとあがった。

「宣誓」

発せられた中低音域の声が、一瞬にして広い会場に静謐《せいひつ》な沈黙をもたらした。

「我々選手一同は、支えてくださった地域の方々、家族への感謝を忘れず――」

優等生的な文言に来賓《らいひん》やスタンドの保護者が聞き入る。気負いすぎた裏声でも、緊張に掠れた声でもなく、細い体軀が発するその喋りは堂々としている。かといってたとえば福蜂の三村統のような、輝かしいカリスマ性でもって会場を魅了するような感じでもない。するりと鼓膜に染み入る、聞き取りやすいテンポの声だ。

「――一月五日、東京都男子第一代表・景星《けいせい》学園高等学校主将、浅野直澄《あさのなおずみ》」

透明感のあるその名が似合う澄んだ波紋が会場の端まで届き、静かに消えるまでの余韻をおいて、吹奏楽隊が割れんばかりのファンファーレを吹き鳴らした。

一礼してきびすを返すとき、演壇の後ろに立てられた、今しがた返還されたばかりの優勝旗にふとその視線が向けられた。優等生的な雰囲気の線の細い顔に、憎悪と紙一重のような、その雰囲気に似合わずなにか不透明な表情が閃《ひらめ》いたのが印象に残った。

景星学園は三年前の春高の準優勝校だ。

4. OFFICIAL "2.43"

春高は予選グループ戦なしの全トーナメント戦だ。一日目はシード校および抽選でシード枠に入ったチームを除いた四十校が一回戦を行い、二十校が消える。シード校も現れる二日目の二回戦でさらに十六校が消える。序盤の二日間で七割がコートを去るというシビアな戦いだ。

全国ベスト16に残れば強豪の部類だろう。しかしその強豪たちが、三日目、〝試練のダブルヘッダー〟と呼ばれる三回戦、四回戦（準々決勝）の連戦で一気に四校に絞られる。連戦を勝ち抜くチームとしての体力が試される三日目。どのチームもこの三日目を大きな壁として臨《のぞ》んでくる。

今年の日程ではここで二日間の休息日が挟まる。だいたいの学校は八日から授業がはじまるため前半戦で敗退したチームはここで帰ることになる。そして週末の一月十日、十一日が後半戦となる準決勝と決勝――いよいよセンターコート、そして五セットマッチの戦いになる。

一日目はメインアリーナにAコートからDコート、サブアリーナにEコートが設営され、全五面をフル回転して一回戦が進行する。第一試合の開始が十時十五分。三日目まではセットマッチなので、ストレート（二セット）で終わった場合で練習時間込みで一試合一時間と計算しても、最後の第八試合の終了が十八時をまわる。もつれる試合があれば進行はもっとずれ込んでいく。

清陰の一回戦はBコート第三試合に決まっていた。第二試合がストレートで終わる気配が濃厚になり、防球フェンスの外ですでに待機している。これから戦う相手チームもそう遠くないところに集まっているのが見えた。

一回戦の相手は徳島県の松風《しょうふう》高校。ここ数年の徳島は県立の二強による代表枠の取りあいになっていたが、松風はその脇から抜けだして今年のインターハイで全国大会初出場を果たし、続いて春高にも初出場を決めた。部員数は最大登録数の十八名に満たない十二名。

「うちとどっこいどっこいのこぢんまりしたチームが他にもあったんやなあ」

ボール籠の下でヤンキー座りした大隈が相手校にガンをつけるような視線を送って言った。でかい態度のわりに言っていることはどうにも小物だ。

「うちとあそこくらいですよね。選手名簿の下のほうの欄埋まってえんのって」

同じ座り方をした黒羽がそれを受けて言う。

「徳島ってよう知らんけど、島やろ」

「四国ですよ。小学校で白地図埋めたでしょ。それ言ってもたら福井のほうが知名度低いんでないですかね」

「田舎《いなか》のくせに女子マネはかわいいな。ちまっとしてて二つ結びで」

「大隈先輩って二つ結びがタイプなんですか」

「女子マネっちゅうたらやっぱああいう子やげなあ」

「ほーゆうこと言ってると末森先輩にチクりますよ……」

「なんか言った？」

と、頭の上から降ってきたドスの利いた声にでかい図体《ずうたい》をした二人がぎくりとした。

女子バレー部のジャージをはためかせてバックヤードの扉から駆け戻ってきた末森が二人の後ろで仁王立ちしていた。「うっ、末森先輩」と黒羽が首を竦《すく》め、「ほ、ほやほや、おれ今のうちに便所行ってくる」と大隈がそそくさと腰をあげた。「またですか？　もうすぐ第二試合終わりますすよ」「小便が近いんじゃ、小便がー」

まったく、このヤンキー兄弟は……。無駄話が絶えない大隈と、なんだかんだでそれにつきあう黒羽に小田が眉をひそめていると、「言わしといたれや。ああやって緊張乗り越えようとしてるんやで、あの蚤《のみ》の心臓コンビは」と青木になだめられた。

「まあうち以外にも田舎もんがいると気ぃ楽なるんはたしかやな」

溜め息まじりに呟いた青木のポーカーフェイスを小田は振り仰いだ。青木にもそういう引け目があったのかと、すこし驚いた。

「小田先輩、エントリー用紙提出しときました。ついでにスタンド上ってCコートのカメラの設置確認してきました。試合はじまったら録画スタートしてカメラ見といてもらえるように保護者の人に頼んであります。あと三階にみんなのぶんのお弁当置いてきました」

「ああ、ご苦労さん。ひっで助かるわ」

二階席の手すり際で三脚にビデオカメラを据えている末森の姿がさっき見えていた。隣のCコート第三試合の勝者と明日の二回戦であたるのだ。ベンチ外におけるこういう仕事はベンチメンバーに入らなかった部員が担うのが普通なのだろうが、清陰にその余力はない。

館内は空調が効いているが暖かいというほどではない。しかし末森の額には汗が光っていた。三階から一階までこの広い会場を走りまわってきたのだろう。

「バナナとゼリーあるんで今お腹《なか》減ってる人いたら補給しといてください」

末森が他の部員にてきぱきと言い渡したところで「ん？　灰島は？」ときょろきょろすると、黒羽が顔をあげて答えた。

「あっ灰島も便所です。コンタクト入れに行ったんやと。あいつ試合直前にならんとコンタクト入れられんので……って、噂《うわさ》をすれば」

黒羽が振り向いた方向から二本の手が現れ、ボール籠の縁を掴んだ。両手の親指、人差し指、中指の爪から第二関節までを几帳面《きちょうめん》に覆った白いテーピング。左肘にサポーター。そして眼鏡からコンタクトに装備を替えてきた灰島が籠を押して防球フェンス際まで寄ってきた。

「第二セットで終わりますね」

このまま籠を勢いよく転がして突入せんばかりの目つきでまだ試合が終わっていないコートを見据える。コンタクトとテーピングと一緒にスイッチを完全に入れてきた顔だ。濃いか薄いかでいえば薄い造作の顔立ちは眼鏡を外すとより淡泊になるのだが、体内から発せられる凄みが容姿の淡泊さを補って余りある。集中力が周囲一帯の空気をも吸い寄せ、灰島のまわりだけ気圧が下がって小さな雷を放出しているかのように、そばにいると皮膚にパリパリした刺激すら感じる。やっぱりすごいな、こいつは……と思わざるをえない。集中力のレベルが桁違《けたちが》いだ。

前の試合が第二セットで終了した。安堵《あんど》と失意の二色に分かれた二チームが礼を終えて引きあげ準備にかかる。第三試合のコートインが近づく。松風も防球フェンスの手前にでてきて小刻みに足踏みやジャンプをして待っている。

「大隈は？　まだか？」

「今戻ってきました！」

歩いて戻ってきた大隈が「終わったぞ！」と内村たちに呼ばれて慌てて駆け足になった。コートイン直前、にわかに慌ただしくなる。「これで全員……待て、肝心の先生が……」「ほいほい。いるぞい」痩《や》せた身体にジャージをはおった顧問が黄泉《よみ》の国の扉からひょっこり戻ってきたみたいにチームの端っこに立っていた。今度こそ全員揃ったかと思ったところで、気づいたことがもう一つ。

「末森、ジャージはどうした？」

末森が「あ」と両手で自分のジャージに触れた。「着替えてきますっ」バッグを担いで壁際に走っていき——といっても目隠しがあるわけではないので十分に人目につく場所でジャージのファスナーを勢いよくおろし、躊躇《ちゅうちょ》なくズボンまで脱ぎはじめたので「ここでか!?」男子部員一同に動揺が走った。幸いにもというか当然というかTシャツと短パンは身につけていたが、平均的な女子より何割か長く、平均的な女子より何割か筋肉質の脚が露《あら》わになった。棺野が突然大隈の顔面にタオルを叩きつけ、合流したばかりの大隈が「なんも言ってえんぞ!?」とのけぞった。

末森がバッグから引っ張りだした別のジャージのズボンに脚を通す。末森のために新しく注文した、まだぱりっとしたたたみ痕《あと》がついた上着を頭上に大きくひるがえし、伸ばした腕に袖を通した。

「さあ。行きましょう」

と引き締まった顔で戻ってきた末森が、男子部員一同の目に晒《さら》されていることに気づいて「な、なんやの」と頰を赤らめた。

快晴の冬空を思わせる清陰高校男子バレー部のブルーのジャージが、ショートヘアの凜々《りり》しい容姿によく似合っていた。

黒地にブルーのラインのファーストユニの七人と、セカンドユニの外尾、チームジャージに身を包んだマネージャーと顧問。頼もしい〝チーム〟の顔ぶれを見渡して小田は大きく頷いた。第二試合のチームと入れ違いに我先にと気炎をあげて飛びだしていった松風に続き、

「行くぞ！」

十名の仲間がシューズをキュッと鳴らし、めいめいが提げた荷物を揺らして防球フェンスを越えた。

「でてきたぞー！　せーいんー！」

半ば野次みたいな声援とともにメガホンを手すりに打ちつける音が降ってきた。二階スタンドの清陰側応援席に一昨日《おととい》のバスで一緒に上京した『黒羽家東京観光バスツアー』の人々が駆けつけていた。深夜バスで今朝方着いたのだろう保護者らの姿も増えているようだ。黒羽の家であつらえたのか、清陰のジャージと色をあわせたウインドブレーカーがスタンドを鮮やかなブルーに染めている。その後ろの二列ほどには鷺南学園女子の応援団も力を貸しに来てくれていた。

福井から全校あげて応援に駆りだすわけにもいかないので清陰生は基本的にいない。ツアー参加者に部員の家族らを足して五十名程度だ。何百人にもなる応援団を組織してくる学校とは比べるべくもない——だがはるばる福井から駆けつけてくれたことを思えば五十人はありがたすぎる数だ。文句などありようがない。

アップをはじめるのもそこそこに、小田は吸い寄せられるようにネットに近づいた。ネットの下に立ち、右手を頭上にまっすぐ伸ばす。自分の指がかかる位置から、張られたネットの高さがほぼ正確に小田にはわかる。顎を持ちあげて中指の爪の先をまじまじと見つめた。

夢ではない……本当に、二メートル四十三で張られてる……。

福井県内の大会では高校男子のネットの高さは二メートル四十センチだ。二メートル四十三センチは一般男子と同じ高さ——国際大会やVリーグと同じ高さであり、そして高校男子の全国大会の高さだ。

ついに本物の、正真正銘の、公式の、〝2．43〟の前に立った。自己満足に過ぎないのではないかと、幾度も自分の中で頭をもたげる疑念をそのたびに振り払って、学校の体育館に非公式の二メートル四十三センチを張り続けてきた。三センチの差を、〝公式〟にするために。

青木が隣に立つ気配がした。

「来たな。伸《しん》」

「……ああ」ネットを見あげたまま答えた声が震えた。「武者震いやぞ」

「わかってるって」

いつもなら冷やかす青木が今日は笑いはしなかった。

青木の頭のてっぺんからちょうど五十センチ。小田の頭のてっぺんからちょうど八十センチ。弛《たる》みなくぴんと張られた白帯《はくたい》にコートを照らす照明が映り、一閃《いっせん》の白光が疾《はし》った。

「よし……」つと視線を落とし、「よしっ……、よぉし!!」

腰だめに拳を握り、腹の底から声がわいてくるままに叫んだ。ネットの向こう側でウォーミングアップのブロックジャンプをはじめた松風の選手たちにぎょっとされたがかまいはしなかった。

青木に向きなおって右手を差しだす。照れ臭そうにちょっとためらったが青木も右手を差しだしてくれた。小田はそれに自分の右手をばちんと強くぶつけてから、「痛《い》てーって」と苦笑いして手を引こうとする青木の手を引き寄せ、固く握りしめた。

5. KALEIDOSCOPE

「サーブからや。灰島から行くぞ」

アップ時間中に小田がコイントスに呼ばれ、仲間のもとに戻って結果を伝えた。

微塵もプレッシャーを感じていない顔で灰島が「了解です」と頷いた。灰島がサーブとなるローテーションは清陰の鉄板のスターティング・ラインアップだ。春高の初戦をまずは心強いローテで滑りだせる。

交代で三分間ずつコートを使って公式練習を行ったのち、両チームいったんベンチに引きあげる。学生コートアシスタントが務めるモッパーが丁寧にモップをかける。ぴたりとモップを横に並べたモッパーが足並みを揃えてコート内を余さず往復する様はテレビで放映される国際大会ではおなじみの様式美だ。吹奏楽隊が盛りあげる開会式の壮観な光景以上に、スタンドを埋め尽くす観客の拍手と歓声以上に、小田の中で一番リアルに想像できていた、春高の景色こそがそれだった。自分たちがこれからプレーするコートが目の前でぴかぴかと磨きあげられていく。

ベンチに根っこを生やしている顧問を除き、九人が輪になった。ボール打ちをやってくれた末森も含め、適度に温まった九人の息遣いで輪の内側の温度があがる。一番小柄な小田の顔に熱のこもった空気が触れる。灰島だけはちょっと例外として、全員が多かれ少なかれ緊張した面持ちで主将からの言葉を待っている。

一回戦を前にしてなにを言えばいいのか、組みあわせが決まってからずっと考えていた。インターハイ王者と同じゾーンに入ったことには正直頭を抱えた。しかも箕宿だけではない。鹿角山《かづのやま》や景星……二回戦以降、上位候補とあたり続けるのは避けられない組みあわせだ。どこまで行けるのか——自分自身がどこまで行くつもりで仲間を鼓舞すればいいのか？　自分が半信半疑のままでは仲間を引っ張ってはいけないだろう。

だから自分が信じたことだけを言おうと腹をくってきた。どうせもともと嘘《うそ》はつけない性分だ。

「今はとりあえず、故障者も体調不良も一人もださんと全員で初戦を迎えられたことにほっとしてる」

話しだしてみると案外落ち着いた声がでた。緊張で竦む気持ちと、昂揚《こうよう》で前のめりになる気持ち、胸の内でばらついていたテンションが今の段になって自然と中和され、適度なテンションに落ち着いていく。

なにをおいても最初に言いたかったことだ。この舞台を掴み取った全員で、一人も欠くことなく、今日ここに立てますように——元日にチームみんなで行った初詣《はつもうで》で小田は唯一そのことを願った。試合の結果は願わなかった。自分たちの力で掴み取るしかないものだから。

「灰島、黒羽。二人がえんかったらうちはこんなとこまで来れるチームやなかった。これは事実や」

一年生の二人がそれぞれの表情で反応した。そんなことないですという顔と、そのとおりですという顔。

「ほやけどこの二人がいれば他は誰でもよかったんでもないな？　この八人やで、ここへ来れた」

「そうですっ」「そうですよ」と、勢いに差はあるが今度は二人が即座に同じことを言った。黒羽は上へのフォローと謙遜《けんそん》として。灰島は単に事実を確認しただけという口調で。

——〝おれ一人が上手くたってしょうがないじゃないですか〞

想像の斜め上をぶっ飛んでいくような傲慢《ごうまん》な台詞でもって最初の勧誘を灰島に突っぱねられた四月のある日も、今となっては懐かしくすらある。

「春高に楽な相手なんてえんとは思ってたけど、ほれにしたってかなり……予想以上にひっで厳しい組みあわせになった。この大会、戦い抜くには、灰島でも黒羽でもない――二年が鍵やと思てる。棺野。外尾。内村。大隈。頼りにしてるぞ」

二年生の四人の顔に軽い驚きが走った。一拍おいて、誇りと自負がじわりと彼らの顔に滲んだ。

内村は小さくまとまってはいるが、レシーブ、スパイク、トス、ブロック、どれも大きな欠点がなく、能力も性格もバランスがいい。自分は凡庸《ぼんよう》だからこれくらいだと思っているのが欠点といえば欠点か。チームによって立場ががらりと変わるタイプだ。スター選手がいないチームなら必要十分なリーダーシップを発揮するし、個性的なメンバーが多ければ埋もれる。そういうタイプは部活に限らず学校の中にたくさんいるのではないか。

外尾は内村に比べたらけっこうマイペースだ。リベロはそのポジションと守備能力にプライドを持っているものだ。灰島のようにセッターなのに守備もリベロより上手いような一年が入ってきたら焦ったり腐ったりしても仕方ないところだが、外尾にそういう意味でのマイナスの感情は見られない。人は人、自分は自分という割り切りを自然とやっている。内村とはまた別の角度で今どきよくいるタイプかもしれない。

大隈はなにかと粗野な大声で茶々を入れるので、入部した頃は灰島とは違う意味でバレー部の雰囲気から浮いていた。それでも憎めないキャラクターなのは、性根のところが繊細《せんさい》で優しく、まわりを盛りあげようという気働きをしているからだ。自分に自信がないせいで盛りあげ役にまわるのがいつの間にか板につき、そういうポジションとして自分を確立していったのではないか。

棺野は見た目に反して実は二年の中で一番負けん気が強い。人より自分ができないことがあるとむっとして、陰で黙々と努力し、涼しい顔でレベルアップしてくる。一年の最初の頃は内村や外尾と技術も体格もほぼ横並びだったが、棺野が頭一つ抜きんでて伸びたのはそんな性格ゆえだ。

四者四様。中学や高校に、きっとどのタイプの生徒もいるのではないか。どこにでもいるかもしれないようなこいつらが、こうして全国大会の主役になる日が来るなんて本人たちは入学当初は想像もしていなかっただろう。

どこにでもいる、どんな生徒たちにも可能性があるのだと今は思える。そんな視点を持ったのも、主将を任されて、部員たちの能力や人柄を極力公平に評価しなければならない立場になって、一人一人と真剣に向きあってきたからだろう。

「灰島、黒羽。一年二人はブレーキ気にせんとおおいに暴れろ。おまえら二人にとっては、ここがすべての始まりや」

黒羽が目をみはる。灰島が目を細める。それから二人とも頼もしい顔になり、「はい」と引き締まった声が揃った。

「今日からの四戦突破して、センターコートを目指す」

自分が信じたことだけを言おう。

このチームはこの組みあわせの中を勝ち抜いていけると、小田は信じている。

「傍《はた》からは一回戦突破が目標の初出場チームやなんて思われてるんかもしれん。そんな下馬評《げばひょう》をおれは覆《くつがえ》してやりたい。そのために目の前の一戦、しっかり取るぞ。初戦落ち着いて、自信持ってこう。なんも萎縮《いしゅく》する必要はない。堂々としたゲームしよう」

各々の胸の内でばらばらに上下していたテンションが小田と同じ高さで揃いはじめた。チーム全員の緊張感と昂揚感が〝ちょうどいい〟テンションを保ってアイドリングをはじめる。

公式審判員の制服を着た主審・副審が記録席の前に並んだ。主審が腕時計に何度か目を落とす。試合開始がいよいよ迫る。

「ほしたら初戦の円陣の掛け声は、末森、頼む」

「わたしですか？」

突然名前をだされた末森が目を丸くした。最初はためらう顔を見せたが、「末森さん。気合い入るのを一発お願いします」と棺野に促されると、頷いて輪の中央に右手の甲を差しだした。

……あ、そっちか。と戸惑った空気が流れた。末森もすぐに気づいたようで慌てて手を引っ込めようとしたが、棺野がすぐさま自分の右手をその上に伸ばした。この中では末森と棺野の二人しか慣れ親しんでいない、女子部の円陣のやり方だ。

「ホバークラフトけや」とかいう茶々を入れて大隈が三番目に厳《いか》つい幅広の手をだし、微妙に浮いている一番目と二番目の手を上から押しつけた。四番目に内村。五番目に外尾。二年五人が手を重ねると次は一年という流れになり、黒羽が灰島に目配せをする。

三本の指をテーピングで固めた灰島の手が六番目に乗った。その灰島の手の甲をぱちんと小気味よく叩いて七番目に黒羽が手を重ねた。

八番目に青木の長細い手が重ねられる。最後に小田が八人全員の手をしっかりと摑むようなつもりで右手を重ねた。

身長のわりには大きい、突き指の繰り返しで五指の関節が出っ張った手は、自分のこれまでのバレー人生の象徴だ。

九つの手がぴたりとくっついた層をなす。円の周囲から中心へと伸ばされた九本の腕が万華鏡のような模様を描いた。

「どこにも負けてえんよ。うちの選手は、どのチームよりもみんなかっこいい。相手がどこやろが田舎もんやとか気にせんと、堂々と戦ってくればいい」

女子からの激励というには厳めしい声色で末森が言う。そういう末森が一番男前に見えたりもするが、男子部員が視線を交わしてくすぐったそうに小さく笑う。空気がじわじわと温まる。

「田舎者がどうとかなんてもともと気にするようなことですか？　だいたいのとこが田舎者じゃないですか」

ところが一人だけ特に感じ入った顔もせず灰島が横やりを入れた。せっかくマネージャーがいいこと言ってるのにと他の部員の顔が引きつった。

「選手も応援も、今日の館内で聞こえてくる会話なんかどっかの方言ばっかりですよ」

「東京と福井のハーフやでって偉そーに……」

と文句をつける大隈を一瞥《いちべつ》し、全員に向かって灰島が言い放った。

「だから〝全国大会〟なんでしょう。ここが全国です」

その瞬間、徐々に温まっていた空気が突きあげられたように急上昇した。心臓から脳天までびりびりした感触が貫いた。

「よっしゃ、全国の度肝抜いてやれや！」

末森の雄々《おお》しい喝に応《こた》えて「行くぞ!!」と八人の声が厚く重なった。

審判から整列の号令がかかり円陣が解散した。末森が小田にプラカードを渡す。コートエンドに横一列に並んだ七人のメンバーの右端に小田がついてプラカードを足の前に立てた。

清陰の整列は背番号順だ。小田の胸の〝1〟についた下線がキャプテンマークを示している。

1　小田伸一郎　3年　163cm　ウイングスパイカー（レフト）
2　青木　操《みさお》　3年　193cm　ミドルブロッカー
3　内村直泰《なおやす》　2年　175cm
4　棺野秋人　2年　181cm　ウイングスパイカー（ライト）
5　外尾一馬《かずま》　2年　170cm　リベロ
7　黒羽祐仁　1年　186cm　ウイングスパイカー（レフト）
8　灰島公誓　1年　183cm　セッター
10　大隈優介《ゆうすけ》　2年　187cm　ミドルブロッカー

ちなみに一年二人は夏の計測時から二センチずつ身長が伸びた。これにより清陰のスタメン平均身長は一八二センチ。全国上位勢と比べても見劣りはしない。

傍から見れば今年彗星《すいせい》の如く現れたチームだ。勢いに乗るまま順風満帆でここまで駆けあがってきたように見えるのかもしれない。だが自分たちからしてみれば、春から一つずつトラブルをクリアして、一人ずつと関係を結んで、一歩ずつチームになっていって、ようやくここに漕《こ》ぎ着けたのだ。

「いい演説やったぞ」

左隣に立つ青木が小声で言った。決まりの悪さをごまかして小田は鼻の頭をこすった。

「おまえにはなんもなくてすまんかったな。ひと言じゃとてもまとめられんかったで」

「いらんわ別に、こんなとこで」

目の端に見える肩がそう言って軽く笑った。学年があがるごとに背番号は繰りあがっていったが、数字はずっと並んでいたから、三年間、ずっと左隣にこの頼れる相棒の右肩が見えていた。

「……マネ、もっとはよ探しとけばよかったな。すまん……」

ぽつりと言うと、隣の肩が笑いを収めてわずかにこちらを向いた。

「一番マネが必要やったんはおまえやったんにな……」

事務能力が高い青木がマネージャーがやるような雑務までいつも顔色ひとつ変えずにやってしまうので、いつからかそれを当たり前にしてしまっていた。しかし三年の年末年始というこの時期に、国立大学受験と全国大会出場などというそもそも無茶な二足のわらじを履いている青木がチームの裏方の仕事まで抱え込むのはいくらなんでも負担が過ぎる。ここへ来てぽろり、ぽろりと弱音とも取れることを聞くような気がしたのは、さしもの青木にすら生じはじめていた綻《ほころ》びだったのだろう。

「おまえとはあとでゆっくり話すわ。全部終わってから」

三年間で自分は成長できたのだろうか——もともと自分は自己愛が強い人間だったと思う。人の力を伸ばしたり、ときには黙って見守ったり、ときには厳しい態度で導いたり——苦悩しながらもチームを守ろうと夢中で試行錯誤しているうちに、自分以外のまわりの人間を、自分と同等、あるいはそれ以上に大切に思えるようになった。

立場に成長させてもらった。仮に夢叶《かな》わず、この舞台に来ることができないまま終わっていたとしても、主将をやらせてもらってよかったと、今は思っている。

ピーッ！

「お願いしまーっす！」

ホイッスルの合図とともに両チームから溌剌とした声があがった。

清陰高校男子バレー部の〝春の高校バレー〟、いよいよ初戦。灰島と黒羽にとっての始まりであると同時に、自分と青木にとっては最後の五日間がはじまった。

6. SAILING

灰島にいつもの〝ルーチン〟をやってもらいそびれたことを黒羽は試合開始直前に思いだした。やばいかな、と不安がよぎったものの、最初のサーバーである灰島はもうサービスゾーンに下がっていた。

サーブを打つ後衛《バック》ライトにセッターの灰島がいるローテーションを「S1」と呼ぶ。そこからサーブ順となる反時計まわりに前衛《フロント》ライトが青木、前衛センターが黒羽、前衛レフトが棺野、後衛レフトが大隈、後衛センターが小田というのが清陰のスターティング・ラインアップだ（ただし大隈は後衛のあいだはリベロの外尾と代わっている）。ウイングスパイカーの黒羽と小田、ミドルブロッカーの青木と大隈がそれぞれ「対角」を組み、セッター対角が棺野。後衛にいる三人はブロックに跳ぶこと、フロントゾーンで踏み切ってスパイクすることができない（バックアタックしか打てない）。

黒羽が担う、「レフト」とも呼ばれるウイングスパイカーが高校バレーにおけるエースポジションだ。もっとも多くトスがあがり、もっとも多くスパイクを打つ。棺野が務めるライト側のウイングスパイカーに左利きのエースを置くチームもある。ミドルブロッカーはその名のとおりネット前の真ん中で構えてブロックの核となり、攻撃においてはコンビ攻撃の鍵となるクイッカーを担う。

「さっこぉい！」「一本カットー！」

松風コートから元気のいい声があがる。スコアブックを膝に置いてベンチに座っている二つ結びの女子マネージャーからも「一本カットぉー！」と明るい声援が送られる。春高初出場校どうしの一回戦。メディアの注目も薄く、報道エリアにも両校の地元の記者が一人二人いるだけだ。

フレッシュな雰囲気で第一セットのホイッスルが鳴った。初日で初戦だ。どんなチームにも硬さはある。調子をあげながらの第一セットになるところ——。

ギャンッと、ネット上すれすれをドリフトで滑ってまた加速したようにすら見える、だいぶおかしなエンジンを積んだ灰島のスパイクサーブが松風コートのエンドライン上に突き刺さった。腰を落としてライン上に目を凝らしていた線審二人が同時にフラッグの先を床に向け、インのジャッジを示した。

松風コートからさすがに一瞬声が消えた。

清陰1－0松風。レシーブ側が高確率で最初の一点を取るのがバレーボールだが、サーブ側の清陰が先に一点目をあげた。

「初出場の全国大会の初戦の初っ端でエンド際にサービスエース突っ込む一年、ぜんぜんフレッシュ感ねぇ……」

清陰コート内ではあきれ気味の笑いが交わされた。

バレーボールでは得点した側が次のサーブ権を得る。サイドアウト（サーブ権の移動）まではローテーションもまわらないため、灰島のサーブがまだ続く。

灰島のサーブ二本目。自陣の広さは九×九メートルの正方形だから、あくまで単純計算で一人あたま三×四・五メートルの面積を守るわけだ。しかし時速一一〇キロメートル超――サービスゾーンから〇・六秒やそこらで到達する男子のスパイクサーブに反応することを考えたら、この面積を守るプレッシャーは半端ではない。

レシーブしたというよりはぶつけられたという感じだが、松風コート上にボールがあがった。しかしセッターには返らず、二段トス（セッターが大きく動かされたり、セッター以外の選手があげざるをえないトス）が前衛レフトの選手に託される。

前衛レフトは松風の二年生エースだ。清陰のブロックはストレート側に棺野、真ん中に青木を挟んでクロス側に黒羽。全国強豪校と遜色《そんしょく》ない高さが前衛に揃ったローテだ。さらに灰島、小田、外尾というディグ（スパイクレシーブ）のいい三人が後衛を固めている。守りは二重だ。抜かれても後ろがいる。その信頼感が余裕を生み、お手本のような三枚ブロックの壁を形成する。

相手エースの渾身《こんしん》のスパイクを叩き落とした。黒羽の手にはあたらなかったが「いいぞユニー！」と応援団がわいた。仕留めたのは棺野のようだ。「っし！」と棺野には珍しく気を吐いて拳を握るのが見えた。

清陰2－0松風。ブロックポイントによる連続得点で清陰がさらに勢いづき、灰島の連続三本目のサーブへ。

「また入ったぁ！」

両応援団からあがった声は片方は歓声、片方は悲鳴だ。松風にまともなレセプション（サーブレシーブ）をまだ一度も許さない。かろうじてあがっただけのレセプションからまた二段トスが松風の二年生エースに託される。清陰のブロックもまた三枚。

松風のエースの喉《のど》から唸《うな》るような声が聞こえた。これで切れろ！――という執念と、これで切ってくれという味方の祈りが注ぎ込まれたスパイクがブロックを掠って跳ねとんだ。

「ワンチ《ワンタッチ》、ケア！」

着地ざま青木が後衛に怒鳴る。コート後方を守っていた小田がボールに飛びついて繋いだ。「灰島、頼む！」ボールの下に走り込んだ灰島がキキュッとワンレッグで方向転換する。くるくると回転するボールが灰島が頭上で構えた両手に収まり、ピッと離れた直後には、別のボールにすり替わったかのように無回転の球質に変わる。

足の下で小気味よい摩擦音を聞きながら黒羽は大きく助走を取ってコートを走り抜け、膝を沈めて踏み込んだ。初めてプレーするタラフレックスシートのコートは板張りの床よりグリップ感がいい。シューズの底がしっかりと床を摑む感覚。下半身のバネに急速にエネルギーが充塡され、百パーセントに達した瞬間、一気にバネが解放されて空中へと跳ねあがる。

ネットの向こうで松風の前衛も三枚ブロックを揃えてきた。さっきの松風の攻撃を清陰側に反転させたような状況だ。さっそくエース勝負ってことなら——！

ひと張りの弓となって空中でテイクバックが完成した瞬間、うわ、と心の中で思わず声をあげた。

天井が高い。広い。打点の目測が狂って視界が一瞬ぐるんとまわった。

だが、寸分の狂いなく視界に飛び込んできたトスがぴたりと感覚を修正した。いつもの打点。完璧なタイミング。体育館が変わったところでその精度と信頼度になんら変わりはない。

ズドンと打ちおろしたスパイクが松風のブロックの上を完全に抜けた。三枚ブロックの一枚を形成する二年生エースが身をひねって振り向いたときには、彼が守るコートをボールが穿って跳ねあがった。

清陰３－０松風。「いいぞ、いいぞ、ユーニ！」「かっこいいぞー！　よっ、さすがエース！」調子づいた歓声で応援団がわき返った。

「よし、黒羽。いい調子やな」

小田が真っ先に駆け寄ってきた。

「いつも追い込まれるまで覚醒せんスロースターターやのになあ」

「これはこれで黒羽っぽくなくて不安なるな」

「褒めるんやったらひねくれた褒め方せんと全面的に褒めてくださいよ」

小田以外に軽口で迎えられて余裕で言い返してから、調子に乗るなと灰島に釘《くぎ》を刺されるんじゃないかとついビクついて窺ってしまう。しかし灰島はこっちに一つ頷いただけだった。文句もないが褒め言葉もなく、当然だとでもいう顔で四度《よたび》サービスゾーンへ戻っていった。ルーチンのことはまた言いだしそびれた。

背中から心臓の裏側に拳を押し込んでもらう、あの仕草。灰島の拳が緊張を吸い取り、かわりに灰島の中で無尽蔵に滾《たぎ》る闘志を注入されるような。灰島にとっては試合前の会話のついでというだけの些細《ささい》な仕草なのだろうが、黒羽にとってはいつしか、度胸を決めて試合に集中するためのルーチンになっていた。でも幸い今日はやってもらわなくても大丈夫そうだ。

強い……よな？

気をゆるめないようにと自戒しつつ、それでも手応《てごた》えを感じた。まだ一回戦だ。強豪はここから先に控えているとはいえ、自分たちは十分、いや十二分に全国大会で通用する。清陰は、強い。

灰島、連続四本目のサーブだ。

「おれにサーブまわす気ねぇんかあいつは」

次のローテでサーブがまわってくる青木が冗談めかしてぼやいた刹那《せつな》、その青木の後頭部めがけてサーブが突っ込んできた。「うお!?」紙一重で青木が頭を下げて直撃を免れた。ネット上すれすれを狙ったサーブがネットにかかり――どころか、サッカーのゴールかという勢いでネットを深く抉《えぐ》った。

四本目はサーブミス。清陰３－１松風。

灰島が歩いてコートに戻ってきた。「おまえなー……」「失礼しました」ごく軽い仕草で手刀を切って謝罪する灰島に「走って謝りにこいや……」と青木は忌々《いまいま》しげである。

「ＯＫ。上々の滑りだしや。灰島、サーブミスは気にすんな」

小田が灰島をねぎらった。フォローなんかしなくても灰島はミスった人間が浮かべて然《しか》るべき顔なんてもともとまったくしていなかったが。

灰島のサーブなんて味方ですらできることなら取りたくない。あんな鬼サーブを序盤に連続で叩き込まれたら、調子をあげていこうなんていう段階で精神力を一気に底辺まで削り取られる。灰島に最初にサーブ順をまわすことにはこういう意味があるのだ。

開始直後の四連続サーブで完全に流れを捕まえた清陰が、その後も松風を寄せつけず危なげなくストレートで初戦を突破した。

男子一回戦　清陰（福井）２－０　松風（徳島）
第１セット○25－15
第２セット○25－17

ただ、五つのコートをフル回転させて入れ替わり立ち替わり行われている一日目の男女全四十試合の中では、この試合はやはり特別注目されるものではなかった。

＊

試合後、灰島を引っ張ってユニフォーム姿のまま二人で二階応援席に行った。下で整列して応援席に挨拶《あいさつ》したとき、地元応援団の端っこで長身の女性が拍手を送っているのが見えたのだ。

柏木《かしわぎ》三波《みなみ》先生。灰島が東京の小学校に通っていたときのバレーボールクラブのコーチだ。「いいよ別に……」と素っ気ない態度を取るわりには灰島も強くは抵抗しないでついてきた。わかりやすい奴である。

見知らぬ男が三波先生と一緒にいた。背広が似合いそうなシンプルな黒いコートを着て、実用性重視といった感じの眼鏡をかけた中背瘦軀《ちゅうぜいそうく》の男だ。誰だろうと首をかしげてから黒羽ははっとして灰島を振り向いた。

似てるんだよ。親父——以前灰島が言っていたのをすぐに思いだした。「来るって言ってたから」灰島は最初から知っていたようだった。

黒羽家うんぬんツアーでこれから行く初戦祝勝会に二人とも誘われたとかで、その場ではごく手短な話しかできなかった。どうでもいいけど中華料理だそうだ。ここぞとばかり東京で金をばらまいてるな……とはいえこの遠征のために寄附もたらふくしてくれたので文句も言えない。

「柏木先生に解説してもらいながら見たら、セッターがなにをやってるのか初めてよくわかったよ。面白かった。明日も頑張れよ」

「うん」

灰島父子が交わした会話はそれで全部だったが、

「親父すげぇ喋ったな」と二人と別れてから灰島が言った（あれで……？）。「楽しかったみたいだ。中学のときは試合見に来てもよくわかんねぇ顔してたのに」

と愚痴っぽく言う灰島は楽しくなさそうだった。「ははあ」と黒羽はピンと来て、

「親父に嫉妬《しっと》せんでも」

「はあ？　誰が」

ぶん殴るぞって目つきで睨まれた。こういう灰島の反応は面白いのでついもっとからかいたくなる。

「今日サーブミス三本もあったもんなー。普段やらんのに。柏木先生にいいとこ見せようとして力んだんでねぇんか」

「プレスかけるサーブが結果的にミスになるのはいいんだよ。おまえは今日第一セットでも第二セットでも一本ミスったあと日和《ひよ》って入れとけサーブ打ちやがって。相手に点くれてやってるのと同じだからな。明日以降あんなサーブ打ったらシメる」

藪蛇《やぶへび》になった。バレーの話で怒られると今のところやはり勝ち目がない。「わーったって。はよ弁当食いに戻ろっせ」と話を逸らして灰島を急かしたとき、三階席に上る階段の下に帰り支度をした松風チームが集まっているのが見えた。

「……あ。あっちから行ったほうが近道やぞ」

気にしたふうもなくその前を通る気でいる灰島を引っ張って別の階段へルートを変えた。

負かしたチームに負い目を感じることもないのだが、髪の毛を二つ結びにした女子マネが泣いていたから、なんとなく。あの二年生エースが自らも涙の痕が残る目をしつつ、あえておどけて「泣かんといてよー。なあ?」と笑って女子マネの頭を撫《な》でていた。試合に勝ってなにかに負けたような気もする。

きっと彼は学校では人気者なんだろうなと思った。都道府県の代表としてこうして全国大会にやってきたチームの多くが一日目であえなく消えていく。しかしどのチームのエースもみんな、地元ではきらきらしたスターで英雄なのだろう。

「おれ便所寄ってコンタクト外してくる」

「難儀な奴やなあ……。先みんなのとこ行ってるでなー」

灰島と興醒《きょうざ》めな別れ方をし、黒羽一人で上り坂になった通路を歩きだした。

お椀型の会場内の一番外周の壁に沿ってぐるりと設けられた三階通路は、四分の一周ごとにゆるやかな上りと下りを繰り返している。チームのみんなは南側スタンドの中ほどの座席で昼食がてら休憩しているはずだ。

一日目はサブアリーナも試合に使われていて控え室がないため、メインアリーナの三階通路に出場チームの荷物置き場が設けられている。壁際になにやら長くて平たい荷物が置いてあるのに目を向けながら通り過ぎた。バスタオルを縦に二枚繋げて丁寧に目隠しされている。裏返しになったシューズの先が一方の端から覗いていたので、選手のシューズを並べているのかと思ったが……。

人の形、だよなあ？

寝てるんだろうか。しかしこっちが足だとして、頭はどこなんだと疑問が浮かんだ。シューズが覗いている一方の端から反対側の端までバスタオル二枚分、優に二メートル以上ある。歩調をゆるめて横を通り過ぎたところで、マジックのタネを覗きたいような好奇心に負けて立ちどまった。

「あのー……」

頭と思われる側の端にしゃがみ、念のため声をかけつつバスタオルをついてみた。

途端、バスタオルが跳ねあがって下で寝ていた人物が飛び起きたので黒羽は「わっ、すんません」と尻もちをついた。

バスタオルを片方の肩に引っかけた男が驚いた顔でこちらを見た。片膝をついた体勢でも覆いかぶさられるくらいにでかい。床についた手がまず人よりひとまわりでかい。ビリジアンというのか、濃いグリーンのジャージも使っている布の面積が広そうだ。

ジャージの胸に入ったチーム名を黒羽が読み取ったとき、相手の視線も黒羽のユニフォームの左袖に縫い取られた『福井』の文字を読み取った。

「鹿角山……」

「福井の……清陰……？」

明日の二回戦であたることが先ほど決まったばかりの敵どうしが、お互いどういう態度を取っていいかわからない顔で五秒くらい見つめあった。

「えーと……。なにか用？」

困惑したように相手のほうから言った。意外にも穏やかな印象の、ごろごろする低い声だ。物陰でうずくまっていたヌーとかそういう草食の大型動物が天敵に見つかって体当たりで反撃しようとしたら小動物がビビって勝手にひっくり返ったので逆に驚いた、みたいな。

「あっ……えーと……用……えーと、明日っ……よろしくお願いしますっ」

しか「用」が思いつかなかったとはいえあまりにもどうなのか。灰島にまたぞろ怒られそうなことを口走って黒羽はぴょこんと立ちあがり、走って立ち去った。慌ててもと来た方向に走りだしてしまったのでチームのみんながいる席まで上り下りのある環状の通路を四分の三周ばかりするはめになった。

7. ALLSTARS

「謝って逃げてきただと？」

というわけで灰島に怒られた。

灰島は黒羽と逆まわりで普通に戻ってきたのでさっきのでかい男がいた場所を通過してきたはずだが、異変はなにもなかったそうだ。あの男がもうあの場所にいなかったのか、あるいはまた寝直していたとしても、灰島は通路の脇に長々と横たわっているバスタオルには見向きもしなかったようだ。

「いや、謝ったんは寝てたんを起こしてもたからでー……まさか明日あたる相手とは思わんかったで心の準備が……」

「ちょっとは肝据わってきたと思ってたのに、おまえは……。最低でもガンつけてくるくらいのことしろよ」

面目《めんぼく》次第もないものの、ガンをつけるのが「最低」ならそれ以上のなにをするつもりだおまえは。

「川島賢峻《かわしまけんしゅん》。北海道第一代表、鹿角山高校三年。ウイングスパイカー。身長二メートル二センチ。鹿角山で二メートル級の選手っていったら川島で間違いないやろね」

末森が全出場校のチームプロフィールが載った冊子を膝の上でめくって言った。バレーボール雑誌の春高特集号の別冊付録だ。北信越地区の頁《ページ》には清陰が提出した写真やデータも掲載されている。

「夜のミーティングでビデオ見られるようにするけど、一回戦は川島はでてえんか、でてもちょっとやったんやないかと思う」

「青木先輩より十センチもでけぇ奴がいるんか!?」

二年からあがった声に「九センチや」と、一列前に小田と座って弁当を食べていた青木が訂正を入れた。「川島は中学でもう一九〇超えてて、全中《ぜんちゅう》とＪＯＣ（ジュニアオリンピックカップ）で優勝してる。日本男子バレー界の救世主とか言われて、中学んときから将来の日本代表エースとして大事に育てられてきた選手や」

「救世主とはまたたいそうな肩書きつけられましたね……」

「二メートル超えのバレーボーラーなんて日本ではなかなかでてこんでな。ただ高校に入ってからは故障続きで、一年で選ばれたユース代表も二年では候補どまり。もともと腰に持病持ってるらしいな」

「青木先輩って相変わらずそういう情報どこから引っ張ってくるんです?」

「これに関しては情報提供者は福蜂の越智《おち》や。福蜂が春高に向けて集めてたデータやビデオ、役に立ててくれって提供してくれた。三村に言われたでやぞ、ってわざわざ念押しつきでな」福蜂の男子マネージャーの渋々といった顔を思いだすように青木が肩を竦めた。

黒羽と灰島も末森から弁当を受け取り、清陰が陣取った席の一角に座った。会場の混雑は未だやわらがず三階の通路まで立ち見がでているが、応援合戦が飛び交う二階席と違って三階の人々は静かに観戦している。他にも休憩中のチームの姿がぽつぽつと見える。試合後のせいもあり、三階のまったりした空気に眠気がもよおされる。けれどボールを打つ音や床を跳ねる音、四つのコートで鋭くあがるホイッスルの音は、二階席の賑《にぎ》わいを突き抜けて三階まではっきり届いてくる。

消費したぶんのエネルギーを急速に充電しようとばかりに灰島が白飯で頬を膨らしながらもごもごと喋った。

「鹿角山はうち相手に川島は温存したいとこだろうな。あっちの頭にあるのは間違いなく三回戦だ」

「三回戦っちゅうと……」

灰島が白飯を飲み込むまでしばし待つ。口の中を空っぽにしてから、明瞭《めいりょう》になった声でその校名が発せられた。

「福岡、箕宿。エースは三年主将、弓掛篤志《ゆみかけあつし》。去年と今年のユース代表の主将もやってる」

並の選手にとってはどこか遠い世界のふわふわした存在であろう、ユース代表なんていう言葉を、灰島は手が届く現実に存在しているものとして口にする。

青木が座席の背もたれに腕をまわして上半身ごと振り返った。

「箕宿の弓掛……これも越智情報やけどな。ずば抜けたジャンプ力とスパイク力を持つ箕宿の大砲。全国区で通じる二つ名が〝九州の弩弓《どきゅう》〟」

「〝九州の弩弓〟……!? ようわからんけどひっで強そうですね。超弩級《ちょうどきゅう》戦艦的な？」

「弩弓ってのは巨石を飛ばしたりする大型の弓のことやな。しかも弓掛の武器は破壊力だけやない。技術も持ってて巧《うま》さもあって、とにかく運動神経がいいらしい。ほんでキャプテンシーが高いムードメーカー……」

「なんか聞いてると誰かとイメージかぶりますね……？」

首をかしげる面々に「ほや」と青木が頷いた。

「〝悪魔のバズーカ〟三村統と同じタイプのウイングスパイカーやそうや。越智の印象ではやけどな。実績で言えばそのうえで確実に三村を上回るプレーヤーってことになるやろな」

十一月の代表決定戦の激戦が、おそらくそのとき全員の頭に蘇《よみがえ》った。フルセットに及んだ五セット中、清陰が取った三セットはすべてデュースにもつれこみ、迫られながらぎりぎりで競り勝った。清陰が福蜂を突き放して取ったセットは一つもなかった。清陰が幾度もガタガタと崩れかけたのに対し、福蜂は——三村統は一度も崩れなかった。最前線で身体を張り、コートの仲間を引っ張り続けた。

あの三村統と同じタイプで、確実に三村以上のプレーヤー……。

快調に一勝をあげてさすがに若干気楽になっていた空気に一変して重苦しいものが降りてきた。

「折れる気がしないタイプっていうのは厄介だな……」

灰島ですら眉間に皺を寄せ、険しい声で呟いた。

「全力で折りに行くしかない」……いや、どっちにしても折る気は満々なのかよ。

パパパーン！

と、金管楽器の割れるような鋭く強い音が天井にはじけた。

ここから正面に見える北側二階スタンドが洒落《しやれ》たブラウンのブレザー姿の高校生で埋められていた。通路にはポニーテールのチアガールがポンポンを腰にあてて立ち、ブラウンの集団にコの字型に囲まれた中央後方には赤いブレザーを着たブラスバンドの大楽隊が構えている。最後方にはたしかスーザフォンという、奏者の身体にぐるりと蔦《つた》を巻きつけて巨大な花を咲かせたような形状のラッパがずらりと三つ。

ぱーぱーぱぱぱー。ぱーぱーぱぱぱー。勇壮な『宇宙戦艦ヤマト』の大合奏が吹き抜けの大体育館に響き渡る。

「でてきたぞ。景星」

前列で小田が声を引き締めた。Bコート第五試合のチームがコートインしてアップをはじめるところだ。

東京第一代表・景星学園の初戦となる。

「さっすが地元。全校応援か。正月休みやのになあ」

「あっち側にえんでよかったですね。耳痛《いた》なりそうや」

「こっち側であの応援の迫力正面から見せられんのもどうかと思うけどな」

五百人は超えているだろう大応援団を引き連れて乗り込んできた東京の私立校にさすがに呑《の》まれてぽつぽつと愚痴っぽい声が漏れる。保護者ばかり五十人の清陰の応援団など吹けば飛びそうである。

「制服もやけど景星のユニ、かっけぇなあ。主人公カラーやねえのになあ。主役より人気でる脇役って感じやな」

大隈が独断が入った感想を述べた。スポーツ漫画やらなにやらの総合的なイメージだと思うのだが「主人公チームの色は白とブルー」という偏見を持っている大隈でも景星のユニフォームには惹《ひ》かれるものがあるようだ。

ベースはシャツからパンツまでダークグレー。背から腰のラインに沿って流星群がきらきらと降るようにイエローの斜線が入っている。ダーク系なのに全体的に垢抜《あかぬ》けた恰好よさには、大隈の偏見に賛同するのは癪《しゃく》だが、主役より人気がでる脇役というイメージがたしかにある。

「あ、選手宣誓した人や」

浅野という主将の姿もあった。ここからだと遠目だが、リラックスしてチームメイトとなにか話している様子が窺えた。

「浅野直澄は一九一センチ。ウイングスパイカーだけど、ユースではセッターもやった二刀流だ。国内の代表セッターでは阿部《あべ》と同じタッパだ」

と、灰島が以前好きな日本のセッターだと言っていた選手の名を挙げた。

「川島、弓掛、浅野。二回戦、三回戦、準々決勝……全部ユース代表がいるチームとあたるぞ」

他の誰かが言ったのなら悲嘆にしか聞こえない台詞なのに、灰島が口にすると抑揚に乏しい口調がどこか楽しげにはずんで聞こえた。三回戦をやるには二回戦を、準々決勝をやるには三回戦を勝ち進むことが前提だがそこも当然勝ち進む気でいるようである。

「おまえってほんと普通絶望するしかない状況でよう強気でいられんなあ」

「現実的に考えてラッキーなんだよ、この組みあわせは。清陰《うち》の体力じゃセンターコートの五セットマッチでガチで強豪とやるのは厳しい。センターコートに行く前に箕宿も景星も潰しておけるんだ。この組みあわせ、三日目を突破したら優勝が見える」

ほら、また——明確な指向性のある言葉がこの場に出現する。そこへと至る道筋を確信を持って見据え、途方もない目標へと迷いなく突き進んでいくから、こいつとだったら本当に一緒に行けるかもしれない……と信じさせられる。

「ゴーゴーレッツゴーレッツゴー浅野！　ゴーゴーレッツゴーレッツゴー浅野！」

景星が練習をはじめるとスタンドの部員が選手名が書かれたスケッチブックを掲げて音頭を取り、全校応援団が声をあわせる。浅野が大声援に応えて軽く一礼した。すぐにスタンドからコートに目を戻そうとしたとき、しかし二度見するような感じでまた上方を振り仰ぎ、スタンドを見渡した。

清陰の近くで休憩していたチームがざわついた。対面のスタンドを指さした者がいたので黒羽たちもそれをたどって目を凝らした。

混雑する二階の通路にチームジャージで統一した集団が現れ、景星がこれから戦うコートを見下ろしていた。

白地にブルーのラインが入った上着にブルーのズボンという、いわばオーソドックスな配色が潔《いさぎよ》く映えて見える——〝主人公チームの色〟だ。

「箕宿……？」「箕宿だ」やや慎重に口にした黒羽の声と、灰島の鋭い声が重なった。

箕宿は今大会の第一シードだ。シード校の初戦は明日なので、今日は開会式のためだけに来て宿や練習会場に引きあげたチームが多かったはずだ。

「わざわざ景星を見に来たんか……？」

「インハイ・国体王者の箕宿と、国体準優勝の景星。お互いに意識しあってるってわけだ」灰島がすこしばかり面白くなさそうに舌打ちした。

会場内の他のチームの注目を浴びてなお堂々とした風格をたたえてアリーナを俯瞰《ふかん》する、三冠を狙う今年度王者。けれど自信や貫禄《かんろく》といった不貞不貞《ふてぶて》しいものよりも、どうしてか〝主人公チーム〟っぽい爽《さわ》やかさを感じるのを不思議に思って目を凝らしていると――。

「あれ……？　意外とちっせぇんか……？　王者やのに？」

「箕宿は小型チームだ。スタメン平均身長は一八〇に届かない」

と答えながら灰島が突然黒羽の前に腕を突きだし、向こう隣の末森に手を見せてなにかを要求した。全国王者より百倍不貞不貞しい灰島の無言の要求に末森が鼻白《はなじろ》みつつも意図を察し、さっき見ていた冊子を手渡した。縦に巻き癖がついたその冊子を灰島がめくって黒羽の膝の上にぞんざいに放った。

今大会の注目選手が紹介されている巻頭の頁が開かれていた。もちろんそこには清陰のせの字もない。

ジャージの色と同じく白とブルーが潔いユニフォームの胸に〝1〟をつけた選手が大

きく掲載されている。快闊《かいかつ》な笑顔で人差し指を立ててコート内を走っている快男児は、三村統と同じタイプと聞けば納得がいく。どちらかというとすっきりした顔立ちの景星の主将と比べると、瞳の強さに意志の強さが表れていた。

誌面から顔をあげ、二階席に見えるチームジャージの一団を端から端まであらためて見渡した。

写真の人物は集団の真ん中にいたが、探しだすのにいくらか時間を要した。全国上位の常連にしては全体的に大型ではないそのチームの中ですら、その人物は大きいとは言えなかったので。ましてや超弩級の弩の字を二つ名に持つ有名人にしては、写真から受け取る強い印象よりも骨格がひとまわり小作りだった。

「あれでインハイ王者のエースなんか……？」

「間違いなく今の高校ナンバーワンのウイングスパイカーだぜ」灰島が請《う》けあった。「川島賢峻までとは言わなくても、あと十センチあれば日本代表エースになれたって惜しまれてる——〝九州の弩弓〟弓掛は、一七五センチのエースだ」

8. GLASS MONSTER

大会二日目、シード校も初戦を迎える二回戦。今日はメインアリーナ四面で男女あわせて三十二試合が行われている。

清陰の二回戦はBコート第六試合だ。第五試合までがじわじわと押したためコートインは十六時過ぎになった。

公式練習を終えた清陰、鹿角山両チームが審判の号令で整列する。ネットを挟んだ対面コートのエンドライン上に一列に並んだビリジアンのユニフォームから頭一つ飛び抜けた長身の選手はひときわ目を引いた。背番号は4番。キャプテンマークを示す下線はついていない。主将は2番のセッターで、1番を背負っているのはレフトエースを務める三年だ。

プラカードを持った主将を右端にして清陰も鹿角山も背番号順に並んでいる。こちらから見ると4番の川島は左から四番目。黒羽の左には灰島と大隈しかいないので、左から三番目。

ピイッ！

「お願いします！」

ホイッスルを合図に両チーム中央に駆け寄ってネット越しに握手する。主将どうしで握手するために小田が左端にまわってきたので、黒羽は一つずれて左から四番目になった。

ということは、握手の相手は——。

昨日の印象と同じ、ビッグサイズのわらじみたいな右手がネットの下から差しだされた。手を握り返しながら黒羽は昨日はどうもという意を込めて上目遣いにはにかんだ。あらためて正対すると、まがりなりにも長身の部類に入る黒羽から見てもおとなと子どもかと思うほど川島は圧倒的にでかかった。横に太いわけではないので電信柱でも立っているような感じだ。

案外穏やかな人なんじゃないかという昨日の印象は勘違いだったのか、川島の顔に笑みはなく、威圧するように睨みおろしてきた。試合前なんだから当たり前か……。

予想されたとおり鹿角山は川島をベンチスタートにしてきた。清陰サーブで幕をあげた第一セット、一回戦と同様灰島の鬼畜サーブが絶好調に走って清陰が3－0と、開始早々鹿角山を突き放した。

灰島の四本目のサーブ。四本目が微妙にトラウマになったらしい青木が背後を警戒して身構えていたが、今度は青木の後頭部を襲うことなく無事ネットを越えた。が、逆に若干長くなってエンドラインを越え、さらにワンバウンドで防球フェンスを越えて大会役員席を襲撃した。凶悪なドライブ回転のかかったボールが長机に激突し、偉そうな人がパイプ椅子からひっくり返りそうになった。

「おまえのサーブまじで殺傷力あるんやで、人死にがでんよう気ぃつけろや……」

灰島が役員席にぺこりと頭を下げ、顔を引きつらせて迎える仲間のもとへと戻ってきた。

清陰３－１鹿角山。鹿角山がようやくローテーションを一つまわす。

「川島まででてこんのかな」

「ワンブロ（ワンポイントブロッカー）で使うにしてもまだ早い。中盤以降だろ」

と灰島が鹿角山のウォームアップエリアに視線を送った。ジャージをはおって立っている川島の頭が他のリザーブメンバーの一番後ろから突きだしている。早々にビハインドを負い仲間たちが懸命の声援を送る中、川島は腕組みをして口をへの字に結んでいた。

腰が悪いと聞いたが、立っているだけでつらいほどなのか……たぶん違う。今すぐコートに飛び込みたいのをこらえて、気を鎮《しず》めている……そういう顔に見えた。

川島の思いをよそに鹿角山ベンチが川島を呼ぶ動きはないまま試合は進み、第一セット中盤、清陰16－13鹿角山。

ピィッ
インプレー中なのにホイッスルが鳴った。黒羽がスパイクを白帯に引っかけてしまい、ゆるいネットインになって鹿角山にチャンスボールを与えたところだった。

鹿角山のブロックにタッチネットの反則だ。チャンスボールに勢いづいた鹿角山コートの空気が中途半端にわいたところで目に見えてしぼんだ。

流れを掴みかけたときのタッチネットによる自滅はいかんせん痛い。相手のミスに助けられてほっとしつつも、黒羽もタッチネットはよくやってしまうので尻すぼみになる相手コートの空気が身に沁《し》みた。

ここでローテーションがちょうど二周し、灰島に三度目のサーブ順がまわってくる。第一セット中盤を越えてもビハインドを詰められないどころかじわりと点差が広がり、鹿角山がいよいよ苦しくなったところで、灰島の推測どおりベンチが動いた。

ジャージを脱いだ川島がコーチにナンバーパドル（番号札）を渡されるのが見えると、北海道から駆けつけた応援団から怒濤《どとう》の歓声が起こった。

「いけいけケンシュン！　いけいけケンシュン！」

スタンドの部員がこのときとばかりメガホンを口にあてて音頭を取る。副審に駆け寄る川島が手にしているナンバーパドルは９番。その背番号の選手がコートから駆け寄っていく。

清陰は小田が手早く仲間をコート中央に集めた。

「ワンブロのタイミングやないで、灰島のサーブ対策やろな。あっちとしてはこの点数からこれ以上離されるわけにいかん状況や」

自チームが得点したタイミングで投入し、ブロックポイントでブレイク（サーブ権を持つ側が連続得点すること）を狙うのがワンポイントブロッカーのセオリーだ。しかし今は清陰が得点したタイミングである。一周目も二周目も清陰は灰島のサーブで必ずブレイクしている。清陰としてはここで二点以上稼ぐことを目的に組んでいるローテだ。

「川島なら必ず一本で切るはずやって……監督がそんだけエースとして信頼してるんやろな」

エース、と口にしたときの小田の声色が妙に重く聞こえて黒羽はどきりとした。

コートサイドに立った川島が大きく膨らませた胸から息を吐き、清陰コートの空気まで震わせる太い声で吠《ほ》えた。咆哮《ほうこう》の延長のような気迫みなぎる声で「よし、一本で切るぞ！」と仲間を鼓舞してコートに踏み入った。コート内の仲間が次々に川島とタッチを交わしにいく。鹿角山には一八〇センチ台のレギュラーが揃っているが、川島のまわりに群がるとその選手たちが一六〇センチ台に縮んで見える。

「むしろ川島に打たせりゃいい。灰島でレセプション崩してブロックで仕留めるぞ。うちも一番いいローテや。川島にあがったら三枚」

青木の冷静な指示に、ともに前衛を組む棺野、黒羽が頷く。「っしゃ！」と気合いを入れてメンバーがコートに散った。

清陰17－13鹿角山。メンバーチェンジで中断後、灰島のサーブから再開となる。

川島のポジションはセッター対角。その中でもいわゆる〝スーパーエース型〟のプレーヤーだ。攻撃に注力するためレセプションに参加しないフォーメーションを組んでいる。

川島が入って敵がどう変わるか、サーバーにもプレッシャーがかかる場面だが、灰島がそれくらいで緊張するわけもなくというかそれどころかレセプションに入っていない川島を完全に狙ったサーブをぶち込んだ。目をみはった川島の真横を突っ切ったボールをリベロが身体にあててなんとかあげた。「あがった！」というだけで歓声がわく。とにかくあがれば御《おん》の字というのが灰島のサーブだ。

一連の流れが青木の目論見《もくろみ》どおりに行った。レセプションが崩れてセッターに返らず、二段トスが川島に託される。清陰は三枚ブロックがつく。

咆吼のような気合いが頭の遥《はる》か上で聞こえた。頭の上からブロックを殴りつけてくる——という危機感に、とっさに防衛本能が働いた。

第一関節ごと指を吹き飛ばされるような感覚をともなってボールが黒羽の頭上を通過した。即座に首をねじって自陣を振り返る。驚異の高さから急角度で打ち下ろされた川島のスパイクはブロックカバーのいないコートの真ん中をぶち抜いた。

鹿角山の選手たちが歓声をあげて川島を囲んだ。一方で一回戦から好調だったローテを一本で切られた清陰にはさすがにいくらかショックがあった。

のしのしという勢いで歩み寄ってきた灰島に肩口を摑まれて黒羽は「うえっ」と怯《ひる》ん

だ。

「おまえ今ブロック引っ込めかけただろ」

「す、すまん。思わず……」

「キルブロックは無理だ。ソフトブロックで受けろ。指の力は絶対入れとけ。おまえがいくら無駄に頑丈でもあれを半端に食らったら怪我《けが》する」

頬に噛みついてきそうな険相と台詞の中身とに今ひとつギャップがあったので黒羽は身構えたままきょとんとした。「お、おう。気ぃつける……」

清陰17－14鹿角山。鹿角山のローテが一つまわるが川島はまだ前衛だ。二メートル四十三センチのネットのど真ん前で二メートルに構えられるとこんなにも見通しが悪くなるのかという圧倒的な存在感がある。

二メートルのブロックには一枚だろうができればつかれたくない。灰島が川島を躱《かわ》すとしたら両サイドの黒羽か棺野にトスを振ってくる。やや逸《はや》って助走に踏み込んだとき、棺野と助走ルートが交わりそうになった。「！」互いの足が一瞬とまった。

セットアップの直前、いつものようにイージス艦が積んだ索敵レーダーの如く灰島の知覚が敵味方の動きをぐるっと三六〇度サーチし――発射された電波に黒羽と棺野のその動きが引っかかった。

サイドは使わない。灰島が使ったのは真ん中。青木がAクイックに跳ぶ。青木の正面で川島も跳んだ——刹那、青木の後ろにトスが伸びた。

後衛の小田がそこへ飛び込んできた。青木—小田、阿吽《あうん》の連係のパイプ攻撃がど真ん中を貫いた——が、川島の手がまだそこにあった。青木と一緒に跳んだのに、おとりにつられたと見るや一度着地してからもう一度ネットの上に手を伸ばしたのだ。

誰もカバーに入れず清陰コートにボールをはたき落とされた。

清陰17—15鹿角山。鹿角山にブレイクがでた。味方の歓喜の声に囲まれながら川島が雄叫《おたけ》びをあげた。

青木がぞっとした顔で額の汗を拭った。

「おれにコミットで跳んでからパイプ見てまた跳んだぞ……。二メートルやで届くとはいえ……」

言葉を交わす間はほとんどないまま、たたみかけるように鹿角山のサーブが続く。やはり真ん中では川島に阻まれる。サイドに振り切らないと——棺野がぱっと前に動いたのを見て黒羽もつられて踏みだした。

ピィッ！　サーブが入ってくる前にホイッスルがプレーをとめた。つんのめりかけた体勢で黒羽は審判台を振り仰いだ。主審が人差し指をぐるぐるとまわすハンドシグナルをだした。

「ポジショナル・フォルト……？」

甚《はなは》だ苦々しげに灰島が口にするのを聞き、「あっ」と黒羽は棺野と顔を見あわせた。ローテーションの違反だ。サーブが打たれる前にローテーション上の前後・左右の味方プレーヤーとの位置関係が崩れたら反則になる。

浮き足だった空気が清陰コート内に広がった。小田がタイムを求めてベンチを見たが「駄目です」と灰島がとめた。「今タイム取ったらこっちが動揺してるって宣言するのと同じです。完全に向こうを調子づかせます。タイムは死ぬ気で次切ってからです」

清陰17－16鹿角山。三連続ポイントで鹿角山が一点差に迫る。

ごそり……という嫌な音を立てて足もとの流れが一八〇度向きを変えた。これまで抵抗を感じていなかった空気が、毛穴を逆撫《さかな》でする悪寒をともなって逆行しはじめた。ここで踏みとどまらないと足を掬《すく》われる――。

鹿角山の連続サーブ。清陰の攻撃がまた川島のブロックに引っかかり、点を決めきれない。川島のワンタッチから繋いだボールを鹿角山が切り返してくる。

ライトから川島！　鉛の塊のような質量をぶち込まれたボールがブロックの上から叩き込まれた。

四連続失点を覚悟した刹那、バチンッとボールがあがった。

スパイクコース上に灰島が入っていた。こっちにはディグの天才でもある男がいたと思いだす。ブロックできなければディグであげればいいとばかりの根性でボールを繋いだ灰島が吹っ飛ばされながら「外尾さん！」と怒鳴った。灰島がファーストタッチを取ってしまったので外尾がセットアップを託され、「オーライ！」とボールの下に入る。黒羽が手をあげてトスを呼ぼうとしたとき「外尾！」と、先に棺野が呼んだ。

外尾が棺野に二段トスを託す。距離があろうが目標地点めがけて超精密に届く灰島のトスとは違うので、とにかくゆっくり、長い軌道で落ちてくるトスになる。アクセルを踏み込むように前のめりになっていた気持ちにそれでいったんブレーキが引かれた。

鹿角山は川島を柱にしてブロック三枚。二メートルのブロックが棺野を阻む。

棺野が横に鋭くねじ切るような打ち方で川島の腕の端にスパイクをあてた。ボールが真横に跳ねとび、ネットサイドに取りつけられたアンテナを掠った。アンテナにボールがあたった場合は最後にボールに触れたほうの失点だ。

「っし、切った！」

と棺野が身体をひねって振り返りざま、右肘を腰につけてガッツポーズをした。川島の高いブロックをあえて利用してブロックアウトを狙ったのだ。いつもは得点しても控えめなパフォーマンスしかしない棺野だが、これは文句なく会心のプレーだった。

清陰18－16鹿角山。灰島が言ったとおり死ぬ気で次を切ったところでタイムを取った。しかし十七点を十八点にするまでに鹿角山に三点をくれてやることになった。

川島投入前は小さなミスもあった鹿角山だが、川島の背や尻を叩いてベンチに引きあげる選手たちには笑顔が戻っている。のっそりと歩く川島も力強い表情で仲間の賞賛に頷いている。

　片や点数の上では先行しているにもかかわらず清陰には憔悴《しょうすい》が色濃い。足取り重く戻ってきた選手たちに末森と内村がタオルやドリンクを配ってまわる。

「パイプはライト側に一スロットずらして入ってください。ミドルと同じスロットで入ると川島だと二度跳びで届きます。レセプションはもっとゆっくり。特に棺野さんと黒羽。川島を振り切ろうとして焦らないで。振り切ることを考えるのはおれの仕事です。二人はいつもどおり入ればいいです」

　灰島が必要な対策を端的に並べる。こんなときでも灰島の言葉は的確だ。そして自分のトスワークに絶対の自信を持っている。

「二メートルが一人入るだけでこんなにやられるとはな……」

　誰ともなく溜め息まじりに呟いた。

　川島がでてきてから目に見えて報道エリアに人が増えていた。カメラのフォーカスはいずれも鹿角山に向けられている。

　これが全国レベルなのかと、その洗礼を二回戦にして受けることになった。一回戦で摑んだ手応えが翌日にはあっという間に実体のないものになっていた。二メートルどころか二十メートルくらいに思えるビリジアンの怪獣がネットの向こうに立ちはだかり、清陰を踏み潰そうとしてくる。

「ひぇ、ひぇ、ひぇ」

という笑い声が円陣にすきま風を吹かせたのはそのときだった。

「川島がおとろしい《（恐ろしい）》んは二メートルやでとちゃうぞ？」

胸につけた監督バッジはただの東京土産ですという顔で座っているだけだった老顧問がにやにやしながら円陣のやりとりを眺めていた。一回戦ではベンチから一度たりとも立ちあがらず、ひと言のアドバイスも発しなかった顧問だ。タイムアウト中のベンチの様子を映していたテレビ局のクルーが慌ててガンマイクを向けた。

「敵のコートにいて脅威んなるプレーヤーっちゅうんは、点を取って、こっちに点を取らせてくれんプレーヤーのことやないんかの」

目から鱗《うろこ》が落ちるような助言を期待して耳を傾けたものの今ひとつ怪訝《けげん》な空気が漂った。つまりそれが二メートルだからということじゃないのかと。

三十秒のタイムアウトが終了した。鹿角山の選手たちが気合い十分にコートへ戻る。川島が力ずくで掴み寄せた流れはまだ鹿角山に向いている。川島という大きな存在が味方の頭上に頼れる枝葉を広げ、チームに安心感を与えている。

棺野が自ら川島と勝負しようとした理由が黒羽にはわかっていた。黒羽が……自分がまだエースとして味方の絶対的信頼を得られていないからだ。

清陰において川島のような存在になるべきなのは、本来は黒羽だ。だが現状、鹿角山から見て〝敵のコートにいて脅威になるプレーヤー〟は灰島だろう。サーブに立てば凶悪極まるパワーサーブでプレッシャーをかけ、ディグにおいては三メートル超から打ち下ろされるスパイクにも怯まず飛び込んであげる。ネット際に立たせれば超強気かつ超精密なトスワークでなにをやってくるかわからない。敵にまわしたくないが、同じコートにいれば絶対的な信頼感をもたらす存在――。

三連続失点後のサイドアウトで清陰がローテを一つまわし、青木がサーブに下がって大隈があがってくる。前衛が大隈、棺野、黒羽。まだ敵の前衛に川島がいるローテで最長身の青木が下がるのは清陰にとっては苦しい。

「鹿角山はまずクイック使ってこんで大隈はぴょんぴょん跳ばんと我慢。川島にあがったら三枚つく。クロスは灰島いるであけていい。ストレートきっちり」

青木にかわって棺野が前衛に細かい指示をだす。「お、おう」「はい」と左右の二人が緊張気味の面持ちで頷く。棺野も表情に余裕があるとは言えない。

青木のジャンプフローターサーブがレシーバーの隙間をつくいい場所に入った。速攻には繋がらない。やはり川島に託してくる。

「賢峻！」

コート内からもベンチからもスタンドからも、たくさんの声があがった。

清陰のブロックが三枚ついてくることは、トスをあげるほうも打つほうも承知だ。それでも決めねばならない川島のためにあがったトスは、高く、高く、温かく——大きな山なりを描いて、川島だけが届くところへと落ちてくる。高さとパワーは随一だが決して機動力に優れたプレーヤーではない、そしておそらく腰の痛みもあるのだろう、〝川島のためのトス〟なんだと、何本か見てきてわかってきた。それでも川島なら決めてくれるという信頼がなければ託せないトスだ。

ずしんと空気が縦に揺れるようなスパイクがブロックの上から炸裂《さくれつ》した。短い濁声《だくせい》が頭の上で聞こえた。

一直線に飛び込んだ灰島がタンッと右手を床について身体をもう一段伸ばした。左ワンハンドのダイビングレシーブでボールが繋がり、小田がカバーに走る。

はっとして黒羽は右手をあげた。

「レフト！　決めます！」

「黒羽、助走確保！　焦るな！　高く！」

隣のコートのほうにまで滑り込んでいきながら灰島が怒鳴った。

焦らなくても十分に助走を取れるハイセットを小田がだしてくれた。一度ぐるっとまわり込んで助走距離を稼ぐ。高く！　灰島の声が頭の中でもう一度響く。川島を抜くには、高く！

「!?」

ブロック、一枚――？　川島が入って以降遮られていたネットの向こうが広く開けていた。センターブロッカーがいない。一枚だと中途半端でしかない場所にサイドブロッカーが跳んだだけだ。

ど真ん中に開けたスペースにスパイクを打ち込む瞬間、棒立ちになっている川島と視線が交錯した。ボールが川島の真横を抜ける。川島が反射的に右手を横にだしたが、拾うどころかボールに掠ることもできなかった。

鹿角山ベンチが慌ただしくなった。ウォームアップエリアから呼び戻された9番が4番のナンバーパドルを引っ摑んで副審のもとへ駆け寄った。

受け取った4番のナンバーパドルを握りしめた川島が、おそるおそるというようなぎこちない動きでコートを退《しりぞ》いた。

「腰か……」

ベンチでコーチとマネージャーに囲まれる川島に同情を含んだ視線を送りつつも、清陰コートには安堵の空気が漂った。川島が入ってからの猛追をなんとか凌《しの》いだ。

そのセットの残りのあいだ、ベンチでコーチの隣に座らされた川島は、両の拳を膝におき、床を踏み抜こうとしているかのように長い足を踏みしめていた。味方が戦うコートをまっすぐ見つめているようで、見開かれた瞳はどこか放心して虚空に向けられていた。

第一セット、25－21で清陰がそのまま逃げ切って先取。清陰にとってはストレート勝ちが懸かった、鹿角山にとっては追い込まれた第二セットを迎える。

9. SEPARATE WAYS

「二回戦も第一セット先取……っと」

第一セットは二階席後方の通路から立ち見していた。セットがひと区切りすると席を立つ人も見られたが、空いたそばからすぐに埋まっていく。大会二日目、今日の試合の四分の三を消化しようという時間だが未だ会場は大混雑しており、公称一万人を収容する東京体育館には一万人を優に超す人いきれが充満している。

座って見るのは無理かなと諦めていたが、最後列に座っていた少年二人がこちらに気づき、「あ、ここどーぞ」とお互いをつつきあって立ちあがった。

二人とも上下ジャージ姿でエナメルバッグを抱えていた。都内の中学のバレー部員が観戦に来ているのだろう。この会場に足を運んで間近で試合を見ることができる東京の中学生を羨ましく思いつつ、

「ありがとう。助かる」

と三村統は微笑《ほほえ》んで厚意を受けた。

松葉杖《まつばづえ》をついて段差のある通路をおり、彼らが座席の脇にでるのと入れ違いに座席に尻から滑り込む。あとから松葉杖を席に引き込もうとして一本を取り落としてしまった。危うく階段を滑り落ちていくところだった松葉杖を素早く中学生が拾ってくれた。「おお。重ね重ねありがとなー。ほんとサンキュー」さっきよりオーバーに礼を言って笑いかけたが彼らは俯《うつむ》き加減にはにかんだだけだった。

ま、あれくらいって気がつきさえすれば親切だけど、基本シャイだよな……。「大学生かな」「バレー部だよね。やっぱ背ぇ高《たけ》ぇ」こちょこちょと話しながら立ち去っていく少年たちをなんだか急に年寄りになったような気分で見送った。

慎重に膝を曲げて狭い座席に両脚を押し込んだところでひと息つく。スウェット地のパーカーにシャカパンにダッフルコートという、福井でちょっと街にでるくらいの恰好で東京に来て正解だったのかは不明だが（というか正解じゃないような気がするのだが）、この会場にいるぶんには場違いでもなかった。中学生や高校生は九割方ジャージか学校の制服だし、私服だがバレー部のＯＢ・ＯＧだろうと容易に想像できる体格の人々も男女問わずちらほら見られる。

自分ももう「福蜂工業高校バレー部ＯＢ」なのだということを今の中学生の会話で客

観的に教えられた。

今となってはなんの意味もない仮定だが、もし今年も自分たちがこの舞台への出場権を獲得していたとしたら、高校最後の大会としてこの会場に入場していた。三年目にして初めてチケット売り場というものの場所を探して自分で一般チケットを購入したことに、あの決勝で清陰に勝利を渡さなければと、敗戦後にとっくに呑み込んだつもりだった感情がひととき胸に蘇った。

かーさん。今から東京体育館行きたいんやけど……。大学病院での診察を終え、福井からつき添ってきた母に言ってみた。今日の診察が決まったときから実は頭の中で計算していた。二回戦までの日程はもうでていたから清陰の二回戦が第六試合であることはわかっていた。遅い試合ほど時間がずれ込むのが常だ。朝福井を発って特急と新幹線で東京まで三時間半あまり。診察の予約が午後一時。待ち時間や検査にかかる時間が読めなかったが三時半までに病院をでられたとして、四時に東京体育館に入れれば……。ちなみに組みあわせを見た限り一回戦で負ける心配はしていなかった。

「ちょうどいいわ、母さん新宿のデパートでウインドウショッピングしたかったんやー。伊勢丹《いせたん》とタカシマヤと京王《けいおう》と小田急《おだきゅう》とぉー……。母さんの気ぃ済むまであんたのほうがそこで待っときねの」

「おれのほうが待つんか。てかデパート何軒ハシゴする気や。歩き死ぬぞ」

というやりとりがあり、千駄ケ谷駅まで送ってもらって別れた。

思い返せばなにかしら気が引けることを母に頼むと「ちょうどよかったわー」と、さもついでがあったかのような返事が返ってくることが多かったなと気づく。家族は総じて陽気でさばけているほうだと思う。両親と三つ上の姉と自分の四人家族。やりたいことを尊重してくれるが干渉はしないというのが三村家の家風だ。小中高と十年間、親に大きな面倒はかけずにバレーをやってきたように思っていた。福蜂はＯＢ会の支援が厚いので、親が休日のたびに必ず手伝いや応援に駆けつけねばならないようなこともない。

とはいっても強豪チームともなれば遠征費の負担は定期的にあったし、中学時代に両膝の手術が続いたことを思えば、金銭的にはまったくもって世話になりっぱなしだったはずだ。なのに進学後の通院やリハビリを考えて東京の病院で手術をしたいという話も二つ返事で快諾してくれた。

これからは親元を離れるが、まだしばらく――あと四年間、親の力でバレーに没頭させてもらうことになりますが……よろしくお願いします。「感謝」という気持ちを親に抱くのはまだ少々気恥ずかしかった。中坊見てシャイだなんて年寄り目線で笑ってられる立場でもないな。

会場入りしてからまず入り口に掲示された試合結果を確認した。朝九時半からの第一試合で箕宿高校が初戦をストレート勝ちで飾り、順当に三回戦へと駒を進めていた。今行われているBコート第六試合の勝者が明日、二冠王者に挑むことになる。

第二セット前のインターバルが終わる頃、コーチにともなわれて記者席の裏に下がっていた川島が戻ってきた。腰のテーピングを補強してきたのだろう。清陰ベンチ前に集まっている小田たちの視線が川島の姿を追う。

川島は一直線に監督のもとへ行き、なにか訴えるように勢い込んで話しはじめた。たしか六十代の、鹿角山を率いて長い監督だ。

「川島……」

膝頭に頬杖をついてコートを見下ろしながら三村は呟いた。

「今年も北海道のご当地スナック持ってきてもらう約束してたのに……」

自分のほうが出場できなかったので無念ながら反故《ほご》になってしまった。

第二セットがはじまる前にメールを一本送っておこうと、鹿角山の監督と川島を見て思いだした。福井にいる監督の畑《はた》がきっと診察結果の報告を待っている。

コートのポケットから携帯電話をだすと三、四十分前にメールが一通着信していた。ちょうど千駄ケ谷に着いた頃だ。

〝終わったか？〟

という短い文面に、畑に負けず劣らずやきもきしながら連絡を待っているもう一人の人物の顔が浮かんだ。

〝終わった〟と短い返事を書いてから、〝今どこにいるでしょう？〟と悪戯《いたずら》じみたクイズをつけて返信した。直後、

〝東京体育館〟

メール画面を閉じる間もないうちに即行でその一行が着信した。福井とも電波は一瞬で一往復するんだなとちょっとした感動を覚えた。

メールを返すのではなく電話をかけるとワンコールで繋がった。

『正解やろ』

ぶすっとした顔が目に浮かぶような不機嫌な声で、相手の第一声がそれだった。

「つまらんのー。ちっとは驚けや」

と三村は対照的に明るい声を返す。

『ほんで？　清陰は？』

清陰の二回戦にあわせて来たことまで見抜いている電話の相手は、元バレー部マネージャー、越智光臣《みつおみ》。かなわんなーと思いつつも、あっさりあてられたことに妙に愉快になってくる。

「川島がでていっぺん迫られたけど、第一セット先取。今から第二セットや」

第二セットのスターティング・ラインアップの確認が終わり、十二人のプレーヤーがコートに散ったところだ。両チームともスタメンは第一セットと同じ。川島はベンチス

タートとなる。サーブは鹿角山から。審判台からコートを睥睨《へいげい》する主審がホイッスルをくわえて心持ち胸を張った。

ピィッ！

短管のホイッスル特有の鋭い音が鳴った。

「……聞こえるか？」

携帯を耳から離し、スピーカーモードにして正面に向けた。

四つのコートで同時進行する試合の音がひとときも途切れることなく会場中に反響している。高低の違うホイッスルが右や左で鳴り響いて立体的な音色を構成する。両隣のコートと音がまざらないよう種類の違うホイッスルが使われるのだが、試合に身を置いてみればあまり関係がない。意識せずとも自分のコートのホイッスルだけを耳が選別して脳に届ける。

ワンプレーのたびに各校の応援の声が巨大な風船のように二階席のそこここで膨らんではじけ、離れた場所でまた膨らんではじける。メガホン越しに男子部員ががなる声にチアの揃った澄んだ掛け声が重なる。ブラスバンドが胸を張って吹き鳴らす応援曲がきらきらした音でそれらを彩る。

『ああ……。〝春高の音〟が聞こえる』

遠い福井にいながら越智もまた同じ会場を——過去二度、ともに来て、三度目は来ることができなかったこの場所を、瞼の裏にはっきりと思い描いていることがわかる声だった。

スピーカーモードを戻して携帯を耳にあてなおした。

今年、ここに連れてこられなくて……センターコート、連れてけなくて、すまん……。

過ぎた思いは、もう口にはしない。声色をいくらか引き締めて報告する。

「決めてきた。手術日」

いつ？と訊き返してきた声が突然わいた歓声に掻き消された。清陰が得点し、二階席の前方を埋める応援団が立ちあがってメガホンや手を叩いた。

電話口に口を寄せてほとんど怒鳴るくらいに声を張る。

「一月十七日！　土曜！」

『十七日!?　一月!?　おれ、センター一日目やぞ！』

向こうからも怒鳴り声が返ってきた。

「センター？　まじか！」

三村のほうが驚いた。世の普通の高校三年には常識なのかもしれないが自分に縁がないので日程をまったく把握していなかった。同学年のほとんどの部員はスポーツ推薦《すいせん》で進路が決まっているが、越智は浪人も視野に入れて一般入試に臨むと聞いていた。

今日の上京は手術の日を決める診察と検査のためだった。できるだけ早くというのが三村の希望だった。中学時代、左右の膝を別の時期に壊して二度の手術をした。今回はそれを左右いっぺんに開く決断をした。そのぶん手術は長時間になるし、リハビリは確実に相当きつくなる。それでもやる気でいた。できるだけ早く、コートに戻れる状態に持っていきたい。

『統……。焦ったっていいことねぇぞ。いくらおまえでも、想像してるより絶対きついことになる。時間かかること覚悟して治療せんと……』

「焦りっていう感じとは違うんや」

越智らしい慎重な忠告に、さっぱりした声で三村は答えた。

「……代表戦の前まではな、今度コート離れたらもう戻ってこれんのでないんかって気がしてたんや。正直ビビってた……自分ん中にある弱さに向きあうのに」

電話の向こうで越智が口をつぐんだ。三年間どっぷり一緒に過ごして、間違いなく一番頼りにしてきたし一番甘えてきたチームメイトだが、本音を全部話してきたわけでもない。今まで越智に話してこなかったことをどうして今なら話せているのか、なんとなくだが自分の中では理由がわかっていた。

〝エース三村統〟が存在していた〝集合《チーム》〟がなくなったからだ。エースは相対的な存在なんだと思う。なにかしらの〝集合〟があったうえで生みだされる、その中での立場でしかない。チームのエースとして振る舞う自分は、とりあえず今現在どこにもいない。

「ほやけど、今はちょっと違って、なんか楽しみなんや……いっぺんどこのなんのエースでもなくなって、次に新しく出会うチームん中で、0からスタートするんやっていうのに、なんかすげぇわくわくしてる。今度はエースでないかもしれん。ほれか、またエースって呼ばれるようになるかもしれん。次のチームん中で自分がなんになるんか……今はそれが楽しみやし、ひっで苦しかっても、這いつくばってでも、しがみついてでもやり抜こうって思ってる。洒落でなくて最初ほんとに地面這いつくばることになるかもしれんけどな」

前方でまた大きな歓声がはじけた。歓声が無数の人の手になってスタンドの上に差しのべられ、手から手へとボールを送るかのように、三村の目線の高さにまでボールがあがってきた。黒羽のスパイクだなと、試合の進行を追っていなくてもわかった。ディグするとめちゃくちゃ跳ねるんだよな、あいつのスパイク。

代表戦の舞台だった県営体育館では天井にぶつかるくらい跳ねあがったボールは、東京体育館の遥かに高い天井には届かないまま一時《つか》空中《ま》にとどまり、重力に引かれて沈んでいく。それとともに歓声の波が束の間引く。波が再び押してこないうちに、最後まで言い切った。

「……あの場所に絶対戻る。ほんで、ずっとバレーしたい。できれば人をよろこばすようなバレーしたい。なあ越智。これ、けっこういい夢やろ？」

今は自分のために起こっているわけではない歓声を、また集められるようなプレーヤーになりたいと思う。今までプレーしてきた会場より何倍も広い、こんな会場を満杯にして、めいっぱいにわかせられるような。

『統……おまえって……』

沈黙していた越智が口を開いた。目を赤らめて声の震えを抑えているのが見えていなくても容易に想像できて、

「んー？　こっちうるさいで聞こえーん」

冷やかし半分、照れ臭さ半分にはぐらかすと、

『おまえって、根っからの目立ちたがりやったんやな！　心配させられるこっちがあほらしなるわ！　ほんでっ……やっぱ、強《つえ》ぇわ！』

半ギレしたみたいに裏返った越智の声に涙がまじった。

「へへ、まーな！」

と三村は笑って胸を張った。

——〝三村くん。きみはこれからが何倍も強なるやろの〟

コートに指示をだす様子もなく清陰のベンチにちんまりと座っている監督の姿がここから見えた。代表戦直後、あのぬらくらした監督に気まぐれのようにかけられた言葉だ。

あのときは社交辞令として受け流しただけで、まだ心がなにも受けとめられなかった。

引退して、自分で思っていた以上に一度はすとんと気が抜けて、やっぱり肩の荷は重かったんだなと認めざるをえなかった。一ヶ月近くたち、家でだらだらするのにも飽きた頃、知らないうちに心の底に沈み込んでいたあのときの言葉が、小さい光を灯《とも》して脈動していることにふと気づいた。

……ああ。これからなんだと。どくんと、そこからエネルギーが流れてきた。

越智が厳めしい咳払《せきばら》いをして声を低くした。

『今からクサいこと言うけど、茶化さんと聞けや』

「なんや今さらー。おれなんかさっきからもうだいぶクサいこと言ってるぞ」

『茶化すなっちゅうの』

本気で癇《かん》に障ったっぽく怒られたので三村は声を入れ替えて「悪い。うん。なに？」と殊勝《しゅしょう》に答える。

『志望校のこと話してえんかったけどな。関東の国立に絞ってる。親に文句言わさんようにおれの頭で行ける一番いいとこ目標にする』

「関東？」

黙って聞くつもりだったがつい訊き返した。福井から大都市にでる場合は関西や名古屋のほうがパイプが太い。関東という選択肢がないわけではないが、はなから一択に絞るほどメジャーではないのはたしかだ。

『専門のアナリスト使うようになってる大学のバレー部も増えてるで、そういうとこ入って勉強させてもらいたい……と、思ってる』

「アナリスト……」またオウム返ししてしまってから、「本気か……!?」と三村は目をみはった。

越智がそんな将来を思い描いていたことを初めて知った。越智の親は越智がバレー部の仕事に献身していることを三年間結局快《こころよ》く思っていなかったから、やっと引退して受験に専念してくれてほっとしてる頃だろうに……。

それだけでも予想外だった。十分驚くべき越智の告白だったのに、まだ続きがあった。

『ほんで、関東リーグで、おまえがいるチーム倒せるようなチーム作るんに貢献できたら……その経験ひっさげて、五年後とか十年後とかに、またおまえの力になれるはずやって思う』

しかつめらしい声色で、さらにもう一段階、越智は三村の予想を超えてきたのだ。

越智が考えつくことなんてだいたい先回りして予想できる気でいた自分の高慢を猛省した。それと同時に、自分の自惚《うぬぼ》れた予想なんか軽々と超えられたことが痛快で、笑いがこみあげてくる。

「すまん！　うちの最強のマネージャーのこと侮《あなど》ってたわ！」

大声で謝罪しながらも会心の笑みがこぼれた。

『十七日におれのセンターとおまえの手術かぶったの、なんか、運命感じた』

「……ん。おれもおまえも、一発目の勝負の日や」

これから、これからへの挑戦となる第一歩を、同じ日に踏みだす。

これから先は進む道は別だ。けれど遠くない未来のどこかで、あのときの仲間の何人かと再び道は交わると確信している。

そのときは、きっと今度こそ、最後にみんなで笑えるチームを作ろう。

10. HEADHUNTER

十七日に決まりました。明日は顔だします。

とだけ畑にはメールを送っておいた。畑からは「わかった。明日聞く」という返信があった。愛想のない文面から、言いたいことは山ほどあるが全部我慢して二言だけにしたという思考の過程が読み取れて笑ってしまったが、心配してもらえていることをありがたくも思った。

学校の始業は八日だが福蜂工業高校の運動部はどこも正月二日や三日から始動している。校庭が雪でぐちゃぐちゃになるこの季節は屋外スポーツの部も校舎内で体力作りをしているので、運動バカの集団の熱気でもって極寒の戸外と対照的に屋内の温度は異様に上昇し、校舎の窓ガラス全部が真っ白に曇るのはもはや冬の風物詩と言える。

　卒業まで残り二ヶ月となった母校にひととき思いを馳せていたが、

「ここあいてますか？」

という問いかけに、雪おこしが轟《とどろ》く低温多湿の北陸の冬から東京の晴天の下の体育館へと意識が立ち返った。

　座席の脇に人が立っていた。通路側の席は一つ空いていたが、自分の前に立てかけておいた松葉杖が隣の席に倒れかかっていた。「ああ、すいません。どうぞ」松葉杖をどかすと背の高い男が「どうも」と隣に腰をおろした。

　三十歳くらいだろうか、一九〇前後の長身からしてまず間違いなくバレー部出身者なり現役のバレー関係者なりだろう。前列のほうに清陰の応援団が陣取っているブロックの最後列なので、傍目《はため》に清陰のＯＢが並んで一緒に観戦しているみたいになってしまった。

　鹿角山のメンバーチェンジを告げるホイッスルが鳴った。すわ川島投入かと対面に見える鹿角山応援団に期待が膨らんだが、川島の姿は変わらずウォームアップエリアにあった。落胆が広がったものの、スタンドの部員たちが新しく入った選手の名を連呼して盛りあげる。川島はコートに声援を送りながら小刻みな足踏みを続けていた。ジャージも脱ぎ、いつでも交代できると態度でアピールしている。しかし険しい顔で腕組みをしてベンチに座っている監督が川島を呼ぶ様子はない。

清陰18－15鹿角山。第二セットも清陰が常に二点から三点のリードを保ったまま中盤を越えている。鹿角山はこのあたりで点差を詰めていかなければ清陰が二十五点に届くまでに追いつき、さらに逆転するのは難しくなる。

川島を下げて以降、灰島のサーブに対して鹿角山は守備固めのプレーヤーを増やしてレセプションを厚くする対策を取っていた。そのおかげで連続失点は免れていたが、それでは「サイドアウトが取れる」だけだ。ブレイクできなければ点差を埋められないまま点数を重ねていくことになる。清陰はネット際の空中戦が圧倒的に強いチームだ。守りに入っては空中戦に勝機はない。

空中戦を制するには川島賢峻が必要だ。

三年前の春、川島が鳴り物入りで鹿角山高校に入学したときにはインターネットのスポーツニュースにも記事が載ったのを三村は憶《おぼ》えている。裄丈《ゆきたけ》がいまいち足りない学生服の襟をきっちり留めた、飛び抜けて背は高いが朴訥《ぼくとつ》な印象の高校一年生が、嬉しそうにはにかんで鹿角山の監督と握手をしていた。目標は日本代表エースですかという誘導尋問みたいな質問に「日本代表は、なれたらいいけど、今の目標は鹿角山で高校日本一になることです」と飾らずに答えていた。

この頃から川島に目をつけていた三村は一年の夏のインターハイで川島に話しかけた。

北海道代表なんて第一にネットワークを張るべきターゲットである。お菓子の国じゃないか。

川島は人見知りだったようで急に人懐《ひとなつ》こく話しかけたことには驚かれたが、おっとりした優しい男だった。おれはあまりそういうの食べないから知らないけどリクエストあったら次持ってくる、と記事で見たのと同じはにかみ笑いを見せて約束してくれた。

ところがその年の後半から川島は相次ぐ故障に見舞われ、エースと呼ばれ続けながらもコートからは遠ざけられ続けた。川島の厳ついながらも優しげな顔から、それ以来あの笑みが消え、思い詰めた顔ばかりを見るようになった。

川島の失調と前後して長野の北辰高校が黄金期を迎える。北辰時代の中核メンバーは三村にとっては同じ北信越地区の一学年上だ。全国大会では同地区は原則離れたゾーンに入れられるため、勝ちあがらない限り直接ぶつかることはなかったが、北信越大会では幾度も辛酸を嘗《な》めている。

清陰18－16鹿角山。鹿角山が二点差に戻してローテを一つまわしたところで、川島がウォームアップエリアから飛びだして監督のもとへ駆け寄った。

鹿角山はあと二つローテがまわればS1ローテ（セッターが後衛ライト）。川島をセッター対角の前衛レフトで投入できる好ローテになる。そこから三ローテだけでも川島が前衛で働けば第一セットのように三点詰められるかもしれない。逆転できる望みもまだ十分にある。

監督がちらりとコーチを見た。直接診《み》たコーチに見解を問うたのだろう。コーチの表情からどんな答えを受け取ったのかわからないが、監督は川島に自分の隣に座るよう手振りで示した。すぐにだすから待機していろという意味にも思われたし、ただ座っていろという意味にも思われた。一七〇センチそこそこの監督の隣に二メートルの川島が腰をおろした。

鹿角山の監督は川島の将来を守る責任を負っている。日本男子バレー界の救世主とまで期待されている素材を高校で潰すわけにいかない。慎重にもなるだろう。

鹿角山のセッターが時間差攻撃を使う。ブロックにつくのが遅れて斜めに跳んだ大隈の「んがあっ」という野太い吠え声が二階席にまで聞こえた。不完全なブロックながらも大隈がワンタッチを取り、浮いたボールを外尾が追って繋ぐ。

ていうか大隈、二度跳んだよなと、上から見ていた三村は思わず軽く身を乗りだした。おとりとなった速攻につられて跳んでしまってから時間差に食らいついたのだ。第一セットの川島のブロックに影響されたな……これだから初心者は吸収力がよくて嫌だよな、とにやりと笑みが浮かぶ。

外尾から高い山なりのパスがネット前に返る。ボールの落下点で待っていた灰島がジャンプセット――と思ったら、軽やかにバックステップして一度退いてから、床を蹴って助走をつけ、スパイカーばりに身体を弓なりに反らしたモーションで跳んだ。ツーなのか、あれで!?

両利きというもはや凶器とすら言っていい武器を持っている灰島は左手からでもスパイカーばりの威力のツーアタックを打ってくる。鹿角山のミドルブロッカーが慌てて灰島の目の前で跳んだ。

——と、ボールの芯を叩く寸前、左手がボールの下に潜り込み、右手も添えてオーバーハンドセットに切り替えた。抜群のバランス感覚でもって滞空中にスパイクモーションからジャンプセットという二つのことをやってのけたのだ。ジャンプの頂点から落ちつつも、虚空に現れたガラスの床を踏んでもう一度ふわっと跳んだかのように見えた。

灰島の頭が沈むのと入れ違いに、シーソーの片側が跳ねあがるように小田が跳んだ。灰島に反応してしまった鹿角山のミドルブロッカーはそこから動けず、一枚になったブロックを小田がしっかり抜いてスパイクを決めた。一六〇センチ台の小田が余裕をもって打てる状況を灰島が演出したのだ。

清陰20－16鹿角山。清陰が四点差にリードを広げていよいよ二十点に乗った。

「8番、バックだよな?」

と、ふいに隣から話しかけられた。

「ですね。後衛《バック》です」

顎に手を添えてコートを見下ろしている男の横顔をちらりと見て三村は答えた。

清陰の前衛は小田、大隈、棺野。灰島はこのローテでは後衛だ。セッターはローテにかかわらず攻撃時はネット前にいるので素人目《しろうとめ》には失念されがちだが、後衛のスパイカーがバックアタックしか打てないのと同じく、後衛のセッターがアタックライン（ネットから三メートルのところにあるライン）より前でツーを打ったら普通に反則だ。打つぞ打つぞと言わんばかりのモーションでスパイクに入ったからみんな騙《だま》されたに違いない。

「いやあ。あの才能は敵にまわしたくないな……」

思案げに顎を撫でながら男が呟いた。

「あいつを敵にまわしたときになにが一番嫌かって、才能とかじゃないですよ。あの度胸と、勝負への貪欲《どんよく》さです」

これじゃ本当に世代の離れたＯＢ二人が現役を品評してるような会話だなと思いながらも訂正したくなったのは、ちょっとガキっぽいプライドゆえだったかもしれない。

次のプレーに切り替わろうというとき、ふいに鹿角山コートがざわついた。

灰島が自分のシューズの爪先の延長線——鹿角山コートのフロントゾーンを指さしたのだ。その顔は正面の鹿角山コートではなく、ベンチに向けられていた。——あんたがい、ここにでてこなかったら、このまま負けるぞ。そう言わんばかりに指先で床をトントンと示す仕草まで見せつけた。

警告を受ける可能性がある挑発行為だ。蒼《あお》ざめた黒羽が灰島をくるっとまわしてネット に背を向けさせた。

「なるほどなあ。畑先生がなんで彼を取らなかったのかなんとなくわかった」

と、隣の男がコート上の緊迫感をまるで面白がるような含み笑いを漏らして言った。

三村はあらためてまじまじと男を凝視した。男も平然とこちらに顔を向けた。狭い座席に図体のでかい男二人が並んでいるので肩が触れるほどの距離で見つめあうことになる。

目線の高さはほぼ同じだが、未成年の華奢《きやしゃ》なバレーボーラーと違ってポロシャツの下の胸板には厚みが窺える。チームロゴが左胸に入ったブレザーをポロシャツの上からはおり、下はチノパン。チームスタッフも垢抜けたユニフォームで揃えてコートに入る学校を、三村は一校だけ知っていた。

「景星学園の……若槻《わかつき》監督……でしたか。気づかなくてすいません」

「きみは福蜂工業の三村くんだろ。福井の」

最初からわかっていて隣に座ったに違いなく、若槻は飄々《ひょうひょう》と三村の素性を諳《そら》んじた。

「今年は出場できなくて残念だったな。……膝か？　そういえば中学のときも悪くしてたっけな」

三村の顔、膝の前に立てかけた松葉杖、そして三村の膝と、若槻の視線が三点をなぞる。三村はさりげなく若槻がいる側とは反対側の脇に松葉杖を立てかけなおした。自分もたいがい人怖《ひとお》じしないほうではあるが、やけにフランクに接してくる男に胡散臭《うさんくさ》さを感じてなんとなく警戒心が芽生えた。

「県決勝のときは問題ありませんでした。故障《コレ》が理由じゃないですから。……強いですよ。清陰は」

虚空に光の航跡を引くようなトスが清陰コート上にあがった。

ネットにまで突っ込むほどの飛距離でもって後衛から黒羽が吹っ飛んできた。バネの反りが一気に戻るように身体をくの字に折り、豪快なバックアタックが炸裂する。しかしアウトか――ブロックの上を抜けたボールはエンドラインを割り、線審二人がフラッグを振りあげた。

黒羽が慌ててワンタッチありと主審にジェスチャーでアピールした。鹿角山側がノータッチを主審にアピールする。主審が両チームのアピールを制止してもとの位置に戻らせてから、おもむろに右手の指先を左手のひらで擦るハンドシグナルをだした。ワンタッチあり。鹿角山のブロッカーがボールに触れていたという判定だ。

これで清陰23-19鹿角山。

「あと二点！　あと二点！　いけいけ清陰！　おせおせ清陰！」

清陰側スタンドが大歓声で揺れる。前列の人々の頭が波立ち、メガホンが振られる。

鹿角山コートで2番の主将らが9番を取り囲んだ。今の黒羽の強烈なバックアタックを受けて突き指でもしたか、9番が右手を気にする仕草をしていた。第一セットでも川島とかわったセッター対角のスパイカーだ。

川島が監督の脇からナンバーパドルを引き抜き猛然と立ちあがった。ナンバーパドルを握りしめて飛びだそうとする川島を監督とコーチが両側から二人がかりで抱きとめた。

副審が鹿角山ベンチに交代の有無を確認する。9番が大丈夫ですとベンチにジェスチャーで伝えた。監督がコート内の主将とも視線を交わしてから副審に首を振った。メンバーチェンジはなしだ。試合続行。

自ら打って空気を立てなおそうという気概で9番がひときわ声をだし、手を叩いてトスを呼ぶ。しかし2番が9番を使うのを避け、サイド攻撃が多い鹿角山だがここはミドルを使った。

この心理を読んでミドルにコミットした青木が一枚ブロックでシャットアウト。鹿角山側にボールを叩き落とした。応援する側には痛快な、やられる側にとっては痛烈極まる〝どシャット〟だ。どっちの心境もわかりすぎるほどわかるので三村はコートを見つめてただ短い溜め息をつくしかない。

清陰24－19鹿角山。清陰、マッチポイント。

川島はもはや呆然《ぼうぜん》としてベンチの前で立ち尽くしていた。コーチにパンツを引かれ、促されるまま糸が切れたようにベンチに腰をおろすと、長い背を屈《かが》め、大きな両手で顔を覆った。

でたいだろう、川島……。

腿《もも》に置いていた手を三村は無意識に膝に滑らせていた。膝頭を包んだ五指に力が入った。

動ける。と川島自身は自分の状態を判断しているのだ。なのに清陰が点を刻んでいくのを目の前で見ているしかないのが、歯痒《はがゆ》くて悔しくて仕方がないだろう。将来のほうが大事だと言われたところで、将来より今が大事じゃないなんて誰が決めたんだと反論したいだろう。目の前でたった今も懸命に踏ん張っている味方を助けに行けないことのほうが何十倍もつらいだろう。今、目の前で戦っているチームのために川島は守られているのではない——今はまだどこにもない、別のもののために守られている。

鹿角山を高校日本一にしたいと夢を語っていた川島は、三年間の春高の舞台で結局一度も、力のすべてを出し尽くして戦う機会を得ることがなかった。

「……顔をあげろよ。川島」

若槻が呟いた。

「最後の春高なんだぜ」

どちらに肩入れしているふうでもなく冷ややかに試合を静観しているように見えていたが、その声だけはどこか熱さを秘めて聞こえた。

若槻の声が聞こえたはずもないが、川島が顔を覆っていた両手をどかした。覚悟を決めたようにコートに凝らした目のまわりが赤らんでいた。

鹿角山が一点を返し、この崖《がけ》っぷちで二十点に乗せた。サーブ権を取ったはいいが清陰の攻撃を凌がねばならない側になり窮地は続く。ここから四連続得点で追いついてデュースに持ち込むしか鹿角山に残された勝機はない。だが清陰は小田が後衛に下がって黒羽がレフトにあがっている。ここからの二ローテが清陰の最強の布陣となる。

「7番来るぞ！」

川島が立ちあがり、清陰のレフトを指さして声を限りに怒鳴った。

ミドルやバックライトも選択できる状況だったにもかかわらず、灰島はあえて川島の声に応じるかのようにレフトにトスを飛ばした。あの恐ろしく計算高く、コート上の状況すべてが見えているはずの一年セッターは土壇場《どたんば》で〝勝算〟よりも〝勝負〟を優先することがある。

鹿角山のブロックがビリジアンの壁となって食らいつく。「決めてまえユニー!!」清陰側応援席から怒号があがる。「とめろとめろとめろ!!」鹿角山側からあがる声には川島の絶叫もまざっている。

黒羽のスパイクが鹿角山の9番の右手をはじき、角度をねじ曲げられたボールがサイド方向に跳ねとんだ。やはり突き指なり脱臼《だっきゅう》なりがあったか——痛みがなければ前にブロックできていたかもしれない。鹿角山の後衛が必死でボールを追ってコートサイドへ飛びだす。ベンチに座っていた者たちが慌てて場所をあけつつ、突っ込んでくる選手をコーチが受けとめる体勢に入る。

川島が頭上に飛んできたボールに反射的に手を伸ばしかけた。

川島ならきっと届いたはずだ。ボールをはたき返して自陣へとまだ繋ぐことができたはずだが、今コートに入っていない川島は、頭上を越えていくボールをただ仰いだきり見送った。

「さてと……決まったな」

若槻が背もたれに預けていた長身を起こした。

「まあどっちでもよかったんだが、準々決勝の前に二冠王者をどれだけ消耗《しょうもう》させてくれるか、初出場校に期待するか」

「若槻監督」

座席を軋《きし》ませて立ちあがった若槻を三村は呼びとめた。

「景星の準々決勝の相手が箕宿になるとは限らないですよ」

煽る言い方をしたのは、あえてだ。

「きみはなんで福井の高校を選んだ？　県外の私立に進学っていう道は考えなかったのか？」

こっちが挑発したつもりだったが思わぬ疑問形の言葉を返され、三村のほうが虚を衝《つ》かれた。二階席に絶えず満ちる喧噪《けんそう》の中、いっとき沈黙する二人の視線が絡む。三村はむっとして若槻を睨み、若槻は余裕が窺える顔でこちらを見下ろしてくる。

「……今年ここにこられなかった後悔はあっても、それに関しての後悔はまったくありません」

三村の答えに「もったいなかったな」と若槻は肩を竦めたが、それ以上強く言うほど三村に興味もないようで「気をつけて福井に帰れよ」とだけ言い残し、ひらりと肩越しに手を振って階段を大股で上っていった。

隣の女子のコートの試合もちょうど同じ頃に終わり、席をあける応援団と次に入る応援団の大移動で二階席の混雑は激しくなっていた。今席を立っても松葉杖でこの中を移動するのは危険をともないそうだ。若槻の長身はしばらくは視界に捉えられたが、ほどなく薄暗い二階席の奥へと消えていった。

対戦相手との挨拶を終えた清陰のメンバーが二階席の下に挨拶に来たため前方に意識を戻した。

「応援ありがとうございました!!」

歯切れのいい小田の声を合図に横一列に並んだ選手とマネージャーが礼をした。総立ちになって大きな拍手で子どもたちの勝利をたたえる応援団の後方で、三村は一人で座ったままゆったりと拍手を贈った。

報道エリアのカメラマンの多くが今や清陰にカメラを向けていた。報道陣や関係者が、三村に言わせれば遅まきながら、部員たった八人——その中でも列の端でなにか口を尖らせて囁《ささや》きあっている二人はまだ一年だ——の福井の無名校に驚愕《きょうがく》の目を向けはじめた。

男子二回戦　清陰（福井）２－０　鹿角山（北海道）
第１セット○25－21
第２セット○25－20

初出場・清陰が二日目を生き残り、ダブルヘッダーとなる三日目へと駒を進めた。

11. BATON PASS

「なあなあ、みんなであれ入ろっせ」

言うまでもないと思うが一応言っておくと言いだしっぺは大隈だ。

バックヤードのホールにゲーセンにあるようなプリクラを思わせる、入り口にカーテンが下がった箱が設置されているのは黒羽も初日から目にしていた。出場チームがビデオメッセージを撮影できるもので、テレビ番組内で採用されることもあるという。

「はじめまして、福井の七符清陰高校です！」

という生真面目な小田の挨拶からはじまって三回戦に勝ち進んだ意気込みをアピールする内容のビデオを撮ってから、

「んー待て。末森を真ん中にしよう。マネージャーと一緒に頑張ってきた感だしたよーなやつのほうが採用されやすいやろ」

と青木が妙にテレビに採用されることに乗り気になって仕切りはじめたり、福蜂はおもしろ動画で毎年のように採用されてるらしいと誰かが言いだしたりしてわやくちゃと撮りなおしをしているうちに、灰島がするりと姿を消すのが目の端に入った。

大隈の脇の下をくぐって黒羽もカーテンの隙間から外にでた。

灰島がふらっとした足取りで箱の前を離れていく。その先には振り返り振り返りちょいちょいと手招きをして、人気《ひとけ》が減りはじめた会場のいずこかへと灰島をいざなっていく老顧問の姿があった。あれは……妖怪に誘いだされて神隠しに遭うやつにしか見えん……。

箱の中では内村と外尾が捨て身の「福井あるある漫才」をやりはじめていた。まかり間違ってテレビで流れたとして二人にとって黒歴史になりそうである。盛りあがっているところに水を差すのもためらわれ、黒羽一人であとを追った。

今日の終盤の試合が続いているメインアリーナの端を足早に通り過ぎ、二階の一般観戦席に上ったところで灰島を見失った。きょろきょろしながら二階をぐるりと一周してきてから、入場口近くの休憩スペースに目が行った。簡易なテーブルがいくつか置かれ、ちょっとした飲食ができるようになっているスペースだ。

テーブルを囲む椅子の一つにジャージをはおってコンタクトから眼鏡に戻った灰島の姿があった。顧問はいなくなっていたが、かわりに見知らぬ男が灰島の向かい側に頬杖をついて座っていた。冷静に考えてみれば灰島だけ取材に呼ばれたなんていうことは十分あり得る話だ。

「単身の転校だと六ヶ月間は公式戦に出場できないのは知ってると思うが、一月中に転入手続きが通ったら夏のインターハイ本戦には出場資格が回復する。春高はもちろん予選から出場できる。二年から優勝できるチームでプレーしようぜ」

なんの取材だろうと、最初黒羽は単純に相手の人物の意図を訝《いぶか》った。

「引き抜きですか？　こんな時期に？」

険のある目つきで灰島が男に返した言葉を耳にして、遅れて衝撃を受けた。

男の服装をよく見れば昨日みんなで三階席から見たチームのものだった。選手ではなく監督やコーチといったおとな勢が着ていたものだ。東京の私立校はチームスタッフのユニフォームまでかっこいいんだなと思ったものだ。

均整の取れた長身にブレザーを着込んだ男が、フレンドリーを通り越してざっくばらんというか、若干雑な印象を受ける口ぶりの標準語で続けた。

「銘誠中時代の話は聞いたうえで話してる。うちは〝勝てるチーム〟を作ってるし、部員は全員それを理解してる。戻ってこいよ、東京に」

その瞬間、自分でも驚くほどの勢いで黒羽はテーブルに歩み寄って灰島の二の腕を摑んだ。椅子とテーブルが音を立てて揺れ、椅子から吊《つ》りあげられる恰好になった灰島が目をみはってこっちを見あげた。

「あの」

と男に向かって牽制《けんせい》するようにドスを利かせる。頰杖から顎を浮かせた男が「チームメイトに見つかっちまったか」と苦笑した。つまり見つからないように連れだしたってことではないか。

「ウイングスパイカーの黒羽ゆうじくん、だったよな」

「黒羽ゆにです」黒羽ではなく灰島が間髪《かんはつ》をいれず訂正した。

灰島が自力で立ちなおし、二の腕を摑んでいる黒羽の手をぽんと叩いた。「なにマジで心配してんだよ。あり得ねえだろ」となだめられて黒羽は渋々ながら手を放した。

椅子に座ったままの男を灰島が見下ろし、

「今はっきり言っといたほうがいいと思うんで。断ります」

ほぼ即答だった。話は光栄だがとか申し訳ないがとか、そんな枕詞《まくらことば》すらひと言もなく、考える時間が欲しいとも言わず、拒絶の言葉のみをばっさりと。

「優勝できるチームって言いましたけど、若槻監督になってからまだ一度も優勝したことないですよね。三年前に獲《と》り逃したきり」

男のこめかみがぴくりと動き、目つきが鋭くなった。

「浅野が優勝させるさ。今年はな」

浅野——浅野直澄。景星学園の主将の名がでたことで黒羽は男の正体を確信した。景星学園の監督・若槻。三十代の新進気鋭の監督だと聞いた覚えがある。

「じゃ、うちが今回優勝したらあらためて交渉させてもらうってことでいいな」

灰島の挑発的な言いようを逆手に取って若槻が言ってきた。これには今度は灰島のこめかみがぴくりと震えた。

「清陰が準々決勝で景星に負けるって意味になりますけど、それ」

「それもまあそうだが、その前に箕宿に勝てないだろうけどな。万一清陰があがってきてくれたらむしろうちが優勝しやすくなって助かる」

その売り言葉に灰島の負けず嫌いの針が一気に振り切れた。

「へえ……言いましたね」

普段表情筋があまり動かない灰島の口角が持ちあがり、黒羽までぞっとするような切れ味の笑いが浮かんだ。

「つきあうなや。もう行くぞ。はよみんなんとこ戻ろっせ」

若槻に向かってあえて「みんな」を強調して黒羽は灰島の肩を抱き、灰島の視線を若槻から引き剝《は》がした。

「その話、まだするんやったら小田主将通してください」

「一乗谷《いちじょうだに》先生は通してるぜ？」

再び飄々とした態度に戻って椅子の上で脚を組みなおす若槻が座るテーブルを一刻も早くという気持ちで離れた。


肩を並べて足早に会場内をしばし歩いた。俯きがちに物思いに沈んでいる灰島に黒羽からは声をかけあぐねていたが、灰島がおもむろに口を開いた。

「………一乗谷、先生？」

たった今繋がったというようにぱっと顔をあげ、

「って、あのじいさんかよ！」

「そこけや!?　顧問の名前くらい知っとけや！」

裏返った声で突っ込む黒羽を灰島がなんだか尊敬のまなざしで見つめてきた。

「おまえ知ってたの？　すげぇなおまえ」

「頭悪そうなこと言うのやめろ……　〝天才セッター〟に注目しはじめた人たちの夢壊すわ……」

頭痛がしてくる黒羽である。こんなことで尊敬されてもぜんぜん嬉しくないのでバレーのことで褒められたい。本当にこいつは、コート内では目と耳が百個ずつついてるんじゃないかって状況認識能力を発揮するくせに日常生活の認識能力が欠落している。

どのコートも今日の最後の試合に入っている。会場内のそここに塊を作って出番を待っていた応援団ももう一つも残っていない。目当ての試合を見終えた人々が続々と退場していく。「すいません」と、出口に向かって流れる人波を一部澱《よど》ませて大儀そうに松葉杖をついて歩いていく人もいた。

ＩＤを提げている二人は選手・関係者のみが入れるアリーナへの階段をおりる。

「一回戦のあとと二回戦のあとで、まわりの目がぜんぜん変わっただろ。鹿角山に勝ったのはでかい。今の話だっておまえが言ったとおり関係者が注目しはじめたって証拠だ。明日箕宿に勝ったらもっと変わるぜ。言ったろ？　春高で目立ってユースに選ばれるって」

灰島が不敵にほくそ笑んだ。引き抜きの話には心が揺れるどころか本当に微塵もその気がないようで、そのことにはけろっとしすぎるほどけろっとしている。

戻ってこいよ、東京に——あのとき一瞬心臓がどくんとした。

でも、今はほっとした。

「あ、帰ってきた。どっか行くんやったらひと言言ってきなさい」

ビデオメッセージの箱があるホールにチームのみんなが集まっていた。「メールしてもここで鳴るしー」と末森がふくれ面で黒羽の携帯を掲げている。荷物と一緒に置いていってしまったのだ。すいませんーと手を振って足を速めたとき、

「さっきの話、誰にも言うなよ」

と灰島に釘を刺された。

「小田先輩には一応言っといたほうがようないけ?」

灰島がふるふると小さく、しかし頑《かたく》なに首を振り、ぽつりと言った。

「行かないよ……清陰以外になんて」

あまりにも迷いなく景星の監督に即答した灰島の心理の裡《うら》に黒羽の想像とは違うものがあったことに、今気づいた。

行かないんじゃない。こいつは行けないんじゃないのかと……。

「これで全員いるな。サブコートで残りの荷物まとめて、今日はまっすぐホテルに引きあげるぞ」

チームに合流すると灰島はなにごともなかったような顔で「はい」と答えて自分の担当の荷物を持ちあげた。小田と面と向かってもやはりなにも報告しないつもりのようだ。黒羽も「あ、それ持ちます」と内村が担いだクーラーボックスを引き受けようとしたが、「ほしたら黒羽はこれ持っとけや」とかわりにずいぶん軽い紙袋を預けられた。

「なんすかこれ？　北海道限定……酪農みるく……」

一番上に見えた文字を訝しげに読みあげる。チョコレート菓子やスナック菓子の箱や袋が入っているようでかさかさと音がした。

「さっき川島が来て預けてったんや。ようわからんけど三村統に渡してくれって」

「川島と……？　三村……さん……？」今しがた戦ったばかりの相手と、十一月に戦った福井の絶対エースの名前がすぐには繋がらなかった。

……が、「あーっ！」突然黒羽が大声をだしたので「なんやいきなり」とみんなから白眼《はくがん》を向けられた。

「おれ、これ今渡してきます！　先行っといてください！」

紙袋を振りまわさんばかりに今戻ってきたルートを逆方向に走りだした。「今って……ていうかおまえよう体力残ってんな！」とあきれ声をかけられた。

あの後ろ姿。松葉杖。声……。何気なく目の端で追っただけでなんでさっきは気づかなかったんだ。

「三村さん！」

体育館は朝からずっと明るい照明に照らされていたが、会場前の広場にはもうすっかり暗がりが落ちていた。千駄ケ谷駅に向かう人波の中をひょこり、ひょこりと進んでいく、人より頭一つ突きだした長身の名前を大声で呼んだ。

松葉杖をついた両肩をぎくっとしたように竦めて歩みをとめたのは、果たして。

「三村さん、見に来てたんですか」

黒羽が走って追いつくと、三村統が嫌そうな顔で振り返った。どうやら見つかりたくなかったようだ。

「ついであっただけや、ついでー。日帰りやで今からツレと合流して福井帰る」

「誰と来たんですか？」

「んー……おふくろ」ともごもご言うとき口をほとんど動かさなかった。松葉杖を使ってあらためて黒羽に身体を向け、「手術の検査やったんやけど、小田とか知ったら気ぃ遣うで言うなや。変に気にされんのも面倒やし」

「おれ今日口どめされんの二度目なんですけど……」

あの〝三村統〟の――明朗快活で人格の隙がないように見えた福井のカリスマの、私服のせいもあるのかもしれないが普通の高校生みたいな素の面が垣間見《かいまみ》えたのが、なんだか新鮮だったし親近感も覚えた。

「あっこれ、持ってけますか？　鹿角山の川島からやそうです」

紙袋を差しだすと、事情はよくわからないが三村が顔を輝かせた。

「おっまじで。あいついい奴やなあ」

紙袋を手首に引っかけて松葉杖を握りなおし、

「……強かったやろ。川島。ちょっとしかでれんかったけどな」

「はい」

と黒羽は頷く。第一セットから全部見ていたことがその言い方からわかった。

「コートに入ったら試合の流れを引き寄せるんがエースの責任や。ワンプレーしかでれんのやったら、送り込まれたそのワンプレーで必ず流れを変える。川島は毎試合その気迫でやってる。いつも短時間しかでれんかったでな」

「……はい」

三村の評価どおりの川島のプレーが身に刻まれていた。

「おれに足りんもんってなんなんですかね……いやいろいろ足りんのはわかってるんで

すけど……エースの存在感とか、プレッシャーみたいなもんがどーやったら備わるんかなと……」

「福井のエースは今はおまえやろ。おれに訊くなって」

「すんません……」

「まあ苦労が足りんのでねぇんか？」

あっけらかんと言われてしまった。

「う……それは、まあ、そーですね……」

ショックを受けつつもたぶん図星なので反論の言葉がない。

それなりにバレーボールの素質に恵まれており、身体は丈夫だし、性格はのんびりしているほうだと言われるのでチームメイトとの軋轢《あつれき》もなく、経済的な事情なんかもまったくなく、家族に不幸があったりすることもなくじいちゃん以下健康長寿……なんというか苦労話の仕立てようがない。

「ってのは冗談やけど。苦労なんてしても美談にもなんもならんしな」

思わず唸って考え込んでいたら三村が軽やかに笑った。

「ただし、今はたいした苦労してえんでも、おまえが上を目指すんやったらどっかで絶対に壁にぶつかるときは来る。そんときはまあ、うーん、頑張れ」

「なんかおれに対して雑でないですか……？」

「ま、一個言うとしたら、おまえはもうちょいハッタリかませるようになれや」

「ハッタリ……で、いいんですか？」

黒羽は半信半疑なリアクションをして三村の顔を見た。

明るい場所こそ似合う人だという印象を今まで持っていたが、しんしんと冷え込みはじめた真冬の夜空の下で、その顔は意外にも映えて見えた。その表情がたたえた凄みに、心がざわりと波立った。

「川島だけやないぞ。ここから先、全国の並みいるエースん中で自分のチームを勝たすのがおまえの役目や。おれが言っといてなんやけど、福井のエースなんてちっちぇえ枠に収まんな。勝てないなんて死んでも言うな。ハッタリを現実にするために身体を張れ。頭をフルで使え——おまえの隣にいつもいる奴は、それをやってる」

三村の視線をなぞって黒羽ははっと背後を振り返った。

入場口の階段に現れた灰島がこっちに気づいてそこで立ちどまった。一瞬驚いたようだが、なにか納得したらしい顔になって三村に小さく頭を下げた。

「ほんならな。親待たしてるで」

という声に視線を戻すと、三村が二本の松葉杖を大きくついて背を向けた。手首に引っかけた紙袋が揺れた。

「あっ、気ぃつけて帰ってください……」

「勝ちあがれよ。清陰がここへ来たんが必然やったんやって証明してみせろ。あと一回、おれたちにこの舞台に挑ませて欲しかった……なんて未練を、おれに残させせんなや」

〝福井のエース〟として今までに見えていたどれくらいの部分がハッタリだったんだろうと黒羽は思いながら、今は慎重に——たぶん今しばらくのあいだだけ、慎重にゆっくりと歩を進めていくその背中を見送った。

第二話　星を射る勇者

1. 2-YEAR AGE GAP

「箕宿《みぼし》じゃてっぺん獲《と》れんけん。おれは新天地でてっぺん獲る」

などとぬかして福岡をでていった男がいた。

弓掛篤志《ゆみかけあつし》が中学一年、そいつが中学三年の冬だった。高校では一緒にやれると思っていた弓掛は猛反発した。

「新天地!? なん寝言言いようと!? 箕宿でてっぺん獲るって言っとったやん!」

箕宿高校は全国でも強豪に数えられる福岡の伝統校だ。男子バレー部は創部五十余年。春高《はるこう》バレーの出場回数は四十回近く。半世紀の歴史の中で春高を含めた全国大会優勝回数は六回。ただしそれは弓掛の親が子どもの頃くらい大昔の話で、以後数十年にわたってっぺんからは遠ざかっていた。

新鋭の私立から声がかかったという。まだ実績もほとんどない学校で、若い監督が選手を集めているらしい。

「そげんチームでてっぺん獲れる保証なんかなかろうもん」

「だけんやなかね。新天地でひと旗あげるとが男の生き様ってもんやろ」

いったいなにを吹き込まれた……。二つ年上ながら昔からあほだとは思っていた。元来調子に乗りやすくて自惚《うぬぼ》れ屋だったのでうまく口説かれたのだろう。心意気だけはバンカラ気取って高下駄《たかげた》履いてザック一つしょって、裸一貫で故郷を旅立つみたいな雰囲気を醸《かも》している（実際にはもちろん母親と一緒に荷造りして宅配便で寮に送ってもらったのである）そいつにあきれるとともに激怒した。

「二年待っときって！　おれが箕宿入ったら絶対てっぺん獲らしてやるけん」

「篤志が入ってもチビが一人増えるだけっちゃろ」

「……‼」

大喧嘩《おおげんか》になった。

といっても二人とも小学生の頃からバレー漬けのバレーバカだ。スポーツマンとして殴りあいは避けるくらいの自制心はあったので、取っ組みあいである。

男子の中一と中三のあいだに横たわる二年間には、思春期以降の全年代の二歳差の中で間違いなく最大の体格差があった。弓掛が摑《つか》みかかっては一方的に投げ飛ばされるというものになった。だが不運にもというか、起きあがりざまの弓掛の頭突きが相手の顎《あご》に入り、顎が外れたうえ流血沙汰《ざた》になった。そいつは血だらけになった顎を押さえて泣いて家に帰った。

それきり会うことはなく、春休み中に福岡から〝新天地〟へとでていった。

*

片や全国常連に名を連ねて半世紀の歴史を誇る古豪、福岡の箕宿高校と、片や学校の創立自体が十年ほど前という新星校、東京の景星《けいせい》学園とが密に練習試合を重ねるほどの関係を持つようになったのはごく近年だ。景星の監督に就いた若槻《わかつき》が箕宿でコーチを務める香山《かやま》の大学バレー部時代の後輩で、若槻のほうからそのツテで箕宿に胸を借りたいと請《こ》うたのが縁のはじまりとのことだ。

あの喧嘩別れから三年。弓掛は地元福岡の中学から箕宿に入学していた。その夏のインターハイの開催地は北関東。夏休みに入るとすぐに箕宿は慣例の出稽古《でげいこ》行脚《あんぎゃ》に出発した。箕宿が日本一だった頃からの古い縁を頼って練習場所と練習相手、それに宿泊場所の提供を受けながら東へ、東へと上り、開催地入り前の仕上げの立ち寄り場所として、もっとも新しい知己である東京の盟友を訪ねた。一年生の弓掛が初めて景星を訪れる機会になった。

敷地内の駐車場には景星学園カラーに塗装された大型バスが三台（他の部も使うのだろう）停《と》まっていた。箕宿のバスがその横につけると、景星のバレー部員たちが体育館から迎えに駆けだしてくるのが見えた。

「荷物だします！」

と弓掛は真っ先にバスを飛びおりた。

七月末の高速道路を長距離走行してきたバスはあながち誇張でもなく目玉焼きが焼けるほど熱せられていた。車体の腹側にあるトランクルームにまわるとパネルから立ちのぼる熱気が顔面を炙《あぶ》る。バスでの長距離移動には慣れている箕宿なのですぐに合同練習だ。午後からはみっちり練習試合の予定になっている。

「お疲れさまです。手伝います」

トランクルームに潜り込んで荷物をだしていると景星の部員が手を貸しはじめた。練習中だったのだろう、速乾素材の白いTシャツとゲームパンツという練習着姿はすでに汗だくだった。けれど浮かべた笑みは涼しげで、透明度の高い湖岸に立ったような風がさらりと吹いた。

「直澄《なおずみ》！」

あっという間に汗が噴きだしてきた顔を弓掛はほころばせた。

「いらっしゃいー。篤志。楽しみにしてた」

弓掛篤志と浅野《あさの》直澄。全中《ぜんちゅう》（全日本中学校選手権大会）やJOCことジュニアオリンピックカップ（都道府県対抗中学大会）では同学年のライバルとして面識があり、中学選抜の強化合宿ではチームメイトだった（二次選抜を通って海外遠征にまでは連れていってもらえなかったどうしでもある）。それぞれ箕宿と景星に進学してから顔をあわせるのはこの夏が初めてだ。

こっちから入ってください、と景星のマネージャーらしき部員の誘導で箕宿の部員たちが荷物を持ってぞろぞろと体育館へ向かう。弓掛は浅野と並んで話しながらその流れに続いた。

「知っとう？　賢峻《けんしゅん》、インハイ用に測ったら一九九やったって」

「知ってる知ってる。記事になってたよ。高校のうちにヤマコフ（山村宏太《やまむらこうた》・二〇五センチ）超えるかもね」

「直澄は？　インハイでると？」

「まさか。一年はまだユニフォームももらえないよ。篤志は？」

仮にも中学選抜候補にまでなったんだからもっと自信持てばいいのにと、浅野の謙虚さに弓掛は些《いささ》か物足りなさを覚える。一年だからなんてなにも理由にならない。今の景星の主将だって一年のときからスタメンのレフトとしてコートに立ってきたことは弓掛もよく知っている。

気を取りなおして胸を張り、

「おれはでるよ。ていうか、でるはず」

「でるはず？」

「だしてくれって監督に詰め寄ったもん」

「篤志はいつも自分から最前線にでていくよね」

「だっておれは後ろにいたら前が見えんけんね」

〝持たざる〟ところからスタートするのは弓掛篤志にとって昔から当たり前だった。なので高校でも伸びる子はまだ伸びるよと訊《き》いてもいないフォローをされたり、大きい選手に育って欲しいと周囲が切実に期待するほどには、もちろんもらえるものなら欲しかったが、弓掛自身は自分の身長をマイナスに捉えてはいなかった。

景星の主将である佐々尾《ささお》が体育館の靴脱ぎ場の前に立って出迎えていた。「こんにちは」と緊張気味に挨拶《あいさつ》して入っていく箕宿の下級生たちに「お疲れさんでーす」とフランクに応対している。

弓掛は浅野との会話をやめて口をつぐんだ。

先に入っていった部員を流し目で見送り、次に戸口の前に来た弓掛たちに目を移すやいに佐々尾が肩をびくりとさせた。弓掛はあえて自分からは挨拶しない。黙ってただ上目遣いに佐々尾の顔を見据えると、佐々尾が尊大に顎を上向けて見下ろしてきた。顎の真ん中のやや左寄りにわずかなへこみと、今はもう肌色になっている一センチ半ほどの縫い痕《あと》が見えた。もとは整っている顎の形をそのへこみがいびつにしていた。

「ひさしぶりじゃん、篤志」

最初から嚙《か》みつこうと考えていたわけではない。三年前のことに拘泥《こうでい》してずっと腹を立てていたわけではなかったし、東京で結果をだしていることは認めていたし、むしろ謝ってもいい、と思っていた。

が。

……なん「じゃん」とか使っとうとや。

東京でうまくやってることを強調してくるような標準語のイントネーションが、思っていた以上にカチンと来た。

不思議そうに二人の様子を見ていた浅野が合点した顔になった。

「あっそうだ、広基《ひろき》さん福岡出身だから。仲良かったんですか？」

「顔見知りってくらいだよ。中学違ったし、おれがいたときはこいつまだ福岡選抜のメンバーになれなかったから。まあ福岡の小坊中坊はだいたいおれが見てやったことあるから、懐いてた奴も多くてさ。こっちでてくるとき泣きついてきた奴もいて困らされたんだぜ。なあ篤志？」

地元でよくしてやった先輩面か。そっちがそういう態度で来るんならと、弓掛は鼻で笑った。

「どっちが泣いて福岡から逃げだしたとや？」

佐々尾の顔が強張《こわば》った。皮膚が引き攣《つ》れて顎の古傷が白くなった。このとき弓掛一七〇センチ、佐々尾一八五センチ。斜め下と斜め上で険悪な視線が絡む。沈黙。睨《にら》みあい。のち、

佐々尾のでかい右手に顎を摑まれて上向かされた。

「ごめんなさいの一つも言えねえのかこの口はッ！」

「黒歴史うずかせてすまんかったな！　あんた今おれの顔みてビビったやろ！」

「このガキ、まだおれが東京行ったこと根に持ってんのかっ。こっちでちゃんと勝ってるからって僻《ひが》んでんじゃねえ！」

「誰が僻んどうと!?」

突如はじまった景星の三年と箕宿の一年の罵《ののし》りあいが両校の部員をぎょっとさせた。

「えーと……。顔見知り程度じゃなさそう……」浅野が空笑いを浮かべて小首をかしげた。

手の甲で佐々尾の手をはたき落とし、

「春高準優勝くらいでなん調子乗っとうとや！　春高準優勝くらいでっ……バリすごか！　おめでとうございます！」

体育館の周囲一帯に響き渡る声で怒鳴ってやった。「うるせえっ」佐々尾が激昂《げっこう》して怒鳴り返してきてから、目を白黒させた。

「けど、てっぺん獲るって言って福岡でてったんやろ。去年てっぺん獲っとけばよかったって後悔するけんな。おれが箕宿入ったっちゃけん、今年は福岡がてっぺん獲る」

まわりで聞いている景星の部員たちを憚《はばか》らず、むしろ景星のホーム中に聞かせてやるくらいの声量で言い放った。

顎を下げ、気持ち身構えて佐々尾の反応を待った。今年こそ優勝するという買い言葉なり、チビが一人入ったからなんだっていうんだという嘲笑《ちょうしょう》なり、あるいは単純にてめぇ生意気だという憤激なりを予想していた。

が、迷惑がるような曖昧《あいまい》な顔で佐々尾は瞳を揺らしただけで、それらのどの反応もなかった。

「篤志ー。この阿呆《あほう》は、お世話になる先でなんば喧嘩売っとうとか」

Tシャツの首根っこを摑まれて後ろによろめきながら首をねじって振り返るとコーチの香山の厳《いか》つい顔があった。

「早々に悪かね、佐々尾くん。今日はよろしく」

鬼瓦《おにがわら》みたいな顔面のわりにやわらかい物腰で香山が言うと、なにか安堵《あんど》したように佐々尾が息をつき、「あ、いえ。こんにちは」と他校のおとなに対しては殊勝《しゅしょう》に挨拶した。

「うちもこんな連中ばっかりなんで気にしませんよ」

という声とともに佐々尾の背後からも新たなおとなが――すらりとしているが鍛えられた長身をポロシャツとハーフパンツに包んだ景星の監督・若槻が現れた。香山より背が高いが、歳《とし》は香山のほうが上だ。「こんにちは。お世話になります……」香山に頭を下げさせられ、弓掛は上目遣いに若槻を見やりつつ挨拶した。佐々尾がちゃんとした以上自分もやらないわけにいかない。

「活《い》きのいい新人でいいじゃないですか」

「活きがよすぎて勝手に跳ねまわるもんやけん押さえつけるのもたいへんとよ。高くないと勝てん、って入部するなり監督に息巻いて、練習方法変えさせるとこまで監督に折れさせたような奴やけん。ま、今年の箕宿《うち》はすこし変わるぞ」

「へえ。うちにとってはいい兆《きざ》しの話じゃないですね。今から景星に引き抜いときましょうか」

　驚いて弓掛は頭を跳ねあげたが、香山に脳天を押さえつけられて亀みたいに首が引っ込んだ。

「おいおい、本気でやめとってよ。おまえも変わらんとやな」

「はは、冗談です。福岡からこれ以上獲ったら恨まれるんで」

　……どっちにしても行けんかった。

　足もとを見つめてぶすっと唇を尖《とが》らせた。

一応、興味だけ、行くつもりはないけど、と念を押して中学の顧問に頼み込み、おまえ箕宿単願やなかったとかと訝《いぶか》られつつ景星の推薦《すいせん》の条件を調べてもらった。授業料全額免除になるS特待というやつを取れない限り弓掛の家の経済状況では選択肢に入れるのは無理だったが、そのS特待の条件に「中学で全国大会優勝か、それに準ずる成績を収めた者」「中学で長身選手発掘育成合宿に選抜された者」の二つがあった。どちらにも弓掛は当てはまらなかった。

「北辰《ほくしん》が二年生チームで仕上げてきとうみたいやな」

香山が話題を変えると「……ですね」と若槻も声を険しくした。

「北信越のいい選手が集まりましたね。去年はまだ未完成なチームでしたけど、今年は格段に脅威になりました」

おとなたちの会話に緊張感が生まれる。

「荷物入れたらすぐはじめましょうか。箕宿は休憩なしでいいんですね」

「ああ。うちの連中は慣れとうけん」

「広基。箕宿のアップ終わるまでうちはサーブ練」

「はい、先生」

佐々尾が主将の顔になって指示に頷《うなず》いた。じろりとこっちを一瞥《いちべつ》し、ふいと顔を背けて「バカの大口にいちいち反論するほど暇じゃねえんだよ」と舌打ちとともに吐き捨てていった。

2. BE COOL

受験生だった今年の正月、全国ネットでテレビ放送された春高の準決勝を弓掛は福岡の自宅で見た。東京代表・景星学園と長野代表・北辰高校の対戦だった。

北辰は一年生中心に大胆な世代交代をしたばかりの若いチーム。景星の得点源は二年生エースの佐々尾。ユース代表でもあり、新星・景星学園を一躍今年の注目株に押しあげた立役者だ。佐々尾以外は三年中心のチームだったが、主将のセッターや両ミドルブロッカーら盤石の安定感でチームを支える三年生に盛り立てられて波に乗った佐々尾のスパイクが爆発し、景星が北辰を退《しりぞ》けた。

翌日行われた決勝は箕宿の古くからのライバル校であり友好校でもある大分代表・鳥《とり》江《え》工業との「東京－九州対決」となった。惜しくもセットを取り切れず、セットカウント3－1で競《せ》り負けて景星は準優勝に甘んじた。

しかし中核メンバーがその大会をもって卒業した鳥江工に対し、佐々尾は最終学年となる。今年度の三大全国大会の出だしを飾るインターハイにおいて景星は本命と目されていた。

東京での佐々尾の功績は弓掛も認めざるをえなかったが、佐々尾の性格からしてどうせ天狗《てんぐ》になっているだろうとあきれてもいた。

だが、午後イチから行われた練習試合――。

今年の景星が思っていたより苦しんでいるという予想外の現実を弓掛は目の当たりにすることになった。

これはその夜の食事どきに景星の部員から流れてきて知る話になるが、インターハイの都予選でも絶対的な強さで東京都第一代表を決めたわけではなかったらしい。最激戦区東京のインターハイ代表枠は二つ。約二百校に及ぶ参加校が四つのブロックに分かれて予選を行い、各ブロックを一位で勝ちあがったチームによる四チーム総当たりのリーグ戦で代表二枠が決する。景星はこの最終リーグ戦で一戦を落として二勝一敗。同じく二勝一敗のチームがもう一校あり、得点率の差で辛くも一位に滑り込んだとのことだった。


窮屈そうだ……。

練習試合の線審として弓掛が景星側コートの角に立ったセットがあった。佐々尾を見ていてそんな言葉が胸に浮かんだ。

佐々尾らしいのびのびした、悪い言い方をすれば前線で好き放題に打ちまくるだけみたいな勢いのあるスパイクが衰えている。

佐々尾が全幅の信頼を預けられる味方がいないせいだと思った。もちろんコートの中にはともに戦う五人の味方であり仲間がいる。だが去年の三年生のような、いわば「甘えられる」味方がいないのだ。そんな中でポイントゲッターとして先頭に立ち、同時に主将としてコート内をまとめる柱の役割もこなすのは、弓掛に言わせれば佐々尾の精神的キャパシティを超えている。

あほやな、おまえ……。だけん福岡でおれと一緒にやっとけばよかったんよ。

「佐々尾！」

箕宿側からブロッカーの声が飛んだ。佐々尾がレフトから助走に入る。弓掛がジャッジするレフト側サイドラインをシューズが駆け抜け、踏み切りの瞬間、ダダンッと強く床が鳴る。短い稲妻が走ったような床の震えが弓掛の足の下にもはっきりと響いた。

長身を宙に躍らせ、のびやかに楽しそうに――スポーツマンシップ的にはどうかと思わなくもないが、どうだ食らえと高笑いして見せつけるような残虐なまでのスパイクが、弓掛の目にはどこか窮屈さがまとわりついて見える。

通過点が低い。佐々尾本来の高さがでていない。

箕宿のブロックにぶつかったボールがねじれ回転しながら景星側に跳ね返された。高くあがったボールがこのままだとサイドラインのボーダー上に落ちる。アウトかインか——ラインの外に落ちればブロックアウトだが、ライン内ならブロックポイントだ。リベロはカバーできる場所にいない。このセットで佐々尾の対角に投入されていた浅野が後衛にいた。直澄、追え！　弓掛は心の中で怒鳴った。しかし浅野の足はとまっている。

そのとき景星コートであがったのは、一つのシューズが床を擦る音だけだった。

佐々尾が着地ざま足を返し、自身のスパイクカバーに飛び込んだ。ダッシュでは届かない。床を蹴ってダイブする。弓掛は腰を落としてライン上に落ちてくるボールを見極める。まるで助けを求めるかのように、宙を滑りながらこちらに伸ばされた佐々尾の手を、飛びだしていって摑みたい衝動に一瞬駆られた。

ボールの底面がラインの端をぎりぎり踏んだ。ぽーん、とボールが跳ねたあとのライン上を佐々尾の指先が虚しく掬《すく》った。

床に突っ伏した佐々尾の脳天を指すように弓掛はフラッグの先を向けた。当たり前だが厳正にインのジャッジをするしかなかった。

「くそっ」佐々尾が腕を立てて起きあがった。自分に向けてフラッグを指している弓掛をじろりと睨み、「……なんだよ」と汗を拭《ぬぐ》って訊いてきた。

「ラインズマン。そういう係」

フラッグを尻の後ろにまわして弓掛はつんとして答えた。

佐々尾が舌打ちして立ちあがり、自らの胸の汗で濡《ぬ》れた床を見下ろした。一瞬弓掛に目で指図しかけたがすぐ思いなおしたように、

「誰か、ワイピング！」

と自分の仲間に声を投げた。ワイピングと呼ばれる床拭きタオルの携帯は原則好き好きだが、リベロやセッターのようにディグの頻度が高いポジションのほうがおおむね携帯している場合が多い。箕宿の部員は全員携帯している。佐々尾は昔から一度も持っていたことがない。

「あっはい、おれやります！」

浅野が自分の腰の後ろに差したワイピングを引き抜いて駆けてきた。

浅野は素直でよく働く部員だ。でも、直澄、そういうことじゃないんだよ……。苦言が喉《のど》まででかかる。一番動かなきゃいけないのはボールが落ちたあとじゃなくて、空中にあるときだろう。空中にあるときに自分ができる限りのことに頭を使わないと、駄目だろう。

浅野が跪《ひざまず》いて床を拭くところを見下ろしていると、視界の端に見えていた佐々尾の足が離れていった。

胸にわだかまる歯痒《はがゆ》さを押しのけて弓掛はパンツから自分のワイピングを引き抜き、

浅野の前にしゃがんだ。

浅野が顔をあげ、「ありがと」と目尻を下げた。「佐々尾が自分のを持っとけばよかろうもん」愚痴で返し、丸めたフラッグを脇に置いて一緒に床を拭く。他のメンバーに短時間の休憩が入った。

「……景星が、篤志と箕宿から広基さんを取ったっていう感じ、だったんだ……？」

遠慮がちな声が俯《うつむ》いた二人のあいだに落ちた。

「くだらんこと言っとうな」

弓掛は視線をあげずに一蹴《いっしゅう》した。「ごめん」とまたぽつりとした声が落ちる。すぐ謝るなよとまた喉まででかかったが、浅野を責めたいわけではないので呑《の》み込んだ。

若槻と顔を突きあわせてなにか話していた香山が「桜介《おうすけ》」と、ある部員を呼んだ。壁際に座っていた伊賀《いが》桜介が顔をあげて目をぱちくりさせた。

「おまえちょっとリベロで景星のほうば入ってみ」

伊賀が弓掛のほうに目をよこして小首をかしげた。弓掛も首をひねりつつ行けよと目で言うと、伊賀が頷いて腰をあげた。立ちあがりついでに一、二回屈伸してから景星側へ軽やかに駆けていく。同じ一年の伊賀は箕宿のセカンドリベロだ。とはいえスパイカーの弓掛と身長はほぼ同じ。

リベロを区別するビブスを渡された伊賀を景星の長身メンバーが囲んだ。突然敵チームに放り込まれても伊賀は気後れしたふうでもない顔で若槻の指示にこくりこくりと頷く。

「篤志」

と、次に香山が弓掛を呼んだ。

「おまえは次のセットこっち入り」

伊賀とは逆の箕宿側を示されて弓掛は「はいッ！」と勇んで立ちあがり、慌ててもう一度しゃがんでフラッグとワイピングを摑んだ。

さっき佐々尾が届かなかったサイドラインいっぱいのボールに伊賀が矢のような速さで追いついた。身体《からだ》を一直線に投げだすフライングレシーブでボールが繋《つな》がり「ナイスカバー！」と景星の部員から箕宿の部員へ賞賛があがった。

ハイセットに佐々尾があわせて気持ちよく打ち切った。いいボールがあがればやはり佐々尾の攻撃力が爆発する。一八五センチの身長は高校トップレベルの中では特別高いわけではないが、間違いなく高校屈指のパワーヒッターだ。

だが箕宿の正リベロが後輩の伊賀に負けじとスーパーセーブでボールをあげた。ボールの威力にリベロがひっくり返りながらもセッターに返る。

「ライトライトライト持ってこぉーい！」

大胆に助走を取って弓掛はうるさいくらいにトスを呼んだ。

「ライト低いぞ！　潰せ！」

「三枚来いや！　ぶち抜いちゃあ！」

恫喝《どうかつ》じみた佐々尾の声に弓掛も対抗して怒鳴る。景星のブロックは箕宿に比べたら優に手のひら一枚ぶんは高い。

上から抜いてやる！

弓掛のジャンプ力に佐々尾が驚愕《きょうがく》したのがわかった。しかしでかい手がネット上に広く伸びて覆いかぶさってくる。くそっ……うまいな。この威圧感。並のスパイカーならここまで腕が伸びてくれば怯《ひる》む。

空中で一瞬で判断し、わずかに角度を浅くしてインパクトした。

佐々尾の手の先に向かって殴りつけるように腕を振り抜く。ほぼゼロ距離でスパイクがブロックに激突した。

佐々尾の指をはじいたボールが壁に向かって吹っ飛んでいった。伊賀の反応が速い。反転して猛烈なダッシュで追ったものの、ボールのほうが先に壁にぶつかった。壁を震わせて跳ね返ったボールと入れ違いに滑り込んでいった伊賀に「危な！」と周囲で声があがったが、伊賀がくるっと身体を丸めて一回転し、膝をたたんでシューズの底を壁についた。

壁に邪魔されたが、全国大会をやるようなもっと広い会場ならボールは繋がっていたはずだ。「すげっ。あのリベロ一年だろ?」と景星の部員たちがどよめいた。

ともあれブロックアウト。ネットを挟んで目と鼻の先で着地した佐々尾と視線がぶつかった。

痛みを払うように手を軽く振って佐々尾が舌打ちした。

「力任せに打つだけじゃねえのか。チビなりに頭使うようになったってわけか」

弓掛も舌打ちし、

「もっと吹っ飛ばしてやるつもりやったんよ。壁がなかったら桜介に追いつかれとった」

ネットがなければ実際に噛みつきあっていた勢いで睨みあう二人の頭の上でピピッとホイッスルが吹かれた。

「両チーム、威嚇《いかく》が多いぞ。熱くなりすぎだ」

審判台の上から香山が全体を戒《いまし》めた。

「特に篤志」

とりわけ厳しい声で名指しされてなんでおれだけと不満顔をする弓掛に、

「クールにやり」

と、どっちかというと見た目が一番暑苦しい香山が壁のほうへ目配せした。

体育館のステージ側の壁には景星の校旗が掲げられているが、別の側の壁に箕宿が到着してから横断幕を張っていた。

壁のその箇所を四角くくりぬいてまさに今日の空を透かしたような、夏空と同じ色の布に染め抜かれた、弓引く半人半馬を表すシルエット——射手座は箕宿高校のシンボルだ。そのマークとともにかっちりした楷書体で綴《つづ》られている八文字の漢字、

『冷眼冷耳　冷情冷心』

入学前からこの横断幕を見て知っていた、箕宿バレー部員が心に刻む理念を頭の中で唱える。

——冷眼《れいがん》にて人を観《み》、冷耳《れいじ》にて語を聴き、冷情《れいじょう》にて感に当たり、冷心《れいしん》にて理を思う。

ひっくるめて言えば常に冷静に万事にあたれという言葉だ。

肩で大きく一つ息をつき、Tシャツの腹を引っ張って額の汗を拭う。

ネットの向こうでも佐々尾がTシャツの肩口でぐいと顔を拭った。

「まったく根拠がない大口ってわけでもないみたいだな。ま、組みあわせがよければほんとにベスト4までは残れるかもな」

「ベスト4なんて誰が言ったとや。てっぺん獲るって言っとうやろ」

若干クールダウンしたトーンで言い返しながらも、満足感が胸に滲《にじ》んだ。ひねくれた

言い方なのは気に入らないが佐々尾から認めさせる発言を引きだしたのだ。

三年前、中一と中三のときにはまだ埋めようのない力の差があった。けれど今ならスパイカーとして佐々尾と対等に渡りあえる。

チームは一度も同じになったことはなかったが、県内の小学生が交流する合同練習会で出会って以降、佐々尾が中学にあがってからも中学生がアシスタントとして小学生を教えに来る機会がときどきあった。

広基くんのスパイクすごかぁ！　広基くんスパイク教えて！——福岡の年少バレーボーラーから佐々尾はそんなふうに憧憬《しょうけい》のまなざしを向けられる存在だった。早熟で体格もよかったので典型的なガキ大将タイプである。弓掛も出会った当初は純粋に佐々尾を尊敬していた記憶はあるが、どうやらこいつは精神的には自分よりガキである、と小学生ながら気づくのに時間はかからなかった。

〝おれが広基のチームに入ったら広基を助けてやるけんね。二年待っとき。足りんのは歳だけやけん〟

〝だけん呼び捨てにすんなって。あとおまえに一番足りんのは背たい、背〟

とすげなく突っぱねつつも、乗せられやすい奴だから佐々尾も悪い気はしていなかったはずだ。

なんで二年待てなかったんだ。

同じ側のコートにいたら、おれが助けてやったのに……。

景星コートの後衛で一人だけ箕宿のチームTシャツの上にビブスをつけた伊賀をちらと見やると、後衛の浅野も視界に入った。前衛どうしのヒートアップした応酬に乗り遅れたように浅野は途方に暮れた顔で突っ立っていた。

ローテがまわり、後衛に下がった佐々尾の強烈なスパイクサーブはネットに突っ込んでサーブミス。佐々尾のかわりに浅野が前衛レフトにあがってきたローテだ。弓掛の前衛はあと一ローテ。

「悪い、篤志！」

セッターのセットミスでネットに近くなった。ほぼネットの真上だが弓掛は迷わず打ちにいく。

「直澄！　叩け！」

後衛からの佐々尾の声に浅野も跳んだ。

高さでは浅野は佐々尾に引けを取らない。だがネット前でのスタンディングジャンプになったので、助走を取ってフルジャンプした弓掛のほうが高い。「篤志打つな！」と、味方から声が飛んだ。浅野の頭の上で弓掛の手が先にボールに届いた瞬間ホイッスルが鳴った。

オーバーネットだ。浅野の下でカバーに入った伊賀がボールをそのままキャッチした。

弓掛も浅野もネットに近すぎる。先にセンターライン上に着地した浅野の足の上に乗りそうになり弓掛はとっさに足を引いて回避した。体勢を崩したがネットにしがみついて転倒を免れた。

着地の際に至近の選手と足を踏みあったら怪我《けが》をしかねない。いかんせんプレー中に起こりうる、踏んだほうも踏まれたほうも最悪に後味の悪い事故だ。ネットにぶら下がったまま弓掛は肝を冷やした。ネットのすぐ向こうで浅野も胸を撫《な》でおろしたように息をついた。

「篤志！　熱くなんなって言ったやろ！　インハイ直前やぞ、怪我してもさせても誰が責任取るとや！」

「よけたし！　直澄どうせインハイでらんし！」

つい香山に口答えしてしまったがひと言どころかふた言多かった。しかし口から一度でた言葉は口の中には戻せない。

普段そうそう本気では怒らない香山の堪忍袋の緒が切れた。

「頭冷やしてこいッ!!」

鬼の形相で審判台の上に仁王立ちした香山の怒声を食らい、弓掛は首を引っ込めた。

「篤志」主将に肩を叩かれてなだめられた。景星側では佐々尾が「直澄。大丈夫だな？」と浅野の横に来て声をかけた。「はい。おれはどこも」浅野が頷くと両チームの主将が互いに片手で拝んで「悪い」「こっちこそ」と言葉を交わし、それで手打ちになった。

交代させられて弓掛は不承不承コートを離れた。

「弓掛」

と横合いから声をかけられた。

壁際でゲームを静観していた若槻だった。

「今回の大会ではまだださなくても、直澄にはこれから景星《うち》を担ってもらわなきゃならない。箕宿の中でのおまえと立場は同等だぜ」

飄々《ひょうひょう》としたおとなの態度ながら、声の底に仄《ほの》かに怒りが潜んでいた。今の失言は香山以上に若槻の怒気に触れたようだ。

「……すいません。言葉が過ぎました」

素直に頭を下げる。コートを眺めたまま若槻が顎をしゃくり、もういいから行けと指図した。

若槻から離れ、壁に向かって立った。試合再開となり気を取りなおしてコートで交わされる声を背に浴びながら、顎を反らして壁に張られた横断幕を見あげる。

『冷眼にて人を観、冷耳にて語を聴き、冷情にて感に当たり、冷心にて理を思う』

感覚を清明に研ぎ澄まし、歪《ゆが》みなく事象を捉え、冷静に思考し、そして九州から国の中心を射ぬく——射手座のシンボルと併《あわ》せて箕宿高校の悲願を表す横断幕だ。佐々尾とともにそれを叶《かな》えるものだと、ずっと思っていた。

3. TRIANGLE

創立からの歴史が浅い景星学園は伝統校に追いつこうと学校をあげて部活動に力を入れている。その特別強化対象の一つが男子バレーボール部だ。敷地内に運動部生向けの寮があり、原則的に全員寮生活をしている。バレー部に限らず景星の運動部の顧問には若い教員が多く、生徒とともに寮で暮らしているらしい。なお若槻は景星に赴任して四年目の二十八歳だそうだ。赴任時はまだ二十代半ばとなれば先生というより兄貴に近い感じかもしれない。

例年箕宿が景星を訪ねた際には柔剣道場で一夜の宿を乞《こ》う。就寝前、布団を敷き詰めた道場に景星の寮生たちも遊びにきていた。

当初の目的は長野の北辰高校の試合のビデオをみんなで見るという真面目なミーティングである。急成長した今年の北辰のブロック力、スパイク力のインパクトにみな心なしか顔色を失って映像を見つめるだけのミーティングになっていたが、今は集団が散ってあちこちで雑談に花が咲いていた。学校の垣根を越えて学年ごとにいくつかの輪ができ、布団に座ったり寝転がったりしてわいわいと交流している。

練習中はチームごとの練習着に色分けされていたが、めいめい私服のTシャツに短パンやハーフパンツ姿になると傍目《はため》には学校の区別はつかない。全員が「日本の高校運動部男子」という記号で見えるだけだろう。

「箕宿って夏休み入ってすぐ遠征だろ。宿題やる暇あるの？　箕宿、偏差値けっこう高いし、授業も厳しいんじゃないの」

「おれたち宿題はぎりぎりにまとめて篤志に教えてもらうとー」

「えっ、弓掛って意外と勉強できんだ？」

「そーそー。意外と頭よかとよ、篤志」

景星と箕宿の一年のあいだで親しげに交わされる会話に、

「なんね、意外と意外とってー」

と弓掛は自分のではない誰かの布団に仰向《あおむ》けで寝そべったまま口を挟んだ。

「だって弓掛ってバレーもすごいのに、勉強もちゃんとやってるなんてすごいよ」

素直に持ちあげられて「う、うん、まあ」とちょっと照れる。弓掛から見ると東京の奴は見栄《みえ》をあまり張らないと思う。張る必要がないからかもしれない。偏見だけど。

長い脚であぐらを組んだ浅野も輪の中でみんなの話を聞いていた。

「篤志は弟と妹いるから面倒見いいよね」

さらりとした笑みをたたえて浅野が言った。単にずっと大勢でがやがやしていたからではあるが練習試合後から一度も喋《しゃべ》っていなかった浅野と数時間ぶりに目があい、胸につかえていたものがすこし和《やわ》らぐ。

「直澄だって妹おるやろ」

「うちは二つしか離れてないもん。中二の妹なんて兄貴をヒトと思ってないよね。ちょっと便利な高枝切りばさみみたいに扱われてるだけだね……」

げんなり顔でぼやく浅野の脇から「弓掛って下と歳離れてんの？」と別の部員が訊いてきた途端、それまでローテンションでごろごろしていた弓掛はがばっと腹這《はらば》いになって上体を起こした。

「弟小六で妹五歳。写真見る？　五歳児かわいかよー。おれ帰るのいつも妹風呂入ったあとやけど、毎日パジャマでおかえりーって出迎えにくるとよ！」

自分の布団に放ってあった携帯を取りに行こうとしたが「うわ。急に食い気味に来た」と景星の部員に引かれ、「篤志ー。それ一番他人にどーでもいいやつ」と箕宿の仲間にたしなめられて渋々諦めた。

下があと二人いて親の収入も普通（か、どちらかというと普通より下か……）であることを考えれば私立高校に進学するのは厳しいのが現実だった。ほぼ週七で夜まで部活ではアルバイトもできないので部活の費用も全面的に親にだしてもらうしかないが、それも決して余裕があってのことではないのはわかっている。箕宿の遠征はコーチと有志の保護者が自前のバスを運転し、宿泊場所は誼みを頼るという貧乏旅行なのでまだいいほうだ。

　大学に行くかはまだなんとも言えないが、いずれにしろ国公立しか選択肢はないだろうから勉強もちゃんとやっている。

　これもまた〝持たざる〟ところからのスタートだ。

「あった、これこれ。あげはのＳＮＳ」「あーこの子。知っとう知っとう」

　弓掛が写真を見せるのを諦めた頃、三年の輪のほうでは携帯を囲んでなにかの話題で盛りあがっていた。

　箕宿の三年の中に佐々尾もまざっていた。箕宿の三年は佐々尾の福岡時代の同期だ。背は佐々尾が一番でかいので目立っているが、まるでいつも一緒にいるチームメイトのように馴染《なじ》んでいる……ように見えるのは、自分の色眼鏡《いろめがね》か。

　あげはって、佐々尾の元カノやん……。かわいかったけどめっちゃギャルの。

「今なんか読モの男とつきあっとうって。同中《おなちゅう》の奴がそいつ知っとった」

「おれ知らん子や。へー、かわいかー。でもめっちゃギャル」

　などとまわりで盛りあがる中、佐々尾がなにかいたたまらないように画面から視線を背けて「もーいいや」と隣の奴に携帯を渡した。

「広基が訊いたくせに。あげは今なんしようとって」

「福岡にあいつ置いてきたのだけはずっと気にしてたから、今幸せならよかったんじゃね」

　あきらかに強がって言う佐々尾を遠くから眺めて、おまえは見栄張りよるよな、と弓掛は思う。

「広基ー。ちょっと」と景星の部員のほうが多い別の輪に呼ばれて佐々尾が「んー。なんだよ」と億劫《おっくう》そうに答えつつ、輪を外れられてほっとしたように腰をあげた。

　さっき北辰のビデオを見ていたときにも感じたもやもやが沸々《ふつふつ》と蘇《よみがえ》った。春高で北辰とやっている景星と、まだあたったことがない箕宿では実感に差もあったのだろうが、北辰の実力を嚙みしめつつも大きな動揺はない箕宿に比べて景星の空気は固まっていた。そういうときに声をださなければならない主将が黙り込んでテレビを見つめているだけだったせいが多分にあった。主将の空気はチームに伝染する。なにか言えよとよっぽど口をだしたかったが、自分が景星に発破《はっぱ》を掛けるのも変なので弓掛は歯痒く思いつつも我慢していた。

　インターハイでは予選グループ戦ののち決勝トーナメントの抽選が行われるため現段階では決勝トーナメントの組みあわせは決定していない。しかし春高の成績をふまえて第二シードを持っている景星と、同じく第三シードを持っている北辰が準決勝であたる枠に割り振られることは実質的に確定している。シードではない箕宿は抽選次第で景

は決勝戦だ。星・北辰と反対側のゾーンに行く可能性がある。その場合は両校のいずれかとあたるの

「篤志。おまえ寝るとこどこよ？」

あぐらを揺すりながらもやもやと頭を掻《か》きむしっていたら佐々尾の声が突然降ってきた。

顎を反らして真上を仰ぐといつの間にか佐々尾がすぐ背後に立っていた。

「そこやけど……？　ケータイあるとこ」

顎と目線で二つ向こうの布団を示すと「あっそ。ちょっと借りる」と佐々尾が断りもなく、いや断りはしたがその布団にごろりと横になった。陣地を取っていた携帯を上手《うわて》でどこぞに投げ捨てられて「おい!?　なんしようとやっ」と弓掛は跳ね起きた。「洒落《しゃれ》にならんことしよるっ」

かわいそうな愛機は靴脱ぎ場のほうにまで放物線を描いて飛んでいった。靴紐《くつひも》まで灰色に薄汚れた二チームぶんの運動部生の靴が並びきらずにごちゃっと積みあがった山の中に突っ込んだのが幸いし、幸いでもなんでもないが愛機は無事だった。

息をとめて臭い靴の山の中から愛機を救出して戻り、佐々尾の背をつま先で蹴る。

「おれの寝るとこ！」

「すっげーーーキスしてた……読モと……」

枕を抱えて俯《うつぶ》した佐々尾がなにやらどんよりした声で呟《つぶや》いた。

弓掛は頰を引き攣らせた。

「……女のことでガチでへコんでんじゃなか。インハイ前やろ」

怒りを収めて溜《た》め息をつき、布団の端に腰をおろす。SNSになにも考えずにいちゃつき写真をアップするような女も女だし、読モとかいう立場の自覚がなさそうな男も男だと思うが、佐々尾があげはにだいぶ惚《ほ》れ込んでいたのは知っているので悪口は言わないでおく。

「今つきあっとう子おらんと？」

「女の子は福岡のほうがかわいかー。それに優しかもん」と佐々尾が膝下でバタ足する。

「じゃあ帰ってくればよか」

横を向き、口を尖らせて言った。

「おまえにはっきり言っとく。福岡に未練はないんだよ」

ふいに突き放すように低くなった声に、弓掛は顔を背けたまま思わず大きく目を開いた。

「直澄に思うところはあるだろうけど、おれがおまえの肩持つことはないからな」

一瞬聞けた博多《はかた》弁はすぐに標準語で上塗りされて消え去っていた。一年の輪のほうでは各々の兄弟姉妹の話題から血液型の話題に発展しているようだ。こっちの会話は聞こえていないだろうが浅野が気遣わしげな視線をちらりとよこした。

ああ、なんだ……。本題はそれか……。

福岡の話ができてやはりちょっと嬉しかったし、落胆したのは否定できない。

わざわざそんな警告するために近寄ってこなくても。佐々尾にも若槻にもなにか誤解されてるな……誤解されてもしょうがない自分にも非はあるが。

「……勘違いすんなよ。直澄に思うところなんて、なんにもなか」


就寝時間が近づき、寮長でもあるバレー部のマネージャーに手綱《たづな》を締められて寮生たちが腰をあげた。道場に泊まる箕宿の部員に見送られ、お邪魔しましたー、また明日ー、靴がねえー、と靴脱ぎ場でめいめいシューズを掘りだしてどやどやと引きあげていく。

道場内にはエアコン設備があるが戸外は夜になっても気温が下がらず蒸し暑い。道場から寮までは徒歩五分ほどだが、そこまで歩くだけで汗だくになりそうだ。佐々尾は靴の山をあっちこっちへ蹴り飛ばして探しあてた自分のシューズを突っかけて「外、あちぃ」と文句を言いながら早々に真夏の闇の中へと消えていった。

「直澄の靴ないの？」

「ないなー片っぽ。すぐ行くから帰ってていいよ」

遭難したらしいシューズを探していた浅野が最後の一人になった。箕宿の部員たちは中へ戻っていったが、浅野の発掘作業のあいだ弓掛は靴脱ぎ場の入り口に残っていた。片足にだけ自分のシューズを履いた浅野が「あっ」と、置いてあった便所サンダルに片足を入れてガラス戸の外を覗《のぞ》き、「どうりでないや。誰かに外まで蹴られてた」と拾いあげたシューズをぶら下げて振り返った。蟬《せみ》の季節の盛りなのに浅野が笑うと秋の虫の音《ね》が耳の奥をよぎる。「どう考えても佐々尾が犯人やろ」弓掛は板の間から半眼《はんがん》で毒づいた。

玄関先の土間でサンダルからシューズに履き替えた浅野がこちらに向きなおり、

「じゃあおやすみ。あと明日一日よろしく」

「ああ。おやすみ……」

だが浅野はすぐに立ち去らず、物言いたげに一時逡巡《しゅんじゅん》した。口を開いたときの声にはためらいはなく、やわらかで落ち着いていた。

「篤志さ、試合中、見た目より熱くなってないよね。コート全体をいつもちゃんと冷静に意識に入れてる。でないとあれは避《よ》けられないよ。篤志が上だったから篤志のほうが捻挫《ねんざ》してたかもしれない。怪我しなくてほんとによかった」

弓掛は壁に預けていた肩を離し、まっすぐ立って浅野と向きあった。

繊細《せんさい》なのか、案外図太いのかわかんない奴だよなと、今日だけでも浅野に対して何度か思った。

浅野に「思うところ」なんてない。っていうのは、嘘《うそ》だ。ないと思いたくても、どうしても、ある。長身者合宿に入れる身長があって、普通に私立に行けるくらいには家庭環境にも余裕がある浅野を羨む気持ちとか。なにもしてないのに佐々尾の後輩の場所に収まっていることへのやっかみとか。今ひとつ自分から貪欲《どんよく》に上を目指さない浅野に感じている苛立《いらだ》ちとか——そういう浅野をどこか自分より低く見ている自分自身への嫌悪感とか。そういうものが、自分の中で絡みあっている。

浅野もおそらく弓掛の内心の「思うところ」は感じ取っている。気まずそうな顔は何度も見せたのに、不思議なのは、かといってそのまま離れて終わりにしないところだ。さりげない態度でコミュニケーションを取ってくる。むしろ弓掛のほうが罪悪感で気まずくなっているのに、浅野のおかげでコミュニケーションを放棄しないで済んでいる。

「……なあ、直澄。おまえはおれを疑うなよ」

板の間と土間には十数センチの段差があったので、ほぼ同じ目線で浅野と向かいあって弓掛は言った。「うん?」と浅野がきょとんとした。

たとえ「思うところ」があるとしても、浅野という人物を好ましく思っているのもまた本当だ。バレー仲間として、友人として、そして同い歳のライバルとして、競いあいながら一緒に歩んでいきたいと願っている。

遠慮も負い目もいらない。おれの気持ちなんていう些細《ささい》なものは浅野だろうが誰だろうがいっさい斟酌《しんしゃく》しなくていい、というのが弓掛の結論だ。そんな感情に左右されて浅野を厭《いと》うことはないし、おれはそんなものは、自分の中で越えていけるから。

「おれを疑うな。直澄」

まっすぐに目を見て繰り返す。最後にわずかに視線を外し、「……そんだけ。おやすみ」と、ぽつりと。

同じ高さにある瞳を浅野がぱちぱちとまたたかせた。それから、

「……うん」と微笑した。


一泊二日の練習試合後は箕宿がひと足先にインターハイ開催地へ向けて出発した。景星は都内で大学チームとの練習試合を経て開会式当日の朝に会場入りすることになっていた。次に両校が顔をあわせるのは大会会場。そのときには敵どうしだ。

七月三十日に北関東高校総体が開幕した。景星は決勝トーナメント準決勝で北辰とあたり、前年度の春高では退けた相手にリベンジを許した。準決勝敗退、ベスト4どまりは、優勝候補としては悔いが残る結果だった。去年の三年が卒業してから佐々尾を支えるタレントが育たなかったのが痛かった。

一方の箕宿は抽選の幸か不幸か景星・北辰の反対側のゾーンに飛び込み、景星を倒してきた北辰と決勝で対決。北辰に敗れて準優勝に終わったものの、古豪復活の兆しを見せた。

翌年一月の春高では景星はさらに調子を落とし、宿敵北辰とあたる以前にまさかの三回戦敗退。ベスト16が佐々尾の高校最後の大会の成績となった。第二シードを獲得していた箕宿はまた北辰・景星と反対側のゾーンにいたため、これにより公式戦での景星と箕宿の直接対決はこの年度中には実現しなかった。

4. REGRET

三年前の春高準優勝以降の停滞、そこからの苦難の二年間を経て、今年の景星学園には日本一を狙える総合力が三年ぶりに備わった——という前評判を受けていた。

三年主将・浅野直澄を中核に一、二年生の長身選手が加わって一九〇センチ級がスタメンに揃《そろ》い、スタメン平均身長は大会最高の一八八センチ。インターハイでは準々決勝で箕宿高校に惜敗《せきはい》してベスト8に沈んだものの、都選抜チーム——実質は景星の単独チームで臨《のぞ》んだ国体では準優勝。二冠王者・箕宿の対抗馬として、前評判どおり春高の優勝候補の一角に躍りでた。

という雌伏雄飛《しふくゆうひ》の進撃を続ける期待のチームを、

「ちょっともう、小二集団かよ！」

と試合中に浅野は思わず罵った。

大会中盤の三日目、Bコート第三試合、奈良代表との三回戦第一セット。景星の妙な伝統と言ってもいい「立ちあがりの悪さ」という癖がでた。試合開始早々レセプションの悪返球とサーブミスを連発し、5－10というダブルスコアの差を序盤でつけられた。

先にタイムアウトを取らされる展開となり、腕組みをして仁王立ちしている監督・若槻の前に選手たちが集まった。一九〇センチをやや超える若槻に引けを取らない長身者を何人も含むスタメン陣が不機嫌さを隠しもしない若槻のオーラにしゅんとして縮こまる。

「ブロックポイント取れ」

ぞんざいにも聞こえる指示が一つあっただけだった。具体的な対策を講じる必要があれば明確な指示を惜しまない若槻だが、今の時点でサーブやレセプションに修正点はないということだ。それが意味するところを察して浅野が「はい」と答えると、若槻は円陣を離れてベンチにどっかりと腰をおろした。

脚を組んでふんぞり返る若槻に視線をやって浅野は溜め息をつき、円陣に残ったチームメイトに視線を戻した。

「〝小二男子を集中させるには〟って、こないだ思いあまって検索しちゃったおれの立場、おまえらにわかる？」

小さく噴きだしたのは一年生にして正リベロを担う佐藤豊多可《さとうゆたか》だ。一八二センチという長身リベロである。浅野にじろりと睨まれるとしゃちほこばった顔を繕い、

「おれ自身はミスしてませんが、味方のレセプションミスをカバーできないのはリベロのミスだと心得てます。以後修正します」

無論スパイクも打てる一八二センチをリベロに据えてもなおスパイカーの層が厚いところが今年の景星のタレントの豊富さを物語っている。

「そーですね。よくわかってますね。でもおまえも生意気な小二だよ。ていうか小二に失礼ですらあるレベルだから」

「生意気な小二って、さすが直澄さん的確」

二年生セッターの山吹《やまぶき》が喉の奥で笑い、「ちょっと」と豊多可が上級生の山吹を遠慮なく睨む。浅野は頭痛を覚えてこめかみを押さえた。

顔をあげ、声に凄《すご》みを利《き》かせる。

「スロースタートなんてぬるいこと言ってられないからな。夏は箕宿に第一セット取られて最後まで追いつけなかったこと忘れてないだろうな。三セットあるなんて思うなよ。次の箕宿戦の前にこの試合はストレートで取るのが絶対条件だ」

――背は大きいけれど身体は強くないし、性格のおとなしい子だから、人とぶつかったりする激しいスポーツは無理じゃないかしら――という親の考えで小学生のときにバレーボールクラブに入れられた経緯を思えば、浅野は決して〝天性の〟主将の柄ではなかった。家は東京にあるが寮に入ってからはせいぜい年二、三回しか帰る機会がない。高校生になってからの息子をあまり知らない母にとっては今でも「繊細で優しい直ちゃん」で、妹にとっては「なんでも聞いてくれる便利な直ちゃん」だ。

タイムアウトあけ。序盤のこの段階でサーブを外すなだとかレセプションを綺麗《きれい》に返せなんていう消極的な注意を若槻はしなかった。今すべきなのは点差を「広げない」ことではない。点差を「詰める」ことだ。

「ストレートOK！　クロス塞《ふさ》げ！」

豊多可が後衛からブロッカー陣に怒鳴る。一年生ながらちょっと頼もしすぎるくらいの守りの要《かなめ》だ。景星の高い壁がクロスコースを塞ぎ、奈良のスパイクを鮮やかに叩き落とした。

パパパ、パパパ、パパパパパパ!!

応援席のラッパ隊が『狙いうち』のサビを小気味よく吹き鳴らした。

ブロックポイントでのブレイク。一番興が乗る点の取り方で、〝小二男子〟のやんちゃ集団の集中力が一気に引きあげられた。その瞬間、ドンッとチームが一丸となってスタートを切った。

怒濤《どとう》の追いあげで奈良を躱《かわ》して無事ストレートで三回戦を勝利し、コートから引きあげる際、同じコートで次の試合を行う二チームがすでに防球フェンスの外で待っていた。

今年の二冠王者、福岡代表・箕宿高校。そして初出場にしてベスト16に残った福井代表・七符《ななふ》清陰《せいいん》高校。無名の初出場校の躍進はバックヤードを行き来する人々のあいだでも話題になっていた。この勢いでベスト8に飛び込むかと期待する声もありつつ、箕宿が崩れることはないだろうというのが大方の見方だ。

この試合の勝者が景星の準々決勝の相手となる。その対戦は同じこのBコートで今日中に行われる。長くても今からせいぜい三時間後にはホイッスルが鳴るだろう。

準々決勝が箕宿戦になるのはまず間違いないと踏んでいるが、この舞台に「絶対」はない。清陰が鹿角山《かづのやま》を下した二回戦のビデオも昨夜《ゆうべ》のミーティングでひととおり頭に入れてあった。

コートの外で待機を命じられてうずうずと小刻みに身体を動かしている清陰チームとすれ違い際、8番の背番号をつけた選手に浅野はそっと視線を送った。

セッターの灰島《はいじま》。一年生であんなスパイクサーブを打つ選手がいることに驚いた。あいつが景星《うち》に来たらどうなるか、たしかにすこし見てみたい。スロースタートなんて言われる景星の不本意なチームカラーをぶち破ってくれるかもしれない。

と、8番の隣にいた7番が浅野の視界から8番を隠すように移動して睨んできた。7番が黒羽《くろば》という一年生エースだ。

例の話を聞いていればまあ反感は買って当然だよなと、浅野は鼻白《はなじろ》んで目を逸《そ》らした。

昨日若槻が灰島に転校の話を持ちかけたことは聞いていた。自チームの監督なので一応弁護しておくと、清陰の監督には先に了承を得てきちんと筋は通したうえでのことだ。それにしてもこんなタイミングで余計な対抗意識を焚《た》きつけてこなくても、大会が終わってからでも別によかっただろうに。そもそも監督が小二集団のやんちゃな小五の兄貴分といったところなので世話がない。

「あの8番ですよね。監督がスカウトしたっていうの」

豊多可が浅野にかわって黒羽の視線を跳ね返すように首を突っ込んできた。山吹も横に並んできて抑えた声で言う。

「おれ、中学のときのあいつ知ってますよ。あっちが憶《おぼ》えてるかわかりませんけど、銘《めい》誠《せい》とは何回かやりました」

「おれも銘誠とはやったことありますよ。でもあいつはもういませんでした。銘誠にいたのって二年の途中までだったんですよね」

お手並み拝見したかったのにと豊多可が言外に匂わせる。豊多可は中学ではずっとセッターで高校でリベロに転向したという経歴を持つ。セッターとして実績のある山吹、豊多可とも灰島に対しては興味とライバル視が半々といった感だ。

今大会は福井県代表として出場している灰島だが、東京の銘誠学園中学という強豪私立でプレーしていたこともある選手だ。一年生の中頃にはもう正セッターとしてコートに立っていたが、二年生の秋以降忽然《こつぜん》と東京都内の大会から姿を消した。その選手がいつの間にか北陸の聞いたこともない高校にいて、二年ぶりに表舞台に戻ってきた——と、そんなふうに景星の中では受けとめられている。景星の部員は全国から来ているがやはり一番多いのは東京および関東圏の中学出身者だ。

「はいはい、じろじろ見るのはあとで。ダウンしてから見に来よう」

浅野は無遠慮な視線を他校の選手に向ける後輩二人の後頭部を左右の手で押した。

清陰の後方に一チームぶんの距離をあけて箕宿が控えていた。

弓掛の姿もその中にあったが、試合前の弓掛と視線が交わることはなかった。その視線は獲物を視界に捉えた猛禽類《もうきんるい》のように鋭く、しかし焦らず静かに、清陰チームの背を見据えている。今は翼をたたんでいるが、ひとたび空に放たれれば獲物に向かって一直線に羽ばたいていく。

開幕前に「東京入りしたー」「いらっしゃいー」というメールのやりとりをして以降、

大会がはじまってからは弓掛とは一度も直接会話をしていない。今の互いの立場は中学からの友人でもユースのチームメイトでもない。高校最後の大会の優勝を懸け、各々のチームを率いる主将としてこの会場に乗り込んだ立場だ。

「箕宿高校、清陰高校、入っていいよ！」

公式審判員の制服を着た人物から許可がおりた。

防球フェンス際に陣取っていた清陰が「行くぞ！」という主将の号令で先にコートへ飛びだしていった。続いて箕宿が前進をはじめる。景星は進路を左に逸らして箕宿に道を譲る。

大型チームの景星と小型チームの箕宿とでは集団の天井が頭半分ほども違う。流星群の図柄がデザインされたダークグレーのユニフォームと、箕宿高校のシンボルである射手座のシルエットを右胸に縫い取った白と青のユニフォーム。誼みを通ずる両者の集団が視線を交えることなくすれ違う。

肩口でふわりという羽音とともに大きな翼が広がる気配がした。

「三回戦突破、おめでと」

端的な祝いの言葉とともに弓掛が右腕を横に伸ばした。視界の端でそれを捉え、浅野ははっとして自分も右手を横にだした。

「準々決勝で。先に待ってる」

「うん。あとから行くけん」

五指を大きく開いた弓掛の手に自らの手を打ちあわせた。乾いた音が二人のあいだで小気味よく響いた。

全校応援団の大移動がはじまっている二階スタンドの下に来たとき、

「直澄。おめでとう」

と上から声が降ってきた。顔をあげると大学チームのジャージを着た佐々尾が手すりから身を乗りだしていた。

「広基さん。見てたんですか」

「第二セットからな。大学から来たら間にあわなくてさ」

「大学のジャージ、かっけー」

「ん、そうか?」

と佐々尾がとぼけつつもまんざらでもなさそうに自分のジャージに視線を落とす。二学年上の先輩だった佐々尾の顔をひさしぶりに見た途端、まだ上の代に甘えていられた一年生の頃に戻ったような気持ちになって、浅野はくしゃっと破顔した。

＊

二年前のちょうど今日と同じ日、同じ時間帯、同じタイミングだった。春高三日目の東京体育館。三回戦終了後。試合前より重量を増した気がする荷物を担ぎ、誰もが頭を垂れて、気のせいではなく試合前より何倍も重くなった足を引きずってメインアリーナから引きあげる途中。

重力に押し潰されたように一人がふいに膝から崩れてしゃがみ込むと、それを合図にチームの歩みがとまった。

口をつぐんで耐えていた三年生たちの嗚咽《おえつ》が聞こえはじめた。床に座り込んでうなだれる者。壁に押しつけた腕に顔を埋める者。押し殺した嗚咽やすすり泣きがかぼそい風の音のように通路の壁を軋《きし》ませる他は、誰も言葉は発さない。後ろからずっとついてきていたテレビ局のクルーが敗軍のそんな姿にカメラを回し続けている。

他人事《ひとごと》だな……。

他人事なのは自分じゃないのか。

今、こんなときに冷静にテレビカメラなんか意識している自分だ。

目の奥に力を入れてみる。なんで……なんで、自分だけが泣けないんだ。なんで一番役に立たなかった自分だけが平気な顔して突っ立ってるんだ。なのに身体の中のどこを探しても、どうしても涙が見つからない。一番責任を感じるべきおまえがなんでしらっとしてるんだなんて先輩たちに思われたくなくて、浅野は隅っこで存在を消しているしかなかった。

　本気でプレーしなかったなんてことは決してない。大きなミスを犯したわけでもない。単に──「なにもできなかった」だけだ。

　一年の部員で唯一浅野はコートに立った。一年生の冬の時点で身長は一八八センチ。一八五センチで伸びは止まったらしい佐々尾よりももう三センチも高く、ポテンシャルを買われての起用だ。だがレシーブもブロックもまだ高校の全国レベルで通用するほどではなく、経験不足を露呈した。身体を張ってボールを繋ぎ、ブロックに跳ぶ味方の動きにまごつくばかりで足が動かなかった。棒みたいに頼りない一年がコートに入っただけだと相手チームにもすぐに見透かされた。対角のウイングスパイカーである佐々尾の負担を減らすどころか、逆に佐々尾一人が執拗《しつよう》なプレッシャーを引き受ける結果になった。若槻の期待に応《こた》えられず結局途中で引っこめられた。

　佐々尾は膝のあいだに顔を埋めて座り込んでいた。頭を抱えるようにして組んだ両手の指のテーピングが端から剝《は》がれかけ、黒ずんだ汚れと一緒にダマになった様が、うなだれた姿を余計に惨《みじ》めに見せていた。

「佐々尾くん。取材大丈夫ですか？」

　テレビ局の撮影がひとまず終わってカメラが離れるやいなや、カメラクルーの後ろに張りついていた記者が佐々尾に話しかけた。

二年生エースとして景星の準優勝の立役者となった前回大会で、佐々尾は決勝後の取材から逃げたらしい。勝者インタビューならいいけど負けてインタビューされても別に言うことないし、かっこ悪いだけだろ、と本人から聞き、浅野は佐々尾のそういう破天荒さを恰好《かっこう》いいと思った。

二年生の頃の佐々尾は景星の気風をまさしく体現するような生意気で奔放《ほんぽう》なエースだった。機嫌にはムラがあり、負け試合の苛立ちを周囲にぶつけることすらあったが、そういう頃の佐々尾のほうがスパイカーとしては一番強かった。附属中にいた浅野はそんな佐々尾への憧《あこが》れもあり高等部に迷わず進んだ。

あれから一年後、敗戦のエースから今度は敗戦の将となった佐々尾は、

「……はい。大丈夫です」

と、肩を落としたままながら、立ちあがって記者に対した。

佐々尾の目が乾いているのを見て浅野は安堵を覚えた。声にも涙は混じっていなかった。嗄《か》れているがしっかりした、しかし感情を消した声で、記者の質問に言葉を選ぶ間をおきつつ真摯《しんし》に答える。サーブの狙いが有効に機能しなかったこと、それによりブロックの的も絞れなかったこと……若槻譲りの具体的な戦術上の敗因を述べたあと、

「自分が決めきれなかったのが一番の原因です。自分が足を引っ張りました」

と、最後に自責の言葉がこぼれたとき、初めてひとしずくの涙が右頰を滑り落ちた。

重力に引かれてまっすぐに落下するその水滴を佐々尾は右手で掬い取り、拳を下げて、記者に見えないところで握り潰した。

それを見た瞬間、わずかでも佐々尾と通ずるところがあったなどと安堵した自分に浅野は愕然《がくぜん》とした。

懸けている思いが何倍も違ったことを、背負っているものが何倍も違ったことを思い知らされた。

本気でプレーしなかったなんてことは決してない？——自分のところへボールが来なければいいと心のどこかで祈って、コートの隅っこで今のように存在を潜めていたくせに？

佐々尾と三年生たちの最後の春高を、自分のせいでこんなにあっけなく終わらせてしまった。申し訳なくて、申し訳なくて……後悔という涙の理由が自分の中にやっと見つかった。

テレビカメラに続いて記者も去ると、一人、一人と腰をあげ、チームが再び緩慢に移動をはじめた。

「すいません……。すいません……おれのせいで……」

泣けなくて当然だ。泣く資格すらなかったのだからと気づいてから、今さら涙が溢《あふ》れだした。

「泣くな。直澄」

佐々尾に頭を抱き寄せられた。浅野は背を屈《かが》め、自分のそれよりも三センチぶん低い肩に額を預けた。「すいませんっ……広基さん……」謝罪とともに大粒の涙がぽろぽろと落ちたが、佐々尾の肩に染みを作ることはない。ダークグレーのユニフォームはとっくに吸収しきれない量の汗を吸って濡れ羽色に沈んでいた。

一年生の消極的なプレーに、佐々尾はもちろんのこと同じコートにいた先輩たちが気づいていないわけがなかったはずだ。

なのに、

「強くなれよ、直澄。景星をおまえが日本一にしろ」

わかっていて、佐々尾は自分ですべての責任を背負い、自分がたどり着く前に三年という刻限を迎えて手放すことになった夢のバトンを浅野に託した。


一方の箕宿高校はこの年、インターハイ、国体とも決勝で北辰に敗れて準優勝となっていた。なお福岡の国体チームは東京と同様に選抜チームだが、実質的にはほぼ箕宿の選手で編成される。長野は北辰高校の単独チームだ。

そして目指すものはもう優勝しかなくなった春高でも決勝で北辰とぶつかった。

三日目で敗退した景星も日曜に行われた決勝を見に行った。リベンジを誓って北辰と再戦した箕宿だが、超高校級の高さと火力が揃った北辰の厚い弾幕を打ち破ることはできなかった。この大会の優勝をもって北辰は今年度の三大全国大会を完全制覇。しかも中核メンバーはまだ二年生で、来年もこの勢いが続くことが予想された。

弓掛篤志も一年生ながら箕宿のコートにフルで立った選手だった。北辰の優勝が決まる瞬間まで、箕宿コートでは自らのもとへトスを呼び込む弓掛の声が聞こえていた。北辰の高いブロックに何度跳ね返されようが、何度でも諦めずに跳ぶ姿があった。一年だから上に勝たせてもらおうなんていう甘えは弓掛にはさらさらなかった。己の力で、本気も本気でチームを勝たせようとしていた。

5. FIRST RALLY

バレーボールしかない世界に来たみたいだ。

開幕からのこの三日間、灰島は確然たる現実感をもって一戦一戦を勝ち進みながら、ほんのひとかけらの非現実感を同時に抱《いだ》いていた。

左右を見れば学校の体育館の何倍も広く明るい体育館にオレンジ色のバレーコートが並んでいる。四つのコートで朝から夕方までずっとみんながバレーをやってる。アリーナを三六〇度取り囲んでお椀型に迫《せ》りあがった会場内を見渡せば一日中満員の観客が途絶えることなく、一番遠い三階スタンドの通路まで鈴なりになっている。

バレーをやりに来た人間と、バレーを見に来た人間しかここにはいない。

遥《はる》か高くの天井を仰げば、梁《はり》に沿って並んだ照明が宇宙を流れる幾筋もの天の川みたいにこの世界だけを照らしている。ぽ――ん、ぽ――ん……と、男女が使うモルテンとミカサのボールがどこかのコートから都度跳ねあがる他は、余計なものはなにも視界に入れなくていい。床をバウンドするボールの、スパイクやブロックのジャンプの離着陸の、ボールを追って走るシューズの震動――この広いアリーナで起こっている全ての震動がオレンジコートをつたって足の下につぶさに感じられる。

目に入る景色。音。匂い。感触。吸い込んだ空気の味に至るまで、五感に入ってくるもの全部がバレーで満たされてる。バレーボールしかない世界。

さて……。

と、そこで五感の拡大をやめる。会場全体に張り巡らせていた感覚神経の枝を今自分が立っているコートにたぐり寄せる。世界が九×十八メートルのコートの枠内にするすると縮小し、外の世界から切り離される。

ネットの向こうで軽く身体を動かしてホイッスルを待っているのは今大会の優勝候補。白のユニフォームの両肩から袖にかけて斜めに入ったブルーが、王者が纏《まと》う肩章《けんしょう》とマントのようにも見える。左胸に『福岡箕宿』、右胸に射手座を表すシンボルが刺繡《ししゅう》されている。

清陰のこの試合のユニフォームは黒地にブルーのラインが入ったファーストユニフォームだ。

舞台にも、相手にも不足はない。

一回戦も二回戦も楽しかったけど、今日が一番楽しみだ。

「どうにかしろ、黒羽。灰島がずっと笑ってて気色悪いんやって」

と、ローテーション的に隣りあったスタートポジションに立つ青木《あおき》が斜め後ろの黒羽を振り返った。

「おれに言われてもさすがに知りませんよ……。笑わしとけばいいんでないですか」

黒羽が迷惑そうに言い返した。二人のやりとりに灰島は自分の頰をこすった。無意識のうちに口角があがっていた。

「しまってくぞー!!」

ネットの向こうで声があがった。両チームとも応援団に吹奏楽はいないが、力強い声がまるでトランペットの音のようにパァン!と清陰コートにまで飛んできた。

キャプテンマークと〝1〟の番号を胸につけた選手、弓掛篤志。コートの中でその体《たい》軀《く》は決して大きくはない。

サーブは箕宿から。セッター対角に入る弓掛のスタートポジションはフロントレフト。セッターの持倉《もちくら》がバックライトとなるS1ローテからのスタートだ。持倉が最初のサーバーになる。

「さっこぉーい!!」

小田《おだ》が自分の前に立つ仲間たちを支えるように後衛で足を広く開き、弓掛に対抗して声を励ました。

レセプション側の清陰はローテーションを一つ戻し、S2からスタートする。灰島がフロントライトのスタート。次のサイドアウトで一番目にサーブをまわすためだ。

ピ――――!

Bコート第四試合。男子三回戦、清陰高校対箕宿高校。ホイッスルが試合開始を告げた。

持倉のサーブが黒羽の前に飛んできた。サーブでまず黒羽が狙われるのは福蜂《ふくほう》戦と同じだ。外尾《ほかお》が黒羽の守備範囲をカバーして取ったが返球位置が乱された。

ネットから離れてあがったボールの下に灰島が素早く入る。額の上で両手が作るフレームの中に、くるくると回転して宙から落ちてくるボールを捉える。

「ヘイ、レフト!」

レフトに開いて走ってくる黒羽の影をフレームの外に捉えた。

ゲーム開始一発目の攻撃、レセプションが綺麗に返ればミドルのクイック、乱れたらレフトというのがオーソドックスな配球だ。ネットの向こうに布陣している箕宿のブロッカーもレフトを意識する。

もちろん敵のブロッカーにあわせてやるわけがない。身体はレフトを向きつつハンドリングでセット方向を変えてサイドセットをあげた。後衛から飛び込んできた小田が小気味よいスイングでバックアタックを打ち込んだ。ブロックが跳んだが一瞬遅い。まずは先制点──

刹那《せつな》、ブロッカーの後ろで赤いユニフォームの選手が矢のようにダイブした。

今年のインターハイのベストリベロ受賞者、ユース代表リベロも務めた伊賀。白と青が爽《さわ》やかな箕宿のユニフォームの中で唯一そのユニフォームは燃えるような赤だ。

伊賀のワンハンドレシーブでボールが繋がった。攻めから守りへ即座に頭を切り替える。箕宿の反撃態勢の完成が早い。助走に下がった弓掛がもう打ってくる。清陰のブロックは青木と灰島の二枚になるが、一七五センチのスパイカーに対してこっちは一九三センチと一八三センチ。ブロック側に十分に利がある。

軽やかな助走から、最後の二歩で弓掛が床を強く踏んで下肢を沈めた。タラフレックスのグリップ性能を最大限に利用して助走で得たエネルギーの方向を垂直に変換し、宙へ射出されるように跳躍した──高い！　嘘だろ、この高さ!?　ブロックジャンプした灰島の目線の高さに弓掛の胸があるくらいだった。

思い切りのいい腕の回旋で、〝悪魔のバズーカ〟福蜂の三村《みむら》を思いださせる爆発力のあるスパイクが撃ちだされた。「ッッ」青木が手をはじかれながらもこらえ、強烈なスパイクを跳ね返した。箕宿側のチャンスボールになり「レフトもいっぽん来い！」バネを引いてエネルギーを再充塡《さいじゅうてん》するように一度下がった弓掛がまた助走に飛びだす。

だがトスがあがったのは逆サイドだ。ライトから二年生ウイングスパイカーの叶《かのう》。幅のあるトスに振りまわされながら青木が今度は逆サイドに走って黒羽と二枚ブロックを形成する。高さのある二枚ブロックが叶をしっかり捕まえ、箕宿側に叩き落とした。

——が、またしても赤いユニフォームがそこへ飛び込んだ。「ナイスカバー！」弓掛の明るい声があがった。

まだ落ちない。箕宿の攻撃、はやくも三本目だ。レフト、ライトと振って、次はどこを使ってくるか——セッターの構え、目線、スパイカーの助走軌道——捉えられる限りのあらゆる情報に神経を研ぎ澄ます。

真ん中にトスがあがった。クイック——ではない。ミドルブロッカーの頭を越えてトスが伸びる。その後ろから時間差で跳んだ弓掛がもうテイクバックを完成させて滞空している。

瞬時に決断し、灰島はブロックを捨ててネット際から下がった。白帯《はくたい》より一メートル近くも上の空間から弓掛のスパイクが炸裂《さくれつ》した。コース上に灰島がいる。直後には鼻先に迫ったボールを両手を組んで防いだ。ボールと拳と額が玉突き事故を起こしてひっくり返りながらも真上にボールがあがった。

「灰島ナイス！　大丈夫か！」

小田の声に後ろでんぐり返り一つで即座に起きあがることで答える。そのあいだに棺《かん》野《の》から黒羽へ、二段トスがあがる。怒濤の三連続攻撃を凌《しの》いで攻撃ターンを取り戻したものの、黒羽の前にブロック三枚。だが箕宿の前衛は最長身のミドルブロッカーでも黒羽より小さい。弓掛のジャンプ力には驚かされたが、黒羽とて負けてはいない。身長《タッパ》を足せば弓掛の最高到達点を超える。

「上から打て！」

灰島の声に応えてこっちも白帯の遥か上から黒羽がスパイクを叩き込んだ。

コンクリ製の塀にでもぶつかったような音を立ててボールが浅く跳ねあがった。引っかけられた⁉　ノータッチで抜けなかったのは心外だったが、ブロックにあたったボールがスパイクスピードそのままの勢いで箕宿コートのエンドラインを越えて吹っ飛んでいった。これでブロックアウト——に、ならない。

普通だったらブロックアウトになるボールに猛然と走った伊賀が追いついた。前にいたかと思えば後ろにいる。コート上にリベロが二人入ってるんじゃないかと錯覚するような働きっぷりだ。

伊賀が繋いだボールに仲間がフォローに走るが、スパイクにまでは繋げられない。三階席に届くほど高く打ちあげて清陰側に返してくる。伊賀が戻るための時間稼ぎだ。コート外に走っていったときと同じスピードで伊賀がコートに駆け戻り、箕宿の迎撃態勢が整う。

ラリー五往復目。周辺視で箕宿のブロックとディグの配置を捉えて次のトスをあげる先を高速で思考する。しかしここなら決まるという場所がはっきり見えない。誰に打たせてもブロックに引っかけられるかディグで拾われる予感がつきまとう。

思考時間のあいだにもボールは落ちてくる。カウントダウンが加速する。決めてくれという思いで黒羽にトスを託した。

さっき引っかけられたスパイクが黒羽の意識下に残っていたのは間違いない。ブロックを避けてスパイクが浮き、箕宿コート外へ大きく逸れていった。

さわってくれていればブロックアウトだ。が、線審・主審ともジャッジはワンタッチなし。

主審が最初のサーブのホイッスルを吹いてからラリー五往復。両チームからのスパイク六本、ブロックタッチ三回、ディグ四回——やっと二度目のホイッスルを聞いた。

粘り勝った箕宿コートに浮かれた空気はない。「よっし、ブロック一本！」と弓掛が声をかけ、次のプレーに全員すでに意識を切り替えている。

試合ははじまったばかりだが、黒羽が一気に疲弊《ひへい》したように肩で息をついて得点表示に目をやり、まだ一点かという顔でぎょっとした。

「粘り負けんな！　一本一本大事に行こう！」

小田が後ろから声をかけてチームの士気をあげた。

サイドアウトを取れなかったので箕宿のサーブが続く。

……どうやったら勝てる？

ネットの向こうをくまなく視界に入れて敵の情報を吸いあげながら灰島は自問する。

圧倒的な強さがあるとは思わない。清陰と同じコンビバレー主体のチームだが、それに加えて高さと火力は清陰のほうが勝っていると、冷静に考えても自負できる。

なのに、強い。

これが二冠王者・福岡箕宿。

この連中が、きっと途方もない努力と挫折《ざせつ》と戦って、これだけの完成度にチームを昇華させて、よくその地位まで這いあがってきたな？　と、どっちが王者や！と黒羽が聞いたら全力で突っ込んできそうなことを考えている。

ネットを挟んで正対する弓掛が訝しげに片眉をあげ、四角形の網目の中から見つめ返してきた。隣のポジションの青木がげんなりしたように横目を送ってきた。

また知らず知らず口角があがっていたようだ。

両腕の表面がぞくぞくと粟立《あわだ》った——戦慄《せんりつ》と、愉《たの》しみとで。

6. BRAVE WINGS

先に準々決勝進出を決めた景星には比較的ゆったりした待ち時間がある。ジャージに着替えてから浅野は何人かの部員を連れて二階スタンドに上った。

「直澄。こっち」

箕宿側の応援席の後方の列から佐々尾が手をあげて呼んでくれた。通路まで溢れ返っている立ち見の人々の隙間に入れてもらって座席におりた。「よ。お疲れ」去年卒業したOBたちも佐々尾と同じ列に並んでいた。

「お疲れさまです。応援ありがとうございます」

「なんで箕宿側なんです？　箕宿応援してるみたいになるじゃないですか。どっちかっていうと相手応援したほうがいいんじゃないですか？」

OBに挨拶する浅野の背後から豊多可が口を尖らせた。現一年からすると浅野より上の代のOBとは直接的な接点はないのに無遠慮もいいところだ。なんだこいつはという顔をするOBもいたが、「へえ。そいつか、超生意気な新リベロ」と佐々尾は興に入ったふうだ。「たまたまだよ。こっちのほうが座りやすかっただけだ」

「すいません。席取っといてもらったのに……」

肘で豊多可を小突いて浅野が恐縮すると、

「いいんじゃね、一年は怖いもの知らずなくらいで。そのうちいろいろ思い知っておとなしくなるだろ」と佐々尾がにやりとした。身に覚えがあるような言い方だった。

浅野は佐々尾の隣に座り、豊多可や山吹らは一つ後ろの列にぞろぞろと入った。

「箕宿、第一セットやばいかもしれないぞ」

と佐々尾がコートのほうへ冷めた目を送った。

「えっ……まさか。下ですこし見てきましたけど……」

思わず浅野は否定の言葉を口にした。

サブコートでクールダウンしてからメインアリーナに戻ったのだが、そのときには箕宿リードで第一セット中盤を迎えていた。ちょうど弓掛のサーブで清陰のレセプションを崩し、箕宿がさらに一点清陰を引き離したところだった。そのまましばらくコートと同じフロア上で立ち見し、セット終盤に入る前にいったん試合から目を離してスタンドに上ってきた。

電光板の得点表示をここから見下ろすとあれからまた両チームとも何点か刻み、21－21になっていた。初出場校が王者に同点で並んでいるという、予想外の試合展開だ。

九州の福岡と北陸の福井。どちらも遠方なので応援団も大規模ではなく、一般の観戦客も二階に席を取ることができていた。これが景星だったら応援団用に確保された二階優先席がびっしりと埋まり、それでも足りずに三階にまで列が伸びる。

もちろん遠方でも保護者中心の熱い大応援団が駆けつける学校もある。けれど毎年必ず全国大会に出場する強豪のわりに箕宿の保護者の応援団は毎回こぢんまりしている。

ただ階段状の通路にずらりと立てられた多数の『福岡箕宿高等学校』ののぼりと、アリーナのどこからでも仰ぎみれば視界に入る会場内の高い場所に垂らされた『冷眼冷耳　冷情冷心』の横断幕が寡勢《かぜい》の応援を補って堂々の陣を張っている。試合開始前にいつも部員たちが慣れた様子で会場の各所に散り、通路の手すりに横断幕を手早く結びつけ、天井に向けてきりりとのぼりを差す様には歴戦の強者《つわもの》の矜持《きょうじ》が感じられる。箕宿の正式な学校名に福岡はつかないのだが、チームが『福岡箕宿』を掲げているのもまた福岡王者の矜持であり、ハッタリでもあるのだろう。

第一セットはここから見て手前側のコートが箕宿。ユニフォームはシャツが白と青、パンツが青。そしてネットを挟んで向こう側のコートが清陰。ユニフォームは黒地に青ライン。

「中盤までは安パイに見えてたんだけどな。そこから清陰がじりじり詰めてきた。あっち、初出場だろ？」

佐々尾が手もとでチームプロフィールが掲載された冊子を開いた。男子の項の中ほどにある北信越地区・清陰と、男子の最終ページの九州地区・箕宿。離れたページの二校を見比べ、

「部員は少ないけど一年から三年までまんべんなくでかい奴いるよな……中学もばらけてるのに、集まったのか集めたのか……。一人以外スタメン全員一八〇超えかよ。それに比べて箕宿はどうにか一八〇オーバーが二人って、今年もちっせぇなあ」

と毒づいた。

ミドルブロッカーの玉澤《たまさわ》（183）と城之内《じょうのうち》（180）の二人が数少ない一八〇センチ台だ。ウイングスパイカーが弓掛（175）、山本《やまもと》（178）、二年で唯一のスタメンとなる叶（174）の一七〇センチ台三人。セッターが持倉（165）。リベロの伊賀（175）が弓掛と同じ身長で意外と小さくはない。

リベロを除いて計算されるスタメン平均身長は一七六センチ足らず。日本人の一般的な男子としては「大きい」と言われても不思議はないが、男子バレー界ではいかんせん小型チームだ。

「小型の選手の希望の星になってますよね、箕宿は」

将来有望な高身長の中学生が強豪私立に誘われる中、箕宿にはいつしか小さな選手が多く集まるようになり、〝福岡の箕宿はコンビバレーの小型チーム〟というカラーが全

国的に浸透していった。

「希望の星？」佐々尾が尻あがりに復唱し、「漂着先の間違いだろ」と切り捨てた。「タッパがない奴が箕宿でならレギュラーになれるなんて思って入ってくるから、余計にチビしかいないチームになる。せめて八〇台まで伸びてればな……かわいそうな奴だよ……」

心無い評の最後に何気なくつけ加えた呟きには、はっきりした主語がついていなかった。

弓掛は「あと十センチあれば、」鹿角山の川島《かわしま》賢峻と並んで将来浅野たちの代の中心選手に成長し、日本を背負うエーススパイカーになっただろうと言われている。今から弓掛が十センチ伸びたとしても一八五センチだ。日本代表のスパイカーとしても大きいとは言えないし、海外の選手と比べたら下手したらリベロより小さい。

それでも一八五センチの小さなスパイカーが、二メートル級の川島と並んで〝日本男子バレー界の救世主〟になり得たと惜しまれるほどの評価を、弓掛は高校の段階で得ているのだ。

けれど浅野の評はすこし違う。

弓掛なら一七〇センチ台であろうが世界と戦えると浅野は思っている。

「篤志は高さを言い訳にしたことはないですよ」

佐々尾がこちらを見てなにか言いかけたが、そこへ豊多可がジト目で嘴《くちばし》を突っ込んできた。

「直澄さん、敵に塩送ってどうするんですか。やっぱり箕宿応援してません?」

「黙ってよく見て脳みそに焼きつけとけ、クソ一年。どっちが勝とうが次の相手になるんだ」

丸めた冊子で佐々尾に額を軽くはたかれ、豊多可がぶつぶつ言って後ろの席に引っ込んだ。

〝高さはバレーの正義だ。けど、「でかい」と「高い」は別のことやけん〟

というのが弓掛がいつも言っていた持論だった。

〝いくら平均身長が高くても、高さを百パー生かしてるチームは少なかやろ。こっちが百パーで跳べば打ち抜けるし、百パーで跳べばブロックできる。だけんおれは高さを言い訳にせん〟

スパイカーとしては、なかんずく全国強豪のエースとしては小さな身体で、誰よりも凜々《りり》しく、逞《たくま》しく、粘り強く、必ず困難を切り拓《ひら》いていく。

清陰のセッターにボールが入る。その直前だけ、ラリー中常に試合展開に対処して動き続けている箕宿の六人が時間がとまったように一時静止する。前衛のブロッカーの意識がセッターの手からあがるトスに集中する。足を開いて軽く腰を落とし、両手は下におろして、言うなれば野球の内野手を思わせる構えから、ボールに対する凄《すさ》まじい集中力が膨れあがる。下手なブロッカーなら相手コートでちらちら動くスパイカーにつられてぴょこぴょこ跳んでしまうところだが、箕宿のブロッカーは動じない。

トスがあがると同時に三人の足が迷わず動いた。ネット際をサイドへ走りながらスパイク動作と同じ要領で両腕を後ろに振りあげ、踏み切りとともに両腕を振り込んでジャンプ！

助走をつけて飛び込んで片手打ちするスパイクジャンプに比べ、ブロックジャンプの到達点は低くなるのが普通だ。特にハンズアップ（両手を挙げて構えた状態）からネットに正対したまま横移動する、いわゆる「カニさんステップ」のブロックは高さをだせない。だが箕宿のブロッカーはネットからいったん大胆に目を切り、普通に進行方向を向いて助走して踏み切るので、スパイクジャンプに迫る高さで跳んでくるのだ。空中でネットに正対しながら腕をだすというバランス感覚と体幹の強さが必要だが、箕宿の選手は全員これを当たり前にやる。

しかも徹底したバンチシフトとリードブロックで複数枚の壁を作り、スパイカーにプレッシャーをかける。センターブロックを担うミドルブロッカーと左右のサイドブロッカーが中央寄りに集まって待機するのがバンチシフト。トスがあがるのを見てからいずれかのサイドに二枚ないし三枚が移動してブロックに跳ぶのがリードブロック。現在主流のブロックシステムだが、箕宿はこの反応が驚異的に速いうえブロックステップが高校レベルでは圧倒的に上手い。

ガツンッという濁音があがり、打点の高い清陰のスパイクからワンタッチを取った。記録として残るブロックポイントの数は際立っていなくとも、ワンタッチが非常に多いのが箕宿のスコアの特徴だ。そしてそこからのブロックカバー——深く守備していた伊賀が反転してロケットスタートを切った。斜め後方に跳ねとんだボールをすごい走力で追い抜いて先に落下点に入る。

「伊賀はめちゃくちゃ拾うなあ」

景星の部員からも感嘆の声があがった。

「ベストリベロなら当然でしょ」

豊多可がすかした言い方で自尊心を守る。伊賀には今のところリベロとして勝てないことは素直に認めているようだ。

並のリベロならフライングレシーブでぎりぎりあげてファインプレーにするのが精いっぱいのボールを伊賀が余裕のオーバーハンドパスでセッターに返す。セカンドタッチを捌《さば》くのがセッターの持倉。トランジション・アタック（敵のスパイクを拾ってからの反撃）でも箕宿は速いコンビ攻撃を繰りだしてくる。ライトから切り込んだ弓掛に持倉からトスが飛ぶ。

右利きのスパイカーはレフトから打つほうが得意な場合が多いが、弓掛はレフトからもライトからも打てるオールラウンダーだ。二年の叶も得手不得手のない器用な選手で今年からスタメンを取っている。箕宿のウイングスパイカーの中では身長がある山本をレフト専門に置きつつ、ローテによって弓掛と叶がレフトもライトも務めるというのが今年の箕宿の陣容だ。

清陰のブロックがワンタッチを取った。清陰もブロック力のあるチームだ。清陰のリベロがボールを追ったが、途中で諦めて見送った。箕宿と渡りあえるスパイカーもブロッカーも清陰にはいるかもしれないが、伊賀はいない。

箕宿の二冠は「小型チームが起こした奇跡」などという突発的なものではない。極限まで研ぎ澄まされたブロックと繋ぎへの集中力と、目的意識の高い練習量と、伝統の上に進化した戦略・戦術に裏づけられたものだ。

北辰時代の二年間、圧倒的な高さと火力を持っていた北辰の後塵《こうじん》を拝す中で、高さを諦めて別のなにかに逃げるのではなく、高さに高さで対抗することを選び、その方法を考え抜き、実践してきたチームだ。

箕宿22－21清陰。得点を決めた弓掛にここでサーブがまわる。

自校の応援席を背後に背負い、助走を長く取ってサービスゾーンのぎりぎり一番後ろに立つ。ボール係が放ったボールを片手で掬うように受け取り、そのまま手首のスナップで回転させて一度つま先に落とす。ボールがバウンドして正確に手もとの高さに戻ってくる間に、両肘を後ろから前へと大きくまわすのがいつものルーチンだ。その動きにあわせて左右の肩胛骨《けんこうこつ》が隆起すると、大きな風切羽《かざきりばね》を持った翼が広がるのが、ときどき本当に見える。

弓掛がサーバーとなるこのローテ、清陰側はセッターがバックレフトにいる「Ｓ５」ローテと重なっている。セットアップ・ポジションの基準はフロントライトなので、セッターの移動距離が一番長くなるのがこのローテだ。サーブ直後にセッターをネット前まで走らせる動線を確保するため、やや無理なレセプション・フォーメーションを敷かねばならない。その状態で弓掛のスピードサーブの襲来を受けるのは厳しい。

一周前のこのローテをコートフロアでちょうど見ていたが、レセプションミスで箕宿コートに直接返り、箕宿のブレイクとなっていた。清陰にとってはなんとか切り抜けたいローテのはずだ。

身長一七五センチにしてスパイク最高到達点三四〇センチ。一九〇センチ級の選手でもそうそう持たない打点から打ち下ろすように放たれたサーブがほぼ一直線の軌道で清陰コートを強襲した。

清陰、セッターがネット前にあがらない……!?　一周前と作戦を変えたのか無理なフォーメーションを敷かずに灰島がバックレフトにとどまっている。中央を守るリベロに猛スピードでサーブがぶつかっていく。リベロがひっくり返って返球がネットから大きく離れた。

その瞬間灰島がバックレフトから飛びだしてボールの下に走った。スパイカーはミドルとレフトとライト、それにバックアタッカーの全員が助走に入っている。

セッターを目標地点に返球するのではなく返球地点にセッターが入るという割り切った作戦だ。無論セッターの機動力とテクニックありきだし、そもそも目印となるセッターが視界に入っていないとレセプションをあげる側が不安なはずだが——それだけセッターが信頼されているチームなのか。

灰島がそのままライト向きでセットアップする。普通セッターは打数が多いレフトを向いてセットアップし、ライトに対してはバックセットをあげる。普通と逆を向いたセットアップに、驚異的な反応を誇る箕宿のブロッカー陣の思考時間がわずかに増える。コンマ数秒の思考時間だが、そのコンマ数秒でボールが落ちるか落ちないかが決まるのがバレーボールだ。

どこからどの方向にでも全スパイカーにトスを供給できるセッターの能力と、そのセッターを軸に繰りだされる攻撃の引きだしの多さ。これが無名のチームが全国まで上がってきた武器か——。

ぎりぎりまでどこへあがるか予測できないトスがぴゅんっと後衛に飛んだ。バックアタッカーは一年生エースの黒羽だ。

うわ、と周囲の席で驚愕の声がいくつもあがったほど、高い、だけじゃなく飛距離がある。ここから見ているとネットを突き破るような勢いで飛び込んでくる。一年生らしくまだ細くはあるが、身体能力の高そうな長身が空中でしなってボールを叩いた。

ワンタッチ率が高い箕宿のブロックにさわらせない。ノータッチで箕宿コートに突き刺さる。いや、伊賀がいる。後方に守備していた伊賀がピカイチの反応で前方にダイブした。

伊賀の手の上でボールが跳ねた。手の甲一枚、繋がったか——しかしホイッスルが吹かれた。先に床に落ちていたようだ。

箕宿22－22清陰。清陰が同点に戻す。

「ビギナーズラックだと思うか……？」

腕を組んでコートを見下ろしながら佐々尾が独り言のように呟いた。

今年のいよいよ成熟した箕宿と終盤まで競《せ》ったチームは、手前味噌《てまえみそ》だが景星だけだった。ところが初出場の清陰が思わぬ健闘を見せている。

このサイドアウトで清陰の前衛ウイングスパイカーは一六三センチと非常に小さい小田だけになる。手薄なブロックの上を山本が打ち抜いた。リベロがカバーしたが上にあげられず後方へ逸れ、後衛の黒羽と棺野が追う。

灰島のもとへボールが返るも、これでセカンドタッチを使って残りは一打。トスはあげられない。箕宿にチャンスボールを返すだけになるところだが、

「山吹さんなら打って返しますね」

セッターの山吹に豊多可が振ると、山吹が「まあね」とクールを気取って肯定した。

「おれでも打ちますけどね」

「おまえ《リベロ》が打ったら反則だ、バカ」

二人の無駄口を尻目に灰島が助走をつけてボールに向かって跳んだ。二段トスを託されたエーススパイカーのごとき思い切った助走に「はあ？　あいつ、セッターとスパイカー両刀なの？」と山吹の声が裏返った。

両刀といえば利き手が左右両方という意味でも両刀の選手だ。左手から打ち込まれた強烈なストレートが針の穴を通すようにブロックの脇を抜き去った。

サイドラインぎりぎりいっぱい、線審のジャッジはイン！

あの伊賀をして一歩も動けず見送らせたほどのキレキレのストレートだった。

「逆転……!!」

箕宿22－23清陰。両隣のコートで別の試合が進行する中、Bコートを囲むスタンドが震撼《しんかん》した。

「7番《黒羽》と8番《灰島》、一年だろ……!?」

現役・OB揃って景星の面々が座席から前のめりになった。

箕宿が追う展開に変わった。後衛に下がったばかりの弓掛が前衛に戻るまで三ローテある。一セットは二十五点だ。デュースに持ち込まない限りあと三ローテはまわらない。しかもその前に清陰のほうが一番いいローテを迎える。

「ビギナーズラックだと思うか？」

佐々尾がさっきの台詞《せりふ》を繰り返した。さっきは独り言のようにも聞こえたが、明確な質問形に変わった語尾に、

「……いえ」

と浅野は首を振った。口の中が渇いていた。唾を集めて舌を湿らせ、

「高さもテクニックも、戦術の柔軟性もあるチームに見えます。それと、度胸のよさも」

清陰の監督が立ちあがって選手に指示する姿は今のところ一度も見られないが、監督の意図が選手に浸透しているのだろう。名伯楽《めいはくらく》と呼ばれて指導者のあいだでは名が知れた監督だと若槻に聞いた。あの老人になにかしらのオーラがあるようにはまったく見えないのは、まあ自分に眼識がないせいだろう。

弓掛のバックアタックですぐにサイドアウトを取り返す。箕宿23－23清陰。箕宿を突き放すのが簡単ではないことは浅野が誰よりも知っている。

弓掛が前衛に戻るまであと二ローテ。

「今年はまだ優勝レベルじゃなくても、あの7番や8番が二年、三年になったら……どうなるかわからないぜ……」

唸《うな》るように佐々尾が呟いた。

現在進行形の試合を瞳に映しながら、きっとその向こうに佐々尾が見ているのは三年前の春高のコートだ。――佐々尾が二年生、後に北辰時代を築く学年が一年生だった年、台頭の兆しを見せる北辰を景星は準決勝でねじ伏せた。翌年夏のインターハイでは逆に準決勝で北辰に敗れた。景星が苦しい停滞期に入る一方で、そこから絶対王者北辰の時代が幕をあける。

灰島のジャンプセット。先ほどスパイカーばりのジャンプを披露《ひろう》したとおりジャンプ力もあり、身長もあるセッターだ。ネット上からセットされたボールが最短距離でクイッカーの手に届く。反応のいい箕宿のブロッカーもこのクイックには対応が遅れる。もう空中に跳びあがっていた10番の大隈《おおくま》がブロックの上から足の長いクイックを打ち込んだ。

エンドラインいっぱいまでボールが伸びる。伊賀は届かない。だが弓掛が床上を滑空するようなフライングレシーブでボールを繋いだ。

箕宿のトランジション・アタック。叶が打つが清陰のブロックに跳ね返される。リバ

ウンドを拾い、

「もう一回!」

せーのと合図があったわけでもないのに、箕宿のベンチ、応援席の部員、応援団の声が重なった。

応援に後押しされて箕宿の再攻撃。またブロック! ネット際に叩き落とされたボールを持倉がとっさの反応でカバーし、後衛に振った。

「もう一回ー!!」

セッターの持倉がもうボールにさわれない。伊賀がセットアップ。ボールが綺麗な軌道を描いて箕宿コートの真ん中にあがった。

放物線の頂点にボールが届き、落下をはじめるまでの寸秒間、誰もが顎をあげてボールを見あげる。スタンドの声援も、コート上で飛び交う指示も、複数のシューズが床を踏み鳴らす音も、ボリュームを絞り込んだようにふとフェードアウトする。

――キュッ!!

一つのシューズの音が静寂を切り裂いた。

激しい打ちあいから一時的に解放されて空中に漂うボールに向かって、弓掛一人が跳んだ。

静から動へ。空中でエネルギーをぶち込まれたボールが火を噴くように射出された。

小田の上をノータッチで抜いて清陰コートを襲う。リベロが胸で受けたが、爆《は》ぜるような濁音とともにひっくり返った。浮いたボールが隣のコートまではじき飛ばされていった。

箕宿側スタンドが歓声でわいた。

が、まだボールは落ちていない——灰島が追いついている。ちょうどセット間で選手が引けていた隣のコートからオーバーハンドでロングボールをあげてきた。ありなのか?と思ったがホイッスルは鳴らない。審判容認だ。清陰も落とさない……!

これを取ったほうが二十四点、セットポイントだ。だがセットポイントを巡るラリーが終わらない。

あの距離から一年生のオーバーハンドが届くことにまず驚くが、あの距離から打ち手をピンポイントで決めて返していることに二度驚く。黒羽がバックアタックを一番いい形で打てる場所に正確に飛んでくる。助走を取ってきた黒羽がアタックライン手前ぴったりで踏み切った。黒羽がボールをほとんど見ることなくアタックラインを見て走ってきたことに三度驚いた。

エースどうしのバックアタックの打ちあいに会場がわく。箕宿のブロックが黒羽にきっちり照準をあわせてワンタッチを取る。サイドにはじかれたボールを追って伊賀が飛びだした瞬間、ピッ！

ホイッスルが響いた。伊賀が立ちどまってネットを振り仰いだ。

アンテナがメトロノームの針が振れるように大きくしなっていた。

主審が清陰側の得点を示した。箕宿のワンタッチボールがアンテナに触れたというジャッジだ。

アンテナか……。これればかりはブロッカーのミスというのも酷だ……運が向かなかったとしか言えない。

後列で豊多可が突然むせた。つられたようにまわりの者も咳《せ》き込んだ。

ボールがネットを越えて行き来するのにあわせてスタンドで声援のウェーブが起こる中、景星が座る一帯だけが呼吸も忘れるほどただ硬直してコートを見つめていたのだった。咳《せき》がちらほらと聞こえるだけで、まだ誰の口からも感想がでない。無言のまま佳境に入った第一セットの行方を注視している。

このタイミングで清陰がワンポイントブロッカーを投入した。控えが一人しかいないという、それについても驚愕するチームだ。監督一人、マネージャー一人という寂しいベンチから出陣するのは3番の内村《うちむら》という選手しかいない。小田と交代して前衛に入る。

内村は一七五センチと突出した身長ではないが、小田と比べれば箕宿に対して互角の高さの壁を作れる。

箕宿23－24清陰。箕宿が先にセットポイントを握られたが、再び同点に戻せばデュースに持ち込める。

だがワンポイントブロッカーの投入が嵌《は》まり、清陰が叶のスパイクをシャットアウトした。叶の真下で待ち構えていた伊賀が肘にあてたものの、ボールはネット下から低い軌道で清陰側に飛んでいった。

ブロックポイント！

そして第一セット、終了。

自然と前傾姿勢になっていた景星の面々が「……うわっ」と、急ブレーキを引かれたみたいにがくんとつんのめった。

「まじか。逆転すると思って見てた」

「ああ。普通にストレートであがってくると思ってた」

「箕宿が今年第一セット取られたことなんてあったっけ？」

「フルセットになるな……。誰か先生にメールしとけよ。第六試合もずれ込むだろうから」

ひさしぶりに声が戻った途端、騒々しいくらいに会話が飛び交いはじめる。

「清陰のリベロって上手いのか？　けっこうさわってるけど」

「コースにいればヘタでもさわるだけならさわれますよ。結局全部はじいてるじゃないですか」

豊多可がちょっとむすっとして言う。浅野は肩越しに後列の部員たちの会話に口を挟んだ。

「ポジショニングは悪くないよ。あれで伊賀くらい個のレシーブ力があればディグもあがってる」

清陰に伊賀はいない。だが思っていた以上に組織ディフェンスができているチームだ。

「清陰の戦い方をしっかり見ておけよ。箕宿から一セット取ったチームだ。準々決勝ではうちが箕宿から二セット取らなきゃいけない——この試合、うちにも収穫が大きいよ」

景星にも伊賀はいない。

次の箕宿戦を見据えて豊多可たちが昂揚《こうよう》した顔つきになり、はい、わかってます、と口々に応じた。

一セット落としたとはいえ箕宿が第二、第三セットを取り返すことは誰もまず疑っていない。箕宿の強さを思い知っているのが景星だ。公式戦で全敗を喫している相手との再戦を前にして戦意を漲《みなぎ》らせる今年のチームの頼もしさに浅野は一人ひっそりと微笑《ほほえ》んだ。

前を向いて座りなおすと、一連のやりとりに佐々尾がにやにやしていたのでつい目が泳いだ。主将ぶって振る舞うところを先々代の主将に評価されるのは居心地がいいものではない。

無言のにやにや笑いがよくやってるなという意味に思えたので、少なくともダメだしではないのだろう。

セット間にコートチェンジとなり、箕宿が奥、清陰が手前側へとベンチを交換した。両コートに配されたモッパーがモップを並べてコート内を隅々まで往復する間、双方のベンチの前で円陣が組まれる。

「箕宿が日本一獲れるとは、正直思ってなかったんだよな」

佐々尾が膝の上で頬杖《ほおづえ》をついてコートに目を戻した。

「箕宿がてっぺん争いしてたのは三十年以上前だ。それ以降は準優勝もない。一番よくてベスト4だったんだぜ。ユニもなんかイマイチ惹《ひ》かれないしさ。景星のユニのほうが十倍イカしてるだろ」

OBとして景星の後輩たちに向ける、佐々尾らしいちょっとした意地悪を含みつつも温かい視線とは別種の感情が、箕宿のベンチに流した視線に浮かんでいた。

箕宿の監督が早めに話を切りあげてベンチに座ると選手たちも円陣を解き、残りの時間を思い思いに使いはじめた。

弓掛はコートサイドからコートのほうを向き、左右の肩のストレッチ、屈伸、腿《もも》上げジャンプと一つ一つ確認するように身体を動かす。伊賀はコーチと控えのリベロと一緒にディグ練習をしている。第一セットを落としながらも選手たちに動揺は見えない。三年中心のチームの強みだ。弓掛がぎりぎりまで円陣で懸命に声をだしてチームを励ますような風景は、今年のチームになってからなくなった。コートサイドで間隔をあけて場所を取り、各々のルーチンでアップや精神統一をする姿からは、積みあげてきた信頼関係と、二冠王者の自負と貫禄《かんろく》が窺《うかが》える。

「めちゃくちゃかっこいいチームですよ、箕宿は」

確信を持って浅野は言った。

〝高さの正義〟に屈するチームではない。

佐々尾がちらと横目をよこした。

「おまえと篤志って仲良くならなそうなのにな……って思ってたのは、おれが自分を買いかぶってたのか、それともおまえら二人を過小評価してたのか、どっちなのかね……」

なにか言い訳っぽく唇を突きだして呟く佐々尾に浅野はくすりと笑い、

「篤志がいつももっと大きいものを見てたからじゃないですか」

弓掛が三年間引っ張ってきたのは箕宿、ひいては福岡、九州に限らない。入学時から一学年上の北辰世代に完全に頭を押さえられてきた自分たちの学年は、弓掛にずっと励まされ、勇気をもらってきたのだ。

「まあ箕宿に三冠は獲らせません。景星が必ず阻止します」

と、表情を引き締めてつけ加えた。

景星自体が〝高さの正義〟を最大限に利用するチームだ。

頰杖の上で佐々尾が珍しく皮肉げでも尊大でもなく、やわらかな笑みを横顔に乗せた。

「強くなったたな。主将」

浅野は自嘲《じちょう》気味に肩を竦《すく》めて後列に目配せをした。

「苦労ばっかりですよ。おれがおれがっていう連中のまとめ役ですから」

7. HEIGHT IS JUSTICE

コートに入場してから弓掛は一度もスタンドを仰いでいなかった。自校の応援席からの声援も耳で聞いていることはなかったが、ただ身体に浴びている感覚はずっと続いているし、インターバル中、コートサイドで第二セットの開始を待つあいだも応援席の様子は周辺視に入っていた。

だから自校の応援団のカラーに染まったスタンドの後方の列に景星のジャージの集団がいることにも、顔を向けはしなかったが気づいていた。

二年前の春高と同じ光景だ。

アリーナから見ると仄暗《ほのぐら》く沈んだスタンドの端に、ライトグレーとレモンイエローの配色が目を惹くジャージの一団があんなふうに仄明るい帯になって浮かびあがっていた。

弓掛が一年時、つまり佐々尾がベスト16で現役を終えた春高の最終日だった。

決勝戦終了後に行われた表彰式・閉会式で、箕宿は三冠王者となった北辰に主役の座を譲り、主役の袖に並べられた椅子に座していた。式に列席できるのは男女優勝・準優勝の四チームのみだ。もう新学期がはじまっているので敗退した学校のほとんどは地元に帰陣している。最終日まで見ていくのは土曜の準決勝まで残ってベスト4となったチームくらいだが、景星は遠方へ帰る必要のない地元チームだ。

箕宿が今まさに座っているこの席で、前回大会では銀メダルを受け取ったチームが、今年はベスト4チームにすら遠慮してひっそりとスタンドに陣取り、優勝旗が北辰高校の手に渡る場面に拍手を送っていた。

そしてアリーナでは箕宿もまた拍手で勝者を讃《たた》えながらも、来年こそはあの優勝旗に必ず自校の校名を刻むことを胸に誓っていた。

先週内は公休扱いになっていた箕宿の部員も明日の月曜からは授業に出席せねばならない。閉会式後は乗ってきたバスで一路福岡へ帰還する。サブアリーナの裏にバスが迎えに来るまでの空き時間、弓掛はチームメイトと別行動を取り、メインアリーナから正面広場にでた。

会場内からはもうすっかり観客が引きあげ、陽《ひ》が傾いて冷え込みはじめた正面広場の人気《ひとけ》もまばらになっていたが、広場に据えられたバボちゃんの巨大バルーンの前で帰りがけの女の子たちが写真を撮っていた。

景星のジャージにベンチコートを着込んだ佐々尾が女の子たちに遠慮するように脇のほうに立ち、人待ち顔で携帯をいじっていた。

佐々尾の姿を見つけても弓掛は驚かなかった。弓掛の姿を認めた佐々尾にも驚きはなく、来るのを知っていたような顔で「よう」と偉そうに顎を反らした。

「直澄たちは？」

「学校戻ったよ。おれはもう引退したからフリー行動」

距離を保って弓掛は佐々尾と向かいあった。

「なんでおれが探しに来るって思ったと」

「おれに言いたいことがあるだろうからさ。聞いてやろうと思って」

「言いたいことって……？」

「おれをせせら笑いたいんだろ」

新天地でてっぺん獲るとイキがって東京に乗り込んでいって、最後はベスト16に終わ

った男が自虐的に肩を竦め、

「ま、それならそれでおれもおまえをせせら笑ってやるから、あいこだけどな。目標を高く持つのと単にでかい口叩くのは別だぜ。しかも他所《よそ》のチームの前で。景星《うち》の前に二度と顔見せられなくなるぜ」

と、今年てっぺんを獲ると宣言して、景星の最高順位と同じ結果に終わった男に言い放った。

「あんたとおれがおったら……あんたが福岡に残っとったら、今年箕宿で優勝旗持たせてやった……」

佐々尾が初めて驚いたように目を見開いた。

笑ってやろうという気分になったこともあった。調子に乗せられて変な夢見て、なんで福岡をでてったんだ。ほんとにおまえは馬鹿野郎だよなと。今でもバカだとは思っているが、バカにして笑う気分にはならなかった。

東京で夢舞台に立って、エースとして主将として責任感も背負って、苦杯も何度も嘗《な》めて……そこでしか味わえなかった喜びもたぶんあって……そんな中で、間違いなく福岡にいた頃より成長もした奴を。

三回戦敗戦後の景星チームの姿を弓掛はちょうど通路で見かけていた。

高校最後の年の佐々尾は、プレーヤーとしてはひとまわり小さく終わったかもしれない。けれど東京での三年間でひとまわり厚くなった胸と広くなった肩には、チームの結果に対する責任を受けとめて言葉にできるだけの力と、後輩の涙までしっかりと受けとめて揺るがない力が備わっていた。

「おれは箕宿で優勝旗持ちたかったわけじゃねえよ」

佐々尾が溜め息をつき、突き放すように言った。

「わかっとうって。言ってみただけ。ただもう一つ言っとくけど、直澄じゃ景星に優勝旗は持って帰れん。直澄の前には三年までずっとおれが立ち塞がるけん」

「他所んちの前ででかい口叩くなって言ったばっかだろ。今日だけ聞かなかったことにしてやる」

佐々尾は浅野にバトンを渡したのだ——弓掛ではなく。佐々尾の後輩は浅野なのだから当たり前といえば当たり前のことだ。

けれどあの日、あの場面を見て、佐々尾広基は東京都代表・景星学園の選手だったんだということが、すとんと胸に落ちたのだった。

とっくに道は分岐していたのだ。

自分は佐々尾のあとを追うのではない。福岡・箕宿を引っ張っていく。箕宿の悲願を叶えるために。

遠くから「篤志ー」と呼ぶ声が響いた。バスに乗る時間だ。佐々尾から視線を背けるとメインアリーナの入場口に伊賀の姿が見えた。

別れの挨拶もなくそのままきびすを返した。佐々尾もなにも言わなかった。バボちゃんの前に長い影を落としてただ佇《たたず》んでいた。待っている伊賀のもとへと弓掛は走るスピードをあげる。

後ろ髪を引かれる思いはなかった。ただ、〝景星学園の佐々尾広基〟という尊敬に値《あたい》するエーススパイカーを、自分の目が三年間も素直に見てこなかったことだけを今さら悔やんだ。あのちょっと腹立たしいくらい伊達《だて》な、イカしたユニフォームを着てプレーする姿を目に焼きつけることはもう二度とできないのに。


佐々尾が卒業して浅野が二年になった年の景星は前年以上に苦しい時期を強《し》いられることになった。不運にも故障者もでてなかなか万全の戦力が整わなかった。

弓掛たちの学年でダントツに注目されていたプレーヤーには北海道の巨塔・川島賢峻がいた。高校バレー界のみならず日本バレー界全体の注目を集める逸材だったが、一年の夏以降腰の故障で調子を崩したままで、川島の鹿角山もまた思うような成績をあげられていなかった。

一方で箕宿は前年より成熟したチーム力で前年の成績がまぐれではなかったことを証

明してみせたが、その頭の上には主力が三年になってさらに力を盤石にした北辰が君臨していた。

二年のインターハイでのことだ。全国各地の持ちまわりで開催されるインターハイでは通常東京体育館ほど大規模な体育館は用意できない。準々決勝までは会場が分かれて進行していく。

決勝トーナメント三回戦を箕宿はストレートで勝利した。ここまで全戦ストレート勝ち。別会場で順当に勝ち進んでいる北辰と決勝で四度《よたび》まみえるための階段をまた一段着実に上った。

応援席への挨拶を済ませ、荷物をまとめてコートから引きあげるとき、隣のコートでも数分遅れで三回戦が終了した。

景星学園、ここで敗退。

隣のコートの得点板をちらりと確認する弓掛の隣で「あー……景星負けたか……」と玉澤が残念そうに呟いた。玉澤は今年から主力を担っているミドルブロッカーだ。玉澤、伊賀、セッターの持倉、それに弓掛と、今年のチームには二年から四人が主力としてコートに入っている。

言葉少なにコートエンドに整列する景星の選手たちの様子を弓掛は視界に入れながら歩く。歩みが自然と遅くなり、玉澤と距離があいた。

横一列に並んだレギュラーの中ほどに浅野がいた。大型チームの景星の中でも浅野は最長身クラスの一人だが、左右のチームメイトよりも高い位置にある細い肩を落とし、悄然《しょうぜん》と俯《うつむ》いていた。

直澄、それじゃおれに勝てない。

もどかしさが胸に滲む。

広基からおまえがバトン引き継いだんだろう——

「——ついてこいよ、直澄ッ!!」

コートの端から怒鳴った声が、試合の合間の静寂《しじま》を破って体育館に響き渡った。浅野がはっとして頭を跳ねあげ、弓掛の姿を探してきょろついた。弓掛はコートに背を向け、出口へと歩きだした。

*

ブロックにだした五指をもぎ取るような威力でスパイクが突き抜けてきた。三メートル半ばに迫る打点から叩き込まれたボールがその威力のまま箕宿コートを抉《えぐ》り、自らの圧で平たく押し潰されて跳ねあがった。

ディグに飛び込んだものの拾いきれなかった伊賀がサイドライン上で横ローリング一

回。起きあがりざま後ろ手で腰のワイピングを引き抜き、跪いたまま手早く床を拭いた。床に滑り込むたびにワイピングを使う姿が目立つようになった。

ワイピングを腰に差し込みつつ立ちあがった伊賀が前衛の弓掛をちらと見た。落ち着いた表情で一つ頷き、その拍子に顎から滴《したた》り落ちかけた汗を手で拭う。余計な汗は一滴すら床に落とさないとばかりにその手をワイピングにこすりつけた。

汗のワンスリップでボールが落ちる。そういうぎりぎりのゲームが続いている。

準々決勝になるべく疲労を残さないためにはストレート勝ちが絶対条件だったが、すでに第一セットを落とし、第二セットも長くなっている。

ネットの向こうでは「ナイスキー！」という仲間の声に黒羽がはにかみ笑いでガッツポーズを見せていた。チームプロフィールによれば黒羽のスパイクジャンプ最高到達点は三四五センチ。中学時代もまったく無名の一年生が、驚くべきことに今大会の登録選手中最高値を叩きだしていた。データはあくまで自己申告だ。清陰のデータは全員が五センチ刻みだから実際は三四二〜四三ってところだったりしないか、などと箕宿の中では願望込みで話題になっていた。

たぶん鹿角山戦より黒羽へのトスが高くなっている。そのトスに届くスパイカーもスパイカーだが、スパイカーが最高打点で迷わず打ち切れるトスを正確に供給しているセッターもまた驚くべきことに一年なのだ。

清陰と鹿角山の二回戦はビデオで見ていた(箕宿としては鹿角山をマークして撮ったビデオだったが)。なにしろデータがない学校なので書類上のチームプロフィールの他はつい昨日の試合のビデオだけが情報源だ。

賢峻がいらんこと気づかせるけん……と弓掛はつい胸中でぼやく。

川島賢峻とやると、〝高さが正義〟だという歴然たる現実を突きつけられる。

そして清陰にとって昨日の試合と違うのは、今日は清陰が箕宿に〝正義〟をふりかざす側だということだ。

高さで勝る清陰のブロックが弾幕となり、箕宿のスパイカー勢はなかなか打ち破ることができない。打とうとする空間に厚い弾幕が毎回張られる。

弾幕に呑み込まれたボールがばふんっと上方にはじきだされた。玉澤と青木、両チーム前衛ミドルブロッカーが跳び、空中でボールの押しあいになる。青木一九三センチに対して玉澤は一八三センチ。玉澤が身長差をカバーする経験値が玉澤にはあるが、青木が玉澤の頭の上から押し込んだ。玉澤が尻もちをつきながらボールを掬いあげようとしたが胸もとで抱きとめるような形になり、これはキャッチの反則を取られてホイッスルが吹かれた。

玉澤が小さく舌打ちし、ボールをコート外に転がして立ちあがった。

「タマ」

弓掛の声に玉澤が顔をあげた。焦りの色が見えたが、心得たように冷静な顔に戻って頷いた。弓掛も頷き返す。互いのポジションから手を伸ばしてタッチを交わした。

第二セットはこれで箕宿23－22清陰。セット終盤の一点のアヘッドは小さくはないが、一セット落としている箕宿のほうが状況は追い詰められていると言える。

突然勃興《ぼっこう》した無名校に今年の王者が苦しめられている。とはいえ、余裕がある試合なんて箕宿には今までだって一つもなかった。

三年前の北辰を想起するチームだ――北辰時代に辛酸を嘗めた記憶のある者ならこのチームの出現にきっと同じことを考えざるをえないだろう。

まったく、ほんとに笑い話にならない。一ヶ月前の組みあわせ抽選会の日の浅野とのメールを思いだした。汗でユニフォームが張りついた背中は湯気が立つほど火照《ほて》っていたが、薄ら寒いものがじわりと滲んだ。

三年前の北辰も、フレッシュでありつつ妙に不気味なポテンシャルを秘めた大型の一年生メンバーを加えて春高ベスト4まで躍進し、若いチームが大健闘と報じられたチームだった。このときの一年生の代が弓掛たちの一つ上の学年にあたる。

あの世代が上に抜けたと思ったら、次の年にはこういう奴らがまたあがってくる。

三年前に北辰と戦った佐々尾の心境を今の弓掛はたぶん正確に想像できていた。フレッシュだなんて余裕で構えていられるようなものではない。上や両隣ばかりを意識していたら背後から急に突き飛ばされてつんのめるような感覚だ。予想外のところから視界の「前」に敵が現れることはほとんどないが、「後ろ」にいきなり現れることはあるのだ。

清陰の前衛には大隈があがっている。青木に比べるとテクニックがないが、それでも一八七センチだ。玉澤のクイックに遅れて手をだして引っかけてきた。ワンタッチボールを小田が追う。小田は前衛での打数は多くないがバックアタックでは攻撃に積極的に絡んでくる。ボールに飛びついて自陣に打ち返し、自らもすぐに駆け戻ってくる。

清陰のファーストタッチの返球は案外大雑把だ。距離的・角度的に難しかろうが当たり前のようにトスを供給できるセッター、灰島がいるからだ。打てる体勢のスパイカーが全員助走に入り、その誰にでもどこからでも、びゅんっとトスが飛んでいく。

箕宿のブロッカーはバンチシフトからまだ動かない。腰を落とし、両手を下げ、顔だけをひたとあげて、ネットの向こうに視覚と注意力を貼りつけて待つ。陽動に惑わされず、ぎりぎりまでトスの行方を見極める。レフトに黒羽、ライトに棺野。小田はやはりブロックカバーから攻撃に戻るのが遅れる。大隈には自分の後ろから来るトスを打ち切るテクニックがない。バックアタックとミドルを選択肢から切る。レフトか、ライト。

灰島が構えた両手からボールが離れる瞬間セットの方向を見極め、弓掛は怒鳴った。

「レフト！」

ブロッカーが右にダッシュを切った。黒羽側サイドブロッカーは弓掛。そこに玉澤、山本が壁を並べる。最後にアウトサイドレッグをギャンッと踏ん張り、バックスイングした腕を振り込んで跳びあがる。隣の玉澤とぶつかりながら弓掛は空中でスパイカーの正面まで流れる。

——届け!!

ネット上を網で覆うように六本の腕が伸びた。スパイクジャンプに劣らない高さのブロックがインパクトの直後にボールを阻んでドドガンッと打撃音が連続した。だが下に落とせず、浮いたボールが清陰コートに返ってもう一度攻撃ターンを与える。灰島がボールの下に自ら走ってファーストタッチを直接トスにしてくる。次の手を考えさせる暇を与えずたたみかけてくる戦法だ。「ステイ！　ばたつくな！」箕宿のネット前で冷静な声が飛び交う。

虚空を裂くようなトスが逆サイドへ飛んだ。ライト側の大外から棺野が入ってくる。レフトからライトへ、ブロッカーが静止から瞬発的に飛びだす。棺野まで通るトスではない——内側から切り込んできた大隈の姿を捉えるやセンターでギャンッと急ブレーキ。足首が負荷に耐えて軋む。下肢を沈めて跳びあがる瞬間ふくらはぎの筋肉が燃焼する。

空中を吹っ飛んでくるように目の前に突然できた壁に大隈が「ぬっ!?」と驚きつつも太い腕でボールを叩いた。

左手の指の腹全体でスパイクを受ける感触があった。

着地して視線を巡らせたがボールを見失った。一瞬焦る。

まわりであがった複数の声に助けられた。真上！　ネット上に浮いたボールに大隈も同時に気づいた。

「篤志、上！」「うえうえー！」

スタンディングジャンプでは大隈に押し込まれる。一瞬の判断で弓掛はトトッと二歩、飛ぶように後退してから、大きく引いた三歩目で床を蹴って前へ飛びだした。短い助走からロイター板に乗るように踏み切ってジャンプ！

「大隈さん、オーバーネット！」

清陰コートで灰島の声が飛んだ。ボールは箕宿側の領空にある。ブロックしかできない大隈ががばんざいして跳ぶ。

たとえ身長差が十センチあっても、相手が常に十センチ高いところでプレーしているとは限らない。だったらこっちが十センチぶん高いところでプレーすればいい。互角にさえ持っていけば点を取る方法は切り開ける。だから高さを言い訳にはしない。

大隈に指一本触れさせずブロックの上から叩き込んだ。灰島が反応しかけたが、膝を一瞬沈めただけで動けずに見送った。

箕宿24－22清陰。箕宿がセットポイントを握る。このセットを取れば試合を振りだしに戻す。

「くそ、ちっせぇのによう跳ねる奴らやなあ」

大隈が怯み気味にぼやいた。大きくバウンドしていったボールを中腰で見送った灰島がゆらりと首の向きを戻した。大隈のように怯んだ表情は浮かんでいない。それどころか目をぎらぎらさせ、上唇の片側をめくりあげるように持ちあげた。

黒羽もまた「おぉ……すげぇ……」と呟きつつ、弓掛が今やったことをシミュレーションするように、足を一歩引いてから腕を軽く振り込んで踏み込む動作をした。

ワンラリーが終わるごとに身体の中から今まで蓄積してきたものをごっそりと吸い取られる。そのぶんだけネットの向こうに光が満ちていく。同じ感覚を佐々尾も三年前に味わっていたんだろうか。

清陰もこのまま簡単にはセットを譲らない。第二セット大詰め、双方粘るゲームが続く。

（黒羽）「7番マーク！」

（棺野）「4番4番4番！」

「バックあるぞ！」

右へ、左へと容赦なく振りまわしてくるトスに箕宿コートで指示が飛び交い、ブロッカーがネットの端から端まで走り、跳ぶ。ドドドッと床が震え、キイッと摩擦音が突き抜ける。ひっきりなしに響く音が消える間がないまま何重にも重なっていく。ワンラリーが永遠とも思えるほどに終わらない。

シューズの底と神経回路を磨《す》り減らしながら、身を尽くし、思考を尽くして対応し続ける。ふとした隙に頭か足のどちらかが止まった瞬間――

ドゴンッと黒羽に上から叩き込まれ、箕宿24－23清陰。清陰が一点差に詰める。

清陰にここでメンバーチェンジだ。第一セットと同じく小田にかわって内村がワンポイントブロッカーとして入る。

「ジョー。足まだいける？」

短い中断のあいだに弓掛は前衛にあがってきている城之内を気遣った。ミドルブロッカーは灰島の大胆なトスまわしのすべてに対応してサイドからサイドへと走りまわっている。

「バリ余裕」

ネットを向いて構えた城之内が親指を立てて気丈に答えた。

玉澤がサーバーのあいだコートにいなかった伊賀がこのサイドアウトで戻る。玉澤とタッチを交わしてコートに入った伊賀が後衛で構えてぱんぱんと手を叩いた。

「オッケー。後ろ任しとき」

いつも平常心の守護神の存在が味方を励ます。

〝正義〟は箕宿に無条件では味方してくれない。手を抜いたらすぐにそっぽを向いてしまう〝正義〟に、一挙一動の行動で示してきた。ワンプレーごとワンラリーごとに、全身全霊を〝正義〟のために尽くしてきた。こうやって北辰に二年間挑み続け、二年間跳ね返され続けても、こっちを見ろよ！——と、その非情で不公平な神を振り向かせようとしてきた。

城之内をおとりにして山本がレフトから打つ。しかし清陰のブロックが引っかけてきた。ワンタッチボールを清陰が繋ぐが返球が低くなった。灰島が素早くボールの下に潜り込んだものの、ブロックに跳んだばかりの前衛スパイカーがまだ助走に下がれていない。唯一準備ができていた後衛の黒羽にトスがあがったところを箕宿のブロックが狙い撃つ。

シャットはできなかったが灰島の目の前にボールを跳ね返し、灰島にファーストタッチを取らせた。大隈が二段トスをあげることになったが、焦ったのかトスが低い。棺野が強打できずプッシュ気味になる。リバウンドを狙ってわざとブロックにあてにきたのは巧《うま》さだが、その瞬間山本と城之内が手を引っ込めた。

ノータッチでブロッカーの頭上をゆるく越えてきたボールを伊賀が危なげなく拾う。清陰側にここで追いつかないとセットを落とすという焦りがでているのを箕宿は見逃さない。

箕宿が絶好の反撃チャンスを得た。

弓掛がライト、山本が得意なレフトにいる好ローテだ。大隈が真ん中で城之内につられて跳んだため、両サイドの棺野と内村が一枚ずつで弓掛と山本につく。

清陰のブロッカーの予想を全て裏切って、バックセンターから叶のパイプが貫いた。

しかし灰島がまたディグに入っていた。清陰のリベロに伊賀ほどの脅威はないが、灰島が後衛にいるときはリベロ並みに厄介だ——が、なまじディグもできるだけに灰島がファーストタッチを取ってしまうと清陰の攻撃の幅が大きく狭《せば》まる。しかもラリーになれば清陰にとっては内村よりは小田がいたほうがいい。二段トスが結局また棺野に託される。

山本・城之内のブロックがコースを塞ぎ、ストレート側のディガーに伊賀。伊賀を避けて棺野がクロスに打ってきたが、クロス側のディガーは弓掛だ。

一歩踏み込みざま弓掛は床を蹴ってボールに飛びついた。

「！」

刹那、飛び込み前転してボールを回避した。

サイドライン上でバウンドしたボールと交差するようにコートサイドで一回転、シューズの底でブレーキをかけ、四肢を床についたままぱっと顔をあげる。真っ先に視線をやった先で線審がフラッグを上に振りあげた。

「アウト！」

……粘り勝った。

箕宿25－23清陰、第二セット終了。

ふう、と息を抜いて立ちあがった。「ナイスジャッジ、篤志！」駆け寄ってくる仲間に笑顔を見せ、すぐに表情を引き締める。

「よし、第三セット行くぞ！」

これでイーブンに戻っただけだ。勝者も敗者もまだ決まっていない。清陰側も過剰な落胆をしないよう小田が声をだしてベンチに引きあげてくる仲間を迎える。

灰島が一番最後にベンチに向かいながら横目でじっとこっちを見ていた。

試合の真っ最中でも灰島とだけはネットの網目の中で何度も視線が絡んだ。ふうん。なるほど。次は？——もっとよこせよと言わんばかりに貪欲にぎらついている細い瞳を弓掛もまたじっと受けとめた。目が乾くまでまばたきをしない。汗がひと筋、瞼《まぶた》の端から流れ込み、瞳の表面に水膜を張った。灰島が不貞不貞《ふてぶて》しい面構《つらがま》えにわずかに怪訝《けげん》そうな色を浮かべてぱちぱちとまばたきをした。灰島のほうから視線を外し、黒羽を捕まえて耳もとでなにか言いはじめた。

こいつらが本当に来年、北辰にかわる時代を築いていくのかもしれない。コートフロア上で試合を見つめる関係者や報道陣の数が増え、記者席の後ろにまで今は立ち見ができていた。二階、三階席の一般客まで前のめりになってなだれ落ちてくるような圧がはっきりと高まっている。

箕宿は二年間一度も北辰に勝てなかったチームだ。北辰が残した二年連続三大全国大会制覇〝六冠〟という歴史は、二年間で六大会連続〝準〟優勝という箕宿の歴史でもあった。結局自分たちは北辰の世代が卒業してから次の世代が台頭してくるまでの隙間に日本一に滑り込んだと言えるのかもしれない。

高校三年間という短い時間の中ですら時代は停滞しない。上に押しだされる才能にかわって次の新しい才能がでてくるのは、バレー界にとってはよろこばしいことだろうと、諦念《ていねん》にも似た納得があった。

別に自暴自棄になったわけではない。

何故《なぜ》なら三年前の北辰は日本一になっていないのだ。

こいつらが三年前の北辰だとするならば――

今年は、清陰は負けるチームだ。絶対に今年は勝たせない。

8. THE NUMBER ONE PLAYER

灰島の経験上、三セットマッチの一セットあたりの試合時間はデュースになった場合を除いて二十分から二十五分が目安だ。

第一セット清陰25－23箕宿。第二セット清陰23－25箕宿。デュースは一つもない。にもかかわらず一セットが三十分以上に及んでいる。時間的にも内容的にもすでにフルセットを終えたのと同じようなものだが、また長くなるのは間違いない第三セットがこれからまるまる残っている。

「すいません。最後、入ってたらデュースに持ち込めてたのに」

セット間の円陣で棺野が悔しそうに謝った。

「終盤のラリー、棺野だけやなくてだいぶバタバタしたな。大隈、黒羽。二段トスは慌ててあげんでいい。外尾に任せられるときはなるべく任せておまえらは打つほうに入れ」

小田の指示に大隈と黒羽が「はい、すいません」と殊勝に頷く。

「この試合、とにかく根比べやな」

自分自身にも活を入れるように小田がぱしっと音を立てて両手で自分の頬を包んだ。

「ほやけどこう長いラリーばっかだとしんどいですよね……。普段の五倍くらいラリー続いてるような。灰島は大丈夫け？」

と外尾に振られ、顔を仰向けてドリンクをがぶ飲みしていた灰島は「なにがですか？」とボトルを口から離した。顎をあげたまま滴り落ちるドリンクを拭う。

「なにがっていうか……。相当疲れてるやろ。ひと言も喋ってえんし」

「仮にラリーが五倍だとしたら一発で終わるラリーの二・五倍ボールにさわれるってことじゃないですか。楽しくないわけないでしょう。すげぇ楽しいです。これを三セットもやれるなんて楽しくてしょうがないです」

たたみかけるように言ったところで咳き込んで身体を折った。「ちょっと、大丈夫?」後ろを通りかかった末森《すえもり》がタオルを頭にかぶせて背中をさすってくれた。「どうも」タオルを引っ張って口を拭い、とめどなく顔をつたう汗も拭く。

二、三年が鼻白んで顔を見合わせた。「いや大丈夫なんけまじで」「目ぇ据わってんぞ……」「おまえの脳みそ、なんか新種の興奮物質分泌してえんか?」

ラリー中にあがったボールが低くなるとスパイカーが十分な助走を取る余裕がなくなる。しかもラリーが長引くと清陰のほうはバタついてブロックが分散したり、ディグやワンタッチではじいたボールを追い切れなくなったりするのに対し、箕宿はラリー中もほとんど崩れることがない。ラリーが何往復に及ぼうが、ボールが空中にある限り圧倒的に執念深く、それでいて冷静に、ボールに集中し続ける。

タオルの下からちらと振り仰ぐと、三階席の通路からアリーナを睥睨《へいげい》している箕宿の横断幕が視界に入る。

『冷眼冷耳　冷情冷心』

……………さっぱり読めない。やたら「冷たい」が多いなと最初に見たときに思っただけで言葉の意味はちんぷんかんぷんだが、箕宿がこの言葉を背負って戦っていることは今では痛いほど肌で感じている。暑苦しいくらい粘る戦い方をするチームなのに、同時にぞっとするような冷静な目で、常にトスを見られている感覚がつきまとう。

箕宿側ベンチではすでに円陣が解かれ、選手たちがコートサイドにでてきてめいめいのルーチンで身体を動かしている。

「ワンチ取られてるがこっちも取れてる。全国王者とここまで五分で戦ってんや。自信持っていい。あの横から飛んでくるブロックに怯まんと、一本一本高さだして打ち切ってけば引き離されることはないはずや。根比べで負けんようにしよう。第三セット、取るぞ！」

小田の号令で円陣の中心に拳を集め「おう！」と声が重なった。

けほっと灰島はもう一つ小さな咳をこぼし、タオルやドリンクを末森に預けてベンチを離れる仲間を見渡した。

一回戦、二回戦と戦ってきて、全員地に足がついている。全国王者に本気で勝とうとしている。

箕宿は強い。けれど……。

楽しい。このチームで、強敵に真っ向から立ち向かっていることが、最高に楽しい。

「ずっとやってたいな……この試合」

コートサイドに黒羽と並んで呟いた。軽く跳びはねていた黒羽が跳ねるのをやめ、

「まあおまえのことやで本気で言ってんやろけど、そうも言ってられんやろ。どっちかっていうとはよ終わらして、準々決勝やる体力残さんと」

正論を言われ、灰島は隣に首を向けてぱちくりする。拭いたところで三分間では引き切らない汗の玉が多数光っているが、横顔はしっかりしている。やはりみんなと同様、二試合戦ってきた三日目、余計な緊張がいい具合に抜けている。しっかりしろといつもみたいに灰島が尻を叩く隙もないくらいなので逆に物足りなさを覚えないでもない。

右足を半歩後ろに引き、黒羽の背中に目を移した。「……」右手で背中の左側に触れると黒羽が「おぅ」とかいう声をだしてびくっとした。

「してんじゃねえか。緊張」

汗ばんだ背中が強張っている。そのわりに心臓だけが跳びはねているのが背中越しでも手に伝わってくる。黒羽がごまかし笑いをして自分の胸に手をやった。

「ま、まあいいやろ。顔にださんようにしてんやで。ハッタリの練習中、っちゅうかー」

「やるか？　あれ」

と灰島は右手を拳に変えて黒羽の肩越しに見せた。

〝あれ〟は黒羽にとってはなにか緊張を緩和する意味のある儀式なのだろう。灰島にはそういうものが必要だったことがないのでその感覚を共有することはできないが、わか

ろうという努力はしようと思う。

肩越しに覗く灰島の拳を横目で見て黒羽は一時考えるような間をおいた。

結局、「んー……。今はいらんわ」と目を背けて前を向いた。

「……じゃ、いいけど」

首をかしげて灰島は右手をおろした。わかろうとした矢先によくわからなくなった……まあ必要がないなら灰島がそれ以上気にすることではない。

「なあ。高校ナンバーワン・ウイングスパイカーに、どうやったら勝てる?」

黒羽がふと言ったので、灰島はまたぱちくりして黒羽の横顔を見た。

引いた半歩を戻して黒羽の隣にあらためて立つ。セット間にモッパーによって磨きなおされたコートが目の前に開ける。コートインの号令を待って今はまだ無人のBコートの向こうに、試合が続いている男子のCコートと女子のDコートまで広く見渡せる。

「一コ試してみたいことがある」

言った途端黒羽がはずんだ声で食いついてきた。

「あ、やっぱ必殺技あるんけ」

「そんなんじゃねえけど……必殺技、かな。まあ」

「どっちや」

黒羽が肩すかしを食って首をかしげた。

視界いっぱいに高く開けた天井と、広く開けた会場に目を細め、あの話を黒羽にしたのはいつだったっけと思い起こす。

四ヶ月前の夏だ——代々木《よよぎ》の第一体育館の門の前で。あの舞台に立ったらもっと渇くからと。力と時間がいくらでも欲しくなるからと、胸ぐらを摑みあげる勢いでもどかしさをぶちまけたんだった。

四ヶ月前の自分たちにとって〝あの舞台〟だったものを、ずっと〝この舞台〟として戦い続けてきた福蜂や全国のチームと実際にまみえて、そのエースたちとぶつかって、今、本当に渇きはじめてる。

自然と頰に笑みが浮かんでいた。なんか今日よく笑ってるなと、青木に胡乱《うろん》な顔をされるまでもなく自分でも思う。今まで生きてきて一番機嫌がいい日なんじゃないかとまで思うくらいだ。なんでこんなに楽しいことばっかりあるんだろうな……。

ああ、一月七日じゃないか、今日。なんだ、そういうことか。

この日をいい日だって思えるのはひさしぶりだ。考えてみると去年も一昨年《おととし》もこの時期には友だちと言える人間がいなかったし。

最高の、十六歳の誕生日だ。

*

福岡の古豪、箕宿は伝統のコンビバレーと繋ぎの粘りで身長の高いチームに対抗してきた――というイメージが浸透しているチームだ。

コンビバレー。繋ぎの粘り。他にもディグ能力の高さやトランジション・アタックへの切り換えの速さは箕宿の御家芸《おいえげい》だ。どれを取っても箕宿のレベルは非常に高く、敵にとってはどれもやっかいだ。

だが第三セットまで戦ってきた今、そのどれも箕宿を一番に表す特徴ではないと言い切れる。どれを取っても高校ナンバーワンレベルに鍛えられたそれらの武器を持ちながら、箕宿はそこで自己満足していない。

箕宿がもっとも徹底してやり抜いてくるもの。箕宿というチームをもっとも象徴している武器は、鹿角山の川島と同じ――〝高さでねじ伏せるバレー〟だ。

またワンタッチ……！

サイドに振ったトスに箕宿のブロッカーがしっかりついて引っかけてきた。この試合、ブロックにさわらせずにスパイカーに打たせられたトスが極端に少ない。箕宿側にボールが渡り、ブロッカーとディガーが即座にスパイカーに転じて助走に開く。「トランジション・アタックへの切り換えの速さ」というイメージもさもありなん——ただし最大の狙いは〝速さ〟ではない。切り換えが速ければ十分な助走でスパイクに跳ぶ余裕を稼げる。箕宿が執拗に、頑《かたく》ななくらいに、〝高さ〟にこだわり続けているゆえだ。

クイッカーも最高打点までしっかり跳んで腕を振ってくる。が、クイッカーは豪快に空振り。別スロットから跳んだ弓掛がほぼ同時にテイクバックを完成させている。

利き手は矢をつがえた弓を引き絞るように引き、逆の手は弓手《ゆんで》が的の中心を指すかのように指先までまっすぐ斜め上方に伸ばすフォーム。空に浮かんだ弓張り月のような凛《りん》としたテイクバックから一転、右腕が勢いよくスイングを開始するなり〝九州の弩弓《どきゅう》〟の禍々《まがまが》しい破壊力が剝《む》きだしになる。

こっちはワンタッチばかり取られてるというのに、一七五センチの弓掛がノータッチでブロックの上から抜いてきた。後衛の小田が正面であげたがボールを殺すことまでできず、回転とスピードがついたままネット際へ直線的に戻ってくる。

このままツーで押し込みたいボールだが灰島がバックローテだ。右手一本で飛びつき、オーバーネットすれすれでボールの支配権を得る。一番近くには青木がいるが玉澤にしっかりマークされている。

無論、高さは清陰の武器でもある。仮に相手が一メートル跳ぶならこっちも一メートル跳べば、タッパのぶんだけ勝てるという単純な話だ。だがやはりラリー中のファーストタッチを第二セットからなかなかコントロールできずにいる。

右ワンハンドで黒羽にトスを飛ばすが助走をしっかり稼ぐ余裕まで工面できない。黒羽らしい打点と豪快なスイングを活かせず、弓掛と叶、一七〇センチ台の二枚ブロックにシャットを食らった。

箕宿がローテをまわし、ここで弓掛がフロントセンターに来る。叶がサーブに下がって対角の山本がレフトにあがるため、ここまでレフトスパイカーとして働いていた弓掛がライトスパイカーに変わる。汎用性の高いオールラウンダーを擁《よう》する箕宿ならではの柔軟なローテーションだ。

「ファーストタッチ、前に返さないでいいんでなるべく上に、ゆっくり。時間のコントロールはおれがつけます」

レセプションを担うウイングスパイカー陣と外尾に指示する。黒羽に目配せし、腹の前で指を立ててサインをだした。二人のあいだで即興で決めたサインなので小田や棺野は怪訝そうにしている。黒羽が若干気負った顔で頷いた。

清陰のこのローテでは黒羽がレセプション・フォーメーションの真ん中に入らざるをえない。叶のサーブがやはり黒羽を狙ってきた。頭の上まで伸びてきたサーブを黒羽が「うわっ」と下がりながらオーバーハンドで取る。相変わらずレセプションに苦手意識があるが、なんとか上にあげた。

「走れ！」

と灰島は怒鳴って黒羽と入れ違いにボールの下に走る。後ろによろけた黒羽がぱっと前に体重移動して助走に入った。

トスの目標地点は弓掛の真正面！——百戦錬磨の箕宿のブロッカー陣が一瞬だけぎょっとした。弓掛めがけて突っ込むように助走した黒羽がその目の前で跳んだ。

すぐに弓掛と玉澤の二枚ブロックが反応した。だが黒羽がノータッチでブロックの上から打ち抜いた。箕宿コートの真ん中でボールが跳ねあがり、後方を守っていた伊賀も飛び込めなかった。

箕宿コートにわずかな動揺が走った。選手が浮き足立つ前にベンチがタイムを取った。弓掛が前衛を組む二人と声をかけあってベンチに引きあげる。歩きながらネット越しにこちらを見やり、そうきたかというように顎を引いて目を鋭くした。

「サイドにブロックつかれるときより低かったよーな？」

ベンチに引きあげる足で黒羽が横に並んでタッチを求めてきた。「ナイスキー」と黒羽の尻を叩いて讃える二、三年も「なんか今思い切ったことしたな？」と狐《きつね》につままれたような顔をしている。

「そうだよ。箕宿の動くブロックは高い。でも動かない、ブロックは高くない」

黒羽の手を跳ねあげるように灰島はタッチに応えた。

〝サインだしたら弓掛の真正面に走れ。弓掛がいるとこにトスあげるぞ〟
それが黒羽に教えた「試してみたいこと」だ。
〝真正面って、真正面？　ほんでいいんか？　ブロック振るんがセッターの仕事ってお
まえいつも言ってるげ〟
〝振らないほうがいいんだよ。ただし怯むなよ。真正面で叩き込め〟
スパイカーに目の前で打たれたら、移動することで得られる水平方向のエネルギーを
鉛直《えんちょく》方向のエネルギーに換えて高さを生みだす箕宿のブロックの利点を活かせない。
もちろん普通なら正面でブロックにつかれたらスパイカー側がシャットアウトされるリ
スクが高い。だがここで物理的に劣る箕宿の〝高さ〟が泣きどころになる。非情なこと
を言うが、箕宿は結局〝低い〟のだ。
「この必殺技があればあっちのブロック封印できるってことやなっ」
「おまえの必殺技じゃねえよ、これは」
勢《いきお》う黒羽に灰島はすげなく言い切った。ミドルブロッカー二人に目を移し、
「今の黒羽のやつ見てましたよね。あれが一番有効なのはミドルの攻撃です」
「言いたいことはまあわかった。あっちのミドルの正面で打つことになるんがおれらや
でな」
青木はすぐに理解したが大隈はまだ理解が及んでいない顔だ。大隈とは別の意味で黒

羽も合点がいかない顔で食い下がってきた。

「って、ちょお待て、おれのは？　おれはただの実験台やったんか？」

「おまえ、弓掛にどうやったら勝てるかって言ったな」

背中を突くのを辞退されたかわりというわけでもないが、正面から腕を伸ばして黒羽の左胸をごつんと拳で突く。小田たちが感心したように黒羽を見た。「お。高校ナンバーワンにけ。言うよーになったなあ」二年に冷やかされ、恥ずかしそうに黒羽の目が泳いだ。

「三年の高校ナンバーワンに今すぐ勝てる方法なんてあるか、バカ。三村統《すばる》にだっておまえ一人じゃまだ勝ててねえよ」

「えぇー……」黒羽が眉を八の字にして遺憾《いかん》そうにぶうたれた。

黒羽を三村に勝たせたくて、意地になって黒羽一人に勝負させたのは自分だ。あんな失敗はもうしたくないから……。

肘を曲げて黒羽の左肩に顔を寄せる。熱をもった自分の息が同じくらい熱い黒羽の肩にあたり、熱い空気が顔に返ってくる。

「みんなでなら勝てる。おまえだけじゃなくて、みんなまとめておれが勝たせる」

額のすぐ近くで黒羽が息を吞み、喉仏《のどぼとけ》が上下した。

タイムアウトがあっという間に経過する。灰島は他のメンバーを見渡して明瞭《めいりょう》な指示を並べる。

「ミドルもネットから下がってしっかりフルジャンプしてください。打点はおれがあわせます。正面にブロックいても怯まないで。うちのミドルのタッパなら上から叩けます。何度も言ってますけどファーストタッチは上に。あとは全員で、ドンッて助走入ってくれれば、どこからでもおれが飛ばします。川島にどうやってやられたか思いだしてください」

目の前に昨日の試合がよぎったように全員が一瞬で顔色を変えた。

昨日の鹿角山戦、川島が出場したのは実際は両チームあわせてほんの四、五点を刻むあいだだ。そんな短時間の経験ですら、なにもさせてもらえない圧倒的な〝高さのインパクト〟は全員の脳裏に刻みつけられている。

「この試合はうちが川島です。高さでひねり潰します。一番気持ちいいゲームになりますよ」

語尾に笑いが混じってうわずった。灰島の昂揚と反対になにやら場が凍った。青木がもう救いようがないというように目を背け、黒羽が溜め息をついた。

「おまえ、顔、顔。なんかどんどん悪い奴の笑い方になってんぞ……」

＊

気合いとともに走り込んできた大隈がど真ん中で跳んだ。箕宿の玉澤はスタンディングジャンプでのブロックになり、玉澤の上から大隈が叩き込んだ。

「どやぁ！　見たか、必殺技！」

大隈が警告を受けそうな高笑いをする中、灰島は箕宿コートの動きを脳内で巻き戻す。拾い切れなかったが伊賀が反応していた。それからサイドブロッカーの弓掛が通常のバンチシフトより外側にポジショニングを変えていた。サイドブロッカーが外からセンターブロッカーのヘルプに来れば、それは動くブロックになる。さすがに経験値が高い。考え続けるバレーをするチームだ。

とはいえ別にミドルの〝必殺技〟は得点するだけが目的ではない。真ん中に太い道が通れば両サイドの決定率をあげられる。

調子づいた大隈がまた打つ気満々の気合いで助走に入ってくる。玉澤が一瞬弓掛を見た。弓掛がセンター側へ足を向けた。オーケイ、こっちに来い。それなら——その瞬間灰島の指先を離れたボールが大隈の頭上を越えてレフトに飛んだ。

玉澤は完全に振った。だがセンター側に一歩ステップした弓掛が凄まじい反応で逆方向へ足を返した。

　黒羽がレフトから軽やかに跳ぶのと同時に、ジェットエンジンでも噴いたように弓掛がシューズの底で摩擦を起こして跳びあがった。横方向へ吹っ飛びながら空中でネットと正対する。肩胛骨を大きく開くと一七五センチのブロッカーとは思えない高さまで上肢が伸び、清陰側に深く突きだしてくる。腹筋ががっちり締まり、全身で浅いくの字を作る。これが高校ナンバーワン・ウイングスパイカーだと見せつけるような、完璧な形のブロック！

　枝葉を広げるように開かれた五指が黒羽のスパイクを捕まえ、揺るぎもせずに叩き落とした。堅い……！

　タッチネットぎりぎりで弓掛が腕を引っ込めた。ポール際まで空中を流れ、着地と同時にポールの緩衝材に肩からぶつかった。ポールにしがみついてしゃがみ込みながらも右拳を突きあげ、

「っしゃああ！　どシャット！」

　と腹の底から気迫を叩きだすような声を張りあげた。

　ムードメーカーと言われるわりにはこの試合序盤や、あるいは今大会で見たここまでのどの試合でも、試合中に弓掛一人の声だけが目立っている印象はなかった。三年間戦ってきた仲間とともに成熟した今のチームにおいて、あえて弓掛が先頭に立って仲間を

引っ張る必要はなかったのだろう。しかし第二セット以降、弓掛の剝きだしの気迫がネットの向こうでどんどん膨れあがっている。〝九州の弩弓〟という、射られたら帰ってこなそうな二つ名がつけられた頃の弓掛は本来こういう役割を持つ選手だったに違いない。

ネットが風圧で揺れるほどの気迫に驚いている黒羽に灰島はすかさず声をかけにいった。

「怯むなよ。今のはあっちが巧かった。もうちょっとネットから離れて跳べば抜ける場所はある」

「あ、ああ」

黒羽が額を拭って頷き、

「灰島、トスもっと高く」

と、拭った汗が光る指で天井を示したので、灰島は目をみはった。

とはいえ次のサイドアウトで黒羽のほうが弓掛より一ローテ先に後衛に下がることになる。もう一ローテ前衛にいる弓掛とマッチアップするのは箕宿に対して唯一身長で分が悪い小田になる。

持倉が弓掛にバックセットをあげた。その瞬間、小田がぱっとネットから身を離してブロックに走った。小田の速い移動に大隈が置いていかれた。

スパイクジャンプのように腕の振り込みをしっかり使って小田が跳びあがった。だが空中で身体が流れすぎ、大隈がまったく横につけずに二枚ブロックが大きく割れた。弓掛がそれを逃すはずがない。ブロックのあいだにクロスを突っ込まれた。

ピッ！

ボールが落ちる前にホイッスルが鳴った。

清陰にタッチネットの反則だ。

小田が自ら認めて主審に挙手し、「すまん。おれや」と自陣を振り返った。「あれを普通にやるんが箕宿の巧さやな……。つけ焼き刃で真似《まね》せんほうがいいわ。次、弓掛サーブや！　しっかり一本で切ってくぞ！」

気合いを入れて守備位置につく小田を見やって黒羽が驚いていた。

「小田先輩、箕宿のブロック真似したんか、今？」

「ああ……」小田にしては無鉄砲な行動に灰島も驚きながら頷いた。

仮に小田ができても、一緒に壁を作る大隈ができなければ今のようにブロックが分解する。弓掛ほどの巧さがあれば一枚でも脅威だが、本来ブロックは個人技である以上に組織戦術だ。

ただ、箕宿がやっているブロックは高さに泣いてきた小田にとっても利器になる。そのことに小田は気づいたのだ。

エラーの空気を引きずっている暇はない。箕宿がローテを一つまわし、弓掛のサーブ順が来る。このローテ、清陰は灰島がバックレフトにいるS5ローテと重なっている。

第一セットの一周目、二周目でこのローテでブレイクを食らったあと、清陰はレセプションのフォーメーションを修正している。あのスピードサーブをネット前に正確にあげようとしたところで、反動がつきすぎてネットの向こうに直接放り込んでしまうリスクまで負う。ウイングスパイカー陣が攻撃に移りやすいフォーメーションを敷いた上で、とにかくコート上のどこでもいいから高くあげてもらえばいい。あとは自分が走ってスパイカーにボールを繋げばいいだけのことだ。

サーブこそが弓掛につけられた〝九州の弩弓〟の二つ名をもっとも体現している。巨石を飛ばすという強靱《きょうじん》な大弓から射られた質量の塊が遠距離からネットを越えて強襲してくる。しかも単純に九州から本州へと山なりに射てくるイメージではない——最高到達点三四〇センチを叩きだす跳躍力でもって九州の空高くへ舞いあがり、空で捕まえた彗星《すいせい》を弓につがえて地上へと撃ち込んでくる。

「——！」

一直線に正面に肉迫してきたボールに灰島は目をみはった。清陰側バックレフト、灰島がいる位置のためレセプションが手薄になるスペースを、あのスピードで狙ってきた！　まわりがカバーに入れる球速ではない。ボールが来た場所にいる者が取るしかないのがスパイクサーブだ。

アウトになる角度で入ってきたように見えた。しかし灰島がボールを目で追って左後方を振り返った刹那、強烈なドライブ回転がかかったボールがぐんっと落ちた。床を砕くような震動とともにバウンドした瞬間、ボール自身も自らの欠片《かけら》をばらまくかのようにコート上に光の粒が舞い散った。

震動の波紋が左足から右足へ突き抜けていった。上半身をねじったきり足は一歩も動かせなかった。

際どい判定だったが線審のフラッグが鋭く床を指した。バックレフト角ぎりぎり。ボールの影がラインの端を踏んでいた。

今のサーブを狙って入れてみせるのか……!?

高校ナンバーワン・ウイングスパイカー。ここまで何度も思い知らされてきたものを、またしても見せつけられる。

すげぇな……と、素直に心が震えた。弓掛篤志、すごいプレーヤーだ。この身長でここまで素晴らしいプレーヤーなのだ。だからこそ……弓掛のまわりの誰もが、真に、切に、惜しんだだろう。あと十センチあれば、と……。

「灰島、ドンマイ」

小田がすぐにタッチを交わしにきた。

「はい……すいません」

「レセプションはおまえの仕事やない。このローテであんなとこ入れられたら取れんわ」

小田のフォローに頷きながらも悔しさが滲んだ。セッターは原則レセプションを取らないとはいえ、セットアップに入るのを即座に頭から捨てれば反応できた。なのに今、とっさになにもできなかった。セッターが自分の目と鼻の先でサービスエースを食らうことなどまずないからこそ余計に、くそっ……悔しい。

灰島の顔を見た小田が汗がつたう頬にふっと笑みを乗せた。

「嬉しそうやな」

きょとんとする灰島の肩を軽く叩き、表情を引き締めて守備位置に戻っていった。

9. BRAVE OR ROGUE

第三セット、中盤のコートチェンジを前に弓掛のサービスエースでブレイクされ、引き続きサーバー弓掛。清陰コートではリベロとウイングスパイカー陣が緊張してレセプションに構える。防球フェンス際ぎりぎりまで下がった弓掛がボールを受け取ってこちらを向く。約二十メートルの距離を隔ててちょうど灰島の真正面だ。一七五センチの体躯がネットの向こうに小さく見える。

右手でボールの底を掬うように回転をかけ、ボールを浮かせて床に一度落とす。肩胛骨の可動域を広げるように両肘を後ろから前へとまわす。肩が一番大きく開くところへ達したそのとき、小さく見えていた姿がネットを越えて飛びかかってくるほど伸びあがって見えた。

巨大な影に覆われたかのように清陰コートに戦慄が走った。

「とにかく上にあげて攻撃チャンス作れ！」

小田の緊迫した声が味方に飛んだ。

つま先でワンバウンドしたボールを摑みなおしたあとはさして構える間をおかず弓掛がトスを放り、長く取った滑走路を駆け抜けて跳躍した。

二本目、またも高所から直線に近い軌道でスピードサーブが襲ってくる。今度もバックレフトを狙ってきたが、フロントレフトの小田がいつもの位置より下がっている。ボールを受けた小田がその破壊力にひっくり返ったが、コート中央付近に高くあがった。「十分！」灰島はすでに小田の後ろから飛びだしてボールの下に向かっている。

小田が潰されたためレフト側にスパイカーがいない。と、後衛の黒羽がぐるっとレフト側にまわりこんでくるのが目の端に入った。ナイス！と黒羽の機転を褒める。ライトから棺野、ミドルから大隈、そしてバックレフトから黒羽。九メートルのコートの幅を使って攻撃を展開する。

ここから先はセッターのコントロール領域だ。コート上の情報を全角度から収集し、今この瞬間に一番決まるスパイカーに、一番いいタイミングで、一番いい球を必ず打たせる。

助走をめいっぱい取ってきた黒羽のバックアタック、高い！　箕宿のブロックは二枚しかつけないがストレートを割り切ってクロスをきっちり締めてくる。

黒羽がストレートに打ち抜いて二枚ブロックを躱した。サーブから後衛の守備についた弓掛の肩口を抜ける刹那、弓掛が肘を跳ねあげてボールにあてた。あてたのはさすがの反射神経だが、角度が変わったボールが隣のコートを横切って吹っ飛んでいった。インプレー中だった隣のコートで慌ててノーカウントのホイッスルが吹かれた。

振り返ってボールを目で追った弓掛が、首を戻して鋭い視線をネット越しに投げてきた。凄まじい気迫が燃える瞳は極端にまばたきが減少している。

弓掛のサーブを二本で切った清陰がサイドアウトを奪い返し、棺野がサーブに下がって灰島が前衛にあがる。箕宿はレセプション・フォーメーションの真ん中に伊賀と弓掛を置けるという守備の好ローテになる。

レセプションが綺麗に返ればミドルを使ってくる確率があがる。大隈が城之内にコミットしてもいいところだが、そこでレフトを使われると山本に対して小田一人になる。

バックは弓掛と叶か――。

　持倉に綺麗なAパスが入った。

　と、大隈が一枚で城之内にコミットした。打った瞬間押さえ込まれたボールが城之内自身にぶつかって高く跳ねあがった。

　伊賀が頭上を越えていくボールにジャンプしたものの届かず。踵《かかと》から着地して転んだ伊賀の後方へ弓掛がダッシュする。思い切りのいいフライングレシーブで右手を伸ばしたが、紙一重の差で指先でボールを突く形になった。自分で突いたボールを追うように弓掛が床に滑り込んだ。

　大隈のブロックポイントだ。

「うっしゃあ！　どや、必殺技その二！」

「結果オーライです」

　今のは別に必殺技ではないと思うが。タッチを振りおろしてくる大隈に灰島は無意識の防衛本能で足を踏ん張って応じた。コミットのサインはでていなかったので城之内につられては駄目だったのだが、考えてしまった自分よりも今のは大隈が冴《さ》えていた。

　波に乗せると見違えていい働きをするのは黒羽だけではない。清陰には伸び盛りがもう一人いた。

　失点した箕宿側は六人のうち三人が膝をついていた。ネット前で持倉が城之内に手を貸し、伊賀はコートエンドで、弓掛はコート外で、それぞれ自力で立ちあがった。

弓掛がユニフォームのシャツを引っ張って顔を拭いながらコート内に戻ってくる。顔に押しつけた胸の〝1〟の真上で、瞳孔が開いたような、一種異様にも見える眼光がぎらぎらしている。迫りあがったシャツの裾をパンツに突っ込んで整えるあいだも一度もまばたきをしない。

どっちが「悪い奴」かと言えば、なるほど、こっちが「悪い奴」なのかもしれない。

福岡箕宿、この小さい勇者のチームは、高い相手の隙を突くような戦法で戦ってきたのではない。あくまで〝高さ〟で堂々とわたりあってきたのだ。速さやテクニックばかりを引きあいにだして評価されがちな小型の選手にとって、その戦い方を貫くことは勇気がいる選択だったはずだ。

「相手よりも高いところで戦うことが最大の有利である」というバレーボールの核心を、小型チームの箕宿がどんなチームよりも一番知っている。そしてどんなチームよりも誠実に実行している。

勇気をもって正道を行く王者をその座から引きずり下ろすには、悪役くらいにはならなきゃいけない。

考えること。足を動かすこと。全力で跳ぶこと。一瞬一瞬のプレーへの集中をわずかでも怠《おこた》ったほうがラリーを落とす。それくらいの差で一点一点が決まっていく。

＊

清陰21－22箕宿。両者二十点台に乗せ、第三セットいよいよ終盤。

「長《なげ》ぇなあー。一セット目も二セット目も三セット目もずっとおんなじやげー」

長試合に応援側の集中力が先に切れ、清陰応援団からオヤジ連中の愚痴があがりだした。

外野が飽きようがコートの上にいるこっちは飽きてる暇なんかない。ラリーが続くあいだ空中にあり続けるボールを巡り、コート上の十二人が次に取りうる一手を休みなく思考し続けている。

「ゆっくりゆっくり！　焦んな！」

清陰コート内で集中した声が飛ぶ。初出場チームが三冠を狙う優勝候補に本気で勝つ気概で試合終盤を戦っている。

二年生ウイングスパイカーの叶を清陰のブロックが捕まえはじめ、箕宿ベンチは中盤から叶に代えて三年の徳永《とくなが》を投入している。ライトもできる器用さでは叶は弓掛の後継となるオールラウンダーだが、徳永のほうが打力はある。スタメンの二年が下がっても三年のスーパーサブがすぐにその穴を埋めてコート上の戦力を維持できるのが強豪校の層の厚さだ。

清陰は前衛が黒羽、青木、灰島ともっとも高いローテを迎えている。対する箕宿はセッターの持倉が前衛なので前が低い。セッター対角の弓掛はまだ後衛だ。次のサイドアウトで弓掛を前衛に送れるが、箕宿はこのローテをまわすのに苦しんでいる。

箕宿コートでボールがあがった瞬間弓掛が後衛からぱっと助走に飛びだす。後ろにいても弓掛の存在感が注意を引きつける隙に、持倉がレフトにトスを振る。打つのは叶のポジションに入っている徳永。清陰のブロックが振りまわされる。サイドブロックの灰島とセンターブロックの青木の二枚で叩き落とす。だが落ちない。箕宿がリバウンドを拾って再攻撃に繋げてくる。

何度ブロックしても何度でも打ってくる。まるでゾンビが頭を叩き潰されても何度でも立ちあがって噛みついてくるみたいに……しつこい！　思わず歯嚙みする。

ミドルの玉澤の頭の上をトスが越え、バックライトから山本。青木がクソッと声をあげて黒羽とともに逆サイドにブロックに行く。フロントゾーンに足首まで沈み込むような感覚に囚《とら》われながら灰島は歯を食いしばってそこから足を引っこ抜き、青木の横について壁を揃えた。高さと幅のある三枚ブロックが山本をねじ伏せた。

まだ落ちない。ネット下で徳永と伊賀が半ばぶつかりながらリバウンドを拾った。箕宿のトランジションになるが、レフトの徳永がまだスパイクカバーで潰れている。

さっき黒羽がやったように弓掛がレフトの穴を埋めてまわりこんできた。ワンプレーとて休んでいることがない。運動量でも高校ナンバーワンだ。

「バックレフト！　弓掛来ます！」

「三枚！」

青木の声で前衛三人がレフトへブロックに走る。弓掛の正面を塞いだ灰島の横に青木、黒羽が壁を並べる。

バックゾーンで跳躍した弓掛が、アタックラインからネット前まで三メートルの距離を一気に肉迫してきた。目の前で〝九州の弩弓〟が矢を放つ。灰島は目をつぶらない。一瞬でも目を逸らしたら貫かれる予感から、ボールと射手《いて》を真っ向から見据えて全身を固める。

ブロックの脇も、上も、抜く隙間は与えない。スパイクが炸裂した直後に清陰の壁が跳ね返した。

ネット前まで飛び込んできた弓掛の胸にボールが激突した。自身の飛距離で稼いだエネルギーと、自身のスパイクの破壊力の反動をまともに胸に受け、ダンッと弓掛が床に叩きつけられて尻もちをついた。

「篤志！」

弓掛が身体を二つに折って咳き込む。チームメイトが駆け寄り、ベンチや審判も顔色を変えて身を乗りだした。

ドッジボールよろしく腹の真ん中にボールを抱えて弓掛がゆらりと顔をあげた。

——もう抜かせない。何度打ってこようが何度でも潰すだけだ。肩で息をしながら灰島は傲然《ごうぜん》と見下ろす。ネット下からこちらを見あげる弓掛のこめかみを汗が次々につたい、目尻から眼窩《がんか》へと幾筋も滑り込んだ。それでもまばたきをしない。瞳の表面が一秒間だけ、涙が浮かぶように潤され、瞳に滾《たぎ》る炎ですぐに干上がった。

清陰22－22箕宿。

長い試合に応援団が飽きようが、長いラリーは続く。

徳永のスパイクを清陰のブロックがまた阻む。だが伊賀がネット下でボールを掬いあげるように待ち構えている。伊賀が手にあてたボールが斜め下からネットに引っかかり、ぽよんっと不規則に跳ね返った。持倉が伊賀の上にのしかかりつつフォロー。ボールをバックゾーンへ打ちだした。弓掛、伊賀以外も全員繋ぎの能力が高い。

そしてエース弓掛——コートの真ん中に直線的にあがった、トスとも言えない速いボールに無理矢理にあわせて打ってくる。

このローテだけで何度目のブロックジャンプだ。数えていたくもないくらい前衛三人が連続して跳んでいる。それでも力を振り絞ってブロックを揃える。準々決勝に残す体力を考慮する段階なんてとっくの昔に過ぎている。目の前の敵を全力で倒さなければどっちにしろ次はないんだ。

痛烈なシャットアウトを食らったばかりの三枚ブロックに弓掛が果敢に挑んでくる。

何度打ってこようが、何度でも潰す！

インパクトした瞬間、ふわりとボールの角度が浮いた。ワンタッチ狙い――！

彗星のようにボールが一直線にブロックの上を突き抜けていった。

青木が即座に主審を振り仰ぎ「ノータッチ！」と両手をあげてアピールした。弓掛からもアピールが……ない……？

弓掛のほうは審判台を仰ぐこともなく、はっ、はっ……とネットの前で熱い息を吐きながら、異様に見開いた目を虚空に向けていた。ブロックタッチのアピールはしない。自分ではっきり見えてたか……スパイク、アウト。

ブロックにさわらせてブロックアウトを取ることを狙ったスパイクだったが、ほんのわずかに上に外れた。直前にシャットされて自ら身に食らったブロックが意識をよぎったのだろう。でなければ弓掛が狙いを外しはしまい。

い、い、い、

ようやく来た。

決して折れることなどないように思われたこの不屈のエースの精神を、三セットかけて清陰の高さがやっと目に見える形まで削ってきたのだ。

10. HIGHER AND HIGHER

「いけいけ清陰！　おせおせ清陰！　このまま決めてまえー！」

野次じみた声援で清陰側スタンドが盛りあがる。一方で箕宿側スタンドは騒然としはじめた。

第三セット、清陰23－22箕宿。二冠王者が初出場のダークホースに互角の競りあいを許しているばかりか、よもや逃げ切られるのではという展開に追い込まれている。まだ三回戦――シードの箕宿にとってはたった二戦目でコートを去ることになりかねないなど、応援団だけでなく会場中の誰も想像していなかったはずだ。

「あと一つまわせ！」

箕宿ベンチから必死の声が飛ぶ。清陰のブレイクにより箕宿はまだローテをまわせない。つまりは弓掛を前衛に送れない。

持倉が前衛にいるので前衛スパイカーが二枚だ。苦しいローテで前衛がサイドアウトをもぎ取ろうとする。ブロックにかかって真上に浮いたボールを青木がすかさず叩きにいく。箕宿がブロック側になり阻む。ネット間際の狭い範囲で攻守がめまぐるしく入れ替わる。

ワンタッチではじかれたボールが箕宿コート上に浮いた。

――と、矢をつがえて引き絞った美しい弓のごときテイクバックをすでに完成させた弓掛の上半身がふわりとその空間に浮上した。

ワンタッチボールを後衛からダイレクト！　清陰はブロックにつけない。ブロック0枚、ノーマークで打たれる。

空中高くに寸秒だけ浮遊した弓掛の、視覚の情報収集能力を極限まで引きあげたように見開かれた瞳が、コート上の誰よりも高所からこちらの配置を確実に捉えた。

百パーセントで振り抜かず、スパンッというスイングでディフェンスの隙間に落とされた。

驚異の跳躍力から繰りだされるスパイクの威力だけではない。冷静で、巧い。これが今年の高校ナンバーワン――。

清陰23－23箕宿。次の一点を取ったほうがセットポイントを握ると同時に、マッチポイントも握る。

この局面で箕宿のローテがやっとまわる。前衛レフトにあがってきた弓掛がネット前からすこし下がったところで軽い腿上げジャンプをしながら肩をまわす。

一枚ずつ羽をもいできたのかもしれないが、その強靭な翼は未だ折れてはいない。

だったら、折るまで。

「灰島。もっと高く」

黒羽がまた人差し指を天井に向けて言った。

青木の速攻で玉澤の上から叩く。だがボールが抜けるコースを冷静に見ていた伊賀がワンステップの移動でディグをあげた。ワンハンドのディグから盤石の正確さで持倉がいる場所にボールが返る。

玉澤が速攻に入るがレフトから弓掛も切り込んでくる。この正念場、セッターの心理としては弓掛頼みになるところだ。持倉から飛ぶトスを灰島は凝視する。

持倉の両手にボールが入り、はじきだす瞬間、ボールが滑って手の中に沈んだ。ドリブル!?

ピッ!

灰島がはっとするのと同時にホイッスルも鳴った。

ダブルコンタクト（ドリブル）。ここで箕宿のエラー……!

持倉が蒼《あお》ざめた。ネット際に着地するなり弓掛が持倉に駆け寄った。額を突きつけて声をかけながら持倉の両手を摑み、自分のユニフォームにその手をこすりつける。持倉がすぐに顔色を取り戻して弓掛の声に頷いた。

この終盤だ。ハンドリングミスも起こりやすくなる。味方もエラーを責めはしないだろう。でも、今ここで、セッターを担う者が本分のオーバーハンドをミスるのは、同じセッターとして絶対に許されない……。

持倉から視線を外してネットに背を向けると、自コートで仲間たちの視線が集まっていた。

「灰島」

清陰24－23箕宿。清陰はS1ローテとなり、サーバー灰島。

みんなの視線を受けとめて頷く。

「ここで決めます。勝ちましょう」

「ミスしてもかまわんで思い切って打て……なんてことは、言う必要ない顔か」

小田が苦笑して自分の頬をつつく仕草をした。

仲間から離れて一人サービスゾーンへ向かう。ボールをもらい、サービスゾーンからコートに向かって立つ。ここから見ると縦に十八メートルのサイドラインが空色のフリーゾーンとオレンジ色のコートを区切って延びている。左手にボールを載せて肘を伸ばす。白いサイドラインと平行に、自分の白い腕がもう一本のラインを引く。

天王山《てんのうざん》と言える勝負所だ。こんなシチュエーションでサーブがまわってくるなんて……、

最高に楽しいじゃないか。

あ、また笑ってたのかと、小田が頬を示した意味が今わかった。

いっとき、浅く繰り返していた呼吸が自然と整い、耳に聞こえる音が静まった。その瞬間を逃さずボールをピッと前にトスした。

守備範囲が広い伊賀がど真ん中で守るローテだ。トップスピンがかかったボールが箕宿コート深くに突っ込んでいく。伊賀が身体を引いて見送ろうとした。刹那、ボールがぎゅんっと角度を深める。よし、入る——。

見送る間際で伊賀がジャッジを変え、右脇を抜けるボールに飛びついた。手にあてたものの後方へボールが逸れた。伊賀を崩した！　山本がカバーに走る。

「弓掛マーク！」

清陰側で青木の指示が飛ぶ。ここは弓掛しか選択肢は考えられない。

山本から二段トスが弓掛にあがってくる。落下地点、いいところに来る。大きく外に開いた弓掛がボールを振り仰いで走り込んでくる。

灰島が下がってもかかわりに棺野があがっている清陰の前は依然として高い。棺野、青木、黒羽で壁を作る。だが弓掛も、高い！　インナーに打ち抜いたボールがインナー側の黒羽の左手をはじき、コートサイドへ吹っ飛ぶ。ここでサイドアウトを取られたら同点。デュースになる。

黒羽がブロックから着地するなりその足で床を蹴り、自分がワンタッチしたボールを追ってサイドに飛びだした。大股で一歩、二歩、三歩、四歩——ダダダッ、ダンッ！と、四歩目で走り幅跳びみたいな大ジャンプ。虚空にめいっぱい手を伸ばす。

「届けー‼」という黒羽の声に、

「届いた！」

と味方の声がかぶさった。

黒羽が空中で身をひねりながらボールをはたき返した。ところが強く打ち過ぎてコート上を横切り逆サイドまで飛んでいく。「ヘタクソ！　でもナイス！」罵り言葉に褒め言葉もくっつけて灰島がボールを追う。

片目でコートを確認する。棺野がライトでトスを呼んでいる。青木、小田も打てる体勢だ。黒羽は打てないと踏んで箕宿のブロックがセンターよりライト側に寄る。

ぐるっと大回りで助走を取ってコートに駆け戻ってくる黒羽の影がちらついた。自分で言ったくせに自分が準々決勝に体力残すことなんか考えてねえじゃねえか……胸中で文句を言いつつ灰島はボールの落下点に駆け込む。構える前に自分のユニフォームをむしるように摑んで両手の汗を拭いた。ハンドリングミスは絶対に許されない。

ライト側コート外からレフトまで届くロングトスをめいっぱい飛ばす。高く、と意識する。

——もっと高く、なんて、今まで誰にも言われたことなかった。届かないと文句を言われたことはいくらでもあったが。誰よりも自分がスパイカーの一番高いところへボールを届けてきたのに——それを、あいつが初めて超えていく。

センターであえて大きく空振りした青木の頭の上を越え、その向こうから跳躍した黒羽にトスが届く。第三セット終盤まで戦い抜いた長い試合の、このクライマックスでまだ打点があがっている。全国大会まだ三試合目で、まだ高校一年で、まだ背も伸びてるんだぜと、会場のスピーカーを使って言ってやりたいくらいだった。あとこれが大事なんだけど、ちょっと雑に扱っても簡単に壊れるほど繊細じゃないのが最高だから。

天井から煌々《こうこう》とコートを照らす満月型の照明の中にボールが一度呑まれる。必ずそこで打つと信じてあげたトスを、必ずそこにトスが来ると疑っていないスイングで黒羽が打ち抜く。その瞬間、光の中からボールが飛びだした。

弓掛に挑むかのようなインナースパイクがブロックを抜けた。箕宿にはもう一人のエースとも言える守護神がいる。床すれすれから放たれた一閃《いっせん》の矢のように伊賀が飛び込む。

伊賀が伸ばした手の先でボールが跳ねた。ホイッスルなし、繋がっている！

だが大きく逸れたボールがアンテナの上を山なりに越え、清陰のベンチのほうにまで吹っ飛んでいった。

末森がベンチから立ちあがって頭上を仰いだ。

「アウトー！」

末森の明るい声に、ボールの行方を見あげる清陰コートにも歓喜が広がった。

——まだだ。箕宿コートからネット下をくぐって清陰側のフリーゾーンに飛びだしてくる選手がいた——弓掛！

ホイッスルは鳴っていない。「アンテナ外！」灰島は味方に怒鳴ってコートに駆け戻る。ボールを追っていく弓掛とすれ違い際熱風が巻き起こった。アンテナの外側の通過だ。もう一度アンテナの外側を通して箕宿側にボールを戻すことができればまだアウトにはならない。

「篤志ー！　返せーっ！」仲間の絶叫に近い声が飛ぶ。

末森が突進してくる弓掛の進路から慌ててよけた。ひと跳びで清陰ベンチを跳び越えた弓掛が拳でボールを打ち返した。ロングボールがコートの脇を通って箕宿側のフリーゾーンへ返る。箕宿にとってはこれを戻せなければ終わりだ。なりふり構わず打ち返したボールに伊賀が走る。

追いついた！　ボールを返した直後、足がもつれたのか伊賀がごろんごろんと転がった。

——ここまでずっと、清陰以上に箕宿のほうが足を使い続けていた。清陰より十センチ、二十センチ高く跳ぶため。ワンタッチボールを拾うため。攻守すべてでコート上の全員が身を砕いてきた。

伊賀、弓掛、伊賀とさわったのでもう三タッチを使い、ラストボールだ。

「チャンボ来る！」「これで決めるぞ！」

清陰コートに緊張感が戻って声が飛び交う。灰島もネット前に戻る。六人が布陣しなおし、天井高くあがって返ってくるボールに備える。箕宿も陣を立てなおし——

弓掛がまだ戻ってない。はっとして灰島はコートサイドを振り向いた。

弓掛はまだ清陰ベンチの前にいた。両手を身体の横におろし、立ち尽くしてボールの方向を見あげていた。

ネットに目を戻す。伊賀もコートの外で座り込んだきり立ちあがっていなかった。

そうか……。もう……。

ボールが放物線の頂点に至る前に、距離が足りないことを灰島も確信した。

だが、最後までボールを見つめ、待ち構えた。

箕宿のラストボールは清陰コートまで届くことなく、ネットの手前で重力に引かれて箕宿の自陣に落ちていった。

ピイッ！

強く短いホイッスルが清陰の得点を告げ、

ピ————…………

続いて試合終了のホイッスルがやけに長く——ホイッスルをくわえた主審の吐息の長さに試合の長さが表れたように——長く吹かれた。

コート上の誰もまだ声を発さない中、灰島は最初に斜め後ろを振り返った。助走準備に入った黒羽がつんのめりかけた体勢になったまま驚いた顔をしていた。

黒羽の顔がじわじわとほどけ、笑みが広がっていく。

コート内より先にベンチとウォームアップエリアで歓声があがり、末森、大隈、内村が飛びだしてきた。

青木が広げた両手に小田がジャンプして飛び込んだ。黒羽がばんざいして駆けてくる。灰島も思わず駆けだした。みんなが抱きあってよろこびはじめたコートを斜めに突っ切って、気づいたら夢中で自分から黒羽に飛びついていった。

＊

「ごめん！」

身を竦めている清陰のマネージャーにひと言謝って弓掛はすぐさま自陣に取って返そうとした。右足でベンチを跨《また》ぎ越して左足を抜こうとしたとき、抜き足があがりきらずベンチに引っかかった。足が意志に従わない。バケツで水を撒《ま》いたかのように目の前に汗が散った。ベンチが激しく揺れて「気ぃつけて！　怪我せんでよ！」と清陰のマネが喚《わめ》く声が聞こえた。

自分が打ち返したボールがコートサイドの上空を飛んでいく。山本も懸命にカバーに向かっていたが、ダイビングレシーブから即座に立ちあがった伊賀がいち早くボールに迫っている。

自らがあげたラストボールの手応《てごた》えで伊賀が最初に悟ったのだろう——足をもつれさせて転ぶ直前に見えた、自責に歪んだ顔で、ボールがもう返らないことを弓掛も悟った。

……またこういうチームが現れて、また勝てないのか。

遣《や》る方なさの一方でどこか納得もしている自分に気づいたとき、意地だけで動かしていた足が、とうとうその場でとまった。まだボールは床に落ちていない。他の仲間がまだ諦めていないうちに自分が足をとめてしまったことに後悔がすぐに襲ってきた。

立ち尽くす弓掛の視界を割って、放物線を描いたボールが自陣へと吸い込まれていった。

一度とまった足が、よろめくように一歩前にでる。控えやマネージャーも飛びだしていって歓喜にわく清陰コートの脇を弓掛一人が別の方向へ駆けだす。限界を超えた足が次の目的を与えられて再び動いた。

コートから遠く外れた場所で——そこまでボールを追っていった伊賀がぽつんと座り

込み、まるでまだ落ちていないボールを仰ぐかのように虚空を見あげていた。まっしぐらに伊賀のもとへ駆けつけようとした。けれどコートの真ん中で愕然としている持倉の姿が視界の端に入った瞬間、直角にカーブを切ってコートへ飛び込み、膝からくずおれようとする持倉を抱きとめた。

「篤志っ……ごめん、おれがっ……！　最後のボール、ちゃんとあげとったら……！」

「最後のボールなんて、ない!!」

涙声になって背中を摑んできた持倉の頭を抱き寄せて強い語調で言い聞かせる。

伊賀がふらりと立ちあがるのが見えた。弓掛は伊賀にも目で言い聞かせるように頷きかけた。今にも消えていなくなりそうな顔をしていた伊賀が涙を呑み込み、しっかりした足取りで戻ってくる。持倉を支えながら弓掛は伊賀を迎えるために片手を広げた。

最後のボールなんてない。持倉のドリブルも、伊賀が返せなかったラストボールも、あるいは自分が決め切れなかった最後のスパイクも……最後のどれかの一球が足りなかったわけではなかった。

このセットの全ての一球一球の、一点一点の蓄積で、最終的に清陰の力が上回った——箕宿の力が清陰に及ばなかった。

男子三回戦　清陰（福井）2－1　箕宿（福岡）
第1セット○25－23
第2セット　23－25○
第3セット○25－23

今年度インターハイ・国体王者が、シードからたった二戦目、センターコートにすら行く前に敗退する結末となった。コートを去る箕宿高校に多くのテレビカメラや記者が無言でついてきた。

だがそれと同じくらい多くの大会関係者・メディア関係者、さらには会場の興奮気味の目が、初出場にして強豪を連続撃破しベスト8へと駒を進めた清陰高校を取り囲んだ。

11. ONLY 10 CENTIMETERS

全一〇四チームが集って華々しく開幕した春高バレーも、大会三日目後半となり、三回戦の全試合を終えたところで男女八強にまでふるい落とされた。実に八十八チームがすでに敗者となったことになる。練習コート兼控え室になっているこのサブアリーナからもうほとんどのチームが夢破れて引きあげていった。

あっという間だ、と浅野は思う。

二日前にはどのチームもそれぞれに夢や希望や野心を抱いて、誇りに顔を輝かせてこの会場に乗り込んできたのに、あっという間に負けたチームのほうが多くなっていく。悔しさを乗り越え、来年度に目を移して新体制を始動させたチームはあれど、この大会の、このチームでの勝利にしがみついて未だ戦いを続けているチームはわずかだ。

初優勝を目指す景星学園もその少数の中に含まれている。

今日の残りの試合は第五、第六試合。四面を使って男女準々決勝が計八試合行われる計算だ。進行が早いコートは準々決勝の一試合目となる第五試合が終わりかけている。

サブコートでアップしていた第六試合のチームが順次メインアリーナに移動しはじめた。入れ違いに第五試合を終えたチームが三々五々引きあげてくる。今日はもう試合はないので、勝者も敗者も端のほうで静かにダウンをはじめるだけだった。

景星はまだ本格的なアップをはじめていない。ユニフォームにもまだ着替えず、みなゲームパンツの上は練習Tシャツという恰好ですっかり広々としたコートを悠々と使いゆるく輪を作って座している。

景星の次の試合はBコート第六試合だが、このコートの進行が一番遅れている。進行を見に行かせている部員からマネージャーに入ったメールによれば第五試合の第一セットがやっとはじまったところだ。

言うまでもなく第四試合が長引いたからだ。

第一セット23－25、第二セット25－23、第三セット23－25というシンプルな点数だけなら特筆すべきことのなさそうな試合に見える。だがこの点数にもかかわらず試合時間が一時間半を大きく超えたことを知れば、試合の異様な内容の濃さに思いを馳《は》せる者もいるだろう。

「あれで準々決勝できんのかね」

マネージャーの菊川《きくかわ》がコートの外に目配せをした。脚を開いてゆっくりストレッチしながら浅野もそちらへ視線をやった。

階段状の特設スタンドの上で清陰の選手が休憩を取っている。サブアリーナがＥコートになっていた一日目はこの特設スタンドが応援席になっていたが、二日目以降は出場チームの荷物置き場や休憩場所として使われている。ここからだと誰かはっきりわからないがベンチコートを敷いてすっかり寝転がっている者もいた。

試合順の関係で景星は三回戦と準々決勝のあいだに二試合の空き時間を挟むことができたが、清陰は一試合挟んだだけで準々決勝を迎える。第五試合の進行状況にもよるが、長くとも九十分後には第六試合のホイッスルだ。その二、三十分前には公式練習のためにメインアリーナに移動することになる。清陰に与えられた時間はせいぜい六十分。景星はそろそろアップをはじめるが、清陰はアップ以前にあと一試合まるまる戦い抜くだけの体力を回復せねばならない。

これが春高三日目、〝試練のダブルヘッダー〟の壁だ。総合的な体力のないチームにはここを越えることはできない。

「若槻先生、あと十分くらいでこっち来るって」

菊川が携帯に届いた新たなメールに目を落として言った。

「上で第五試合見てるみたいね」

「他校の選手見るの大好きだよね、うちの先生は」浅野は肩を竦めた。「五分後にアップはじめよう」

「オーケー」菊川が了解して「どっか行ってる奴ら呼べ！　五分後にアップ開始！」と声を張ると下級生が一人「はい！」とサブアリーナから駆けだしていった。床に座っていた部員たちも順次立ちあがる。

微妙にではあるがチームの空気が浮き足立っているのを浅野は感じ取っていた。

箕宿の三回戦敗退は景星にとっても少なからぬ衝撃だった。春高は巨大な舞台だ。なにが起こるかわからないことは覚悟していた。とはいえ組みあわせが決まったときから箕宿とやるつもりでみんな奮起していたのだ。

部員たちの戸惑いがわかるからこそ浅野は努めて普段どおり菊川と話していた。主将が揺らぐわけにはいかない。次の相手がどこになろうが、景星の目標が準々決勝突破ではなく優勝である以上は勝つだけだ。

景星が動きだすのと前後して、試合が終わっても長らく帰ってこなかった箕宿の選手たちがようやくぽつりぽつりと戻ってきた。途中敗退直後の景星がいつもそうであったように、バックヤードのどこかで歩みをとめて、しばらく動くことができずにいたのだろう……。

まずは控えのメンバーから姿を見せ、清陰とは離れた場所に取ってあった陣地に言葉少なに荷物を運び入れる。近くを通りかかった景星の部員が「おつかれ」と顔見知りにねぎらいの言葉をかけるが、反応は鈍い。

続いて中核メンバーも一人ずつ現れてサブコートの壁際に座り込んだ。しかし弓掛がなかなか現れなかった。

浅野はボールバッグに粛々《しゅくしゅく》とボールを片づけている箕宿の部員に歩み寄った。

「弓掛は？」

今朝会場入りしてバッグから籠に移したボールを、準々決勝のアップをする前にまたバッグにしまうとは彼らも思ってもいなかっただろう。全国大会最終日まで残らなかったことなどこの三年間の箕宿には一度もなかったのだから。

「あ、ええと……」尋ねられた部員がきょろきょろと主将の姿を捜して「まだみたいです」と首を振った。

浅野はサブアリーナの出入り口のほうを見やった。すこし迷ってからそちらへ足を向けると、

「浅野。やめとき」

と壁際から制止する声があった。

「ほっといてやりーよ」

足を投げだして壁にもたれた玉澤がかぶったタオルの下で言った。玉澤から二人ぶんほどあけてシューズの紐を解いている伊賀に浅野は視線を送る。一年時から弓掛と二人三脚で箕宿を強くしてきた弓掛の相棒だ。靴紐に目を落としたまま伊賀も玉澤に同意するように首を振った。

弓掛のチームメイトの判断だ。浅野は一度は諦めて自分のチームのほうへ足を戻した。

けれど、戻ってこない弓掛がどこで、なにを思っているのか……。

「……ごめん、すぐ戻る。揃ったら先はじめてて」

菊川に声をかけて浅野はきびすを返した。「浅野。おい」玉澤が語調を強めたが、スルーして小走りで出入り口へ向かった。

メインアリーナと別棟にあるサブアリーナとを行き来するルートはいくつかある。昨日まではいつ通ってもどこかしらのチームの選手がなにかしらの目的を持って忙しく通路や階段を走っていく姿があった。各チームのカラーで揃えられたエナメルバッグが通路脇のそこここに並べられて陣地を主張していた。

それらの風景がすっかり消えて閑散とした通路の途中に、白と青のユニフォームがうずくまっているのを見つけた。

小柄な背中を引き攣ったように不自然に震わせ、声を立てずにしゃくりあげている姿に、浅野は息を呑んで立ち竦んだ。

伊賀も玉澤も、自分たちのエースがこんな姿になっていることまで想像して引きとめたとは思えなかった。

一人にしておいたほうがいいときもたしかにあるだろう。誰にも見せたくない姿の一つや二つあるだろう。でも……これは駄目だ。浅野は友人をこんなふうに一人きりで泣かせておくことはできない。

「篤志」

あえて先に呼びかけ、足音を立てて歩み寄った。

「そんな泣き方するなよ……。頼むから……」

弓掛の横に並んでしゃがむと、丸まった背中がぴくりと固まった。コートで対したときに感じる頑強な存在感とうらはらに、こうして隣で見ると一七五センチの背中は脆《もろ》いほどに細い。

床につけていた額が浮いた。肩にかけたタオルの端を口に突っ込んで嗚咽を殺していたことに気づいて浅野は衝撃を受けた。なんでそこまでして……。

一人でしばらく時間を与えられたら、必ずまた立ちあがって強い姿に戻って、仲間の中へ帰っていくつもりに違いない。でも、こんな泣き方してもどこにも流れていかない。体内で解毒しきれずに嘔吐《おうと》したものを結局また口で啜《すす》って飲み込んでるのと同じだ。もしかしたら、弓掛は負けるたびにずっとこんなことを繰り返してきたのか……？

こもった咳とともに弓掛が口の中からタオルを抜き取った。唾でべたべたになったタオルで口の端を拭い、

「……最後まで見とったか」

濡れた唇が紡いだ声はすっかり嗄れていた。

「うん……。見てたよ」

最初は様子を見たら途中でサブコートに引きあげる予定だった。しかし二階スタンドで見ていた景星の部員の誰も途中で席を立つことができなくなった。第三セットが終わるまで全員がコートに目を凝らし、そこで起こっている現実を目に焼きつけていた。

二冠王者の早い敗退――それは今年順調に順位をあげてきた景星にも起こりえないこ

とではないのだ。この舞台に「絶対」はない。

「じゃ、清陰のデータも頭に入ったんやな」

「うん。レギュラー全員の頭にね」

「勝てると？」

単刀直入な問いに、しかし浅野は明答した。

「勝つよ。問題ない」

おざなりの慰めで言ったわけではない。箕宿が清陰に負けた理由は一つだ。その一つだけの敗因が、景星には当てはまらない。

絶対はなくても、「絶対に」勝つしかない。

そっか……と弓掛がすこし柔らかく息を抜いた。

「景星に優勝旗を持って帰りよ、直澄。佐々尾が見れんかった頂点を、おまえが必ず見てから卒業しろ」

力強い激励の言葉を弓掛は浅野の目を見て言わなかった。相手の目をまっすぐに射ぬく瞳はずっと床に向けられている。

「篤志はさ、いつも絶対に逃げないで立ち向かっていく。だけど、逆にさ、わざと見ないようにしてることがあるんじゃないの……？」

床を映した瞳がわずかに見開かれた。

「自分の力でどうにかできることばっかりじゃないよ。どうにもできないことも現実にはあるよ。それを認めるのは、言い訳することとは違うんじゃないかな……」篤志は強いけど、そこまで自分で全部呑み込まなくても、いいと思うよ」

膝を抱え、視界の端に弓掛の背中を入れながら廊下の先を眺める。メインアリーナで今も続いている熱戦のくぐもった音が冷たい灰色の壁に反響している。トーナメントの進行につれメインアリーナの応援の熱気がいっそう凝縮されていくのと反比例してバックヤードが物寂しくなっていくことに、どれだけの人が思い至っているだろうか。

ちょうどメインアリーナのほうから現れた人影があった。長い脚をちょっともてあましたように交互におろして階段をおりてきたのは、チノパンにブレザー姿がこの会場内では目を引く自分たちの監督、若槻だ。

十メートルほど距離があったので気づかずに通り過ぎてくれることを期待したが、ふと若槻が首を横に向けたので見つかってしまった。廊下の途中で膝を抱えてしゃがんでいる浅野とうずくまっている他チームの選手という構図に若槻がなにやってんだという顔をし、もう一人が弓掛だと気づくと軽く目をみはった。

箕宿の敗戦は若槻も会場のどこかで見ていたはずだ。浅野が目礼がてら目で乞うと、若槻は溜め息をついて顔を背け、そのままサブアリーナへ姿を消した。無雑作な足取りで現れたときに比べて立ち去るときは足音が聞こえなかった。

「……十センチでよかった……」

隣で聞こえた小さな声に意識を戻した。

「あと十センチ欲しかったって思うんは……贅沢《ぜいたく》か……？」

喉につかえた塊を時間をかけて抉りだしたように、初めて恨み言がこぼれた。両の拳が床の上で握りしめられた。指の骨が軋む音がした。

「篤志……」

「あと十センチあったら、絶対おれが日本を変えてやるのにっ……！」

本気で箕宿を高校日本一にする気でいた弓掛が有言実行してみせたように、弓掛は本気で〝日本を救う〟つもりなのだ。弓掛なら一七〇センチ台でも世界と戦えると浅野は思っている。だが人と同じ高さで戦うために、全身全霊を費《つい》やして茨《いばら》の道を行かねばならないのもたしかだ。

あと十センチあれば……と、弓掛自身が何百回とその壁にぶつかっては、言い訳にすまいと自分にすら言い聞かせ、傷だらけになりながらさらなる高みを目指してきたのだ。

〝持たざること〟を言い訳にせず、この世代を引っ張っていつも前を向いて戦い続けてきたこの素晴らしいプレーヤーが、自分ではままならない現実にただ一つ、どれだけの思いをもって、たった十センチを望んだのか。

メインアリーナの活気が遠く響く中、途切れ途切れの嗚咽がようやく声になって聞こえはじめた。手回し式のサイレンのように揺らぎながら低く、かぼそく聞こえる嗚咽に浅野は胸を締めつけられながら、しばらくのあいだ弓掛の隣で膝を抱えていた。

（2．43 清陰高校男子バレー部 春高編②につづく）

『2.43』がもっとわかる

バレーボール初級講座

★ ゲームの基本的な流れ

- サーブが打たれてから、ボールがコートに落ちたり、アウトになるまでの一連の流れを**ラリー**という。ラリーに勝ったチームに1点が入る（**ラリーポイント制**）。得点したチームが次にサーブする権利（**サーブ権**）を得る。サーブ権が移ることを**サイドアウト**という。
- 公式ルールは1セット25点先取の5セットマッチ。3セット先取したチームが勝利する。第５セットのみ15点先取になる。高校の大会は3セットマッチで行う場合も多い。
- 一般男子の大会や高校男子の全国大会のネットの高さは**2m43cm**。高校男子の県大会は2m40㎝で行う県もある。

★ ポジション――バレーボールには2つの「ポジション」がある

プレーヤー・ポジション＝チーム内の役割や主にプレーする位置を表すポジション

ウイングスパイカー（レフト、アウトサイドヒッター）
フロント（前衛）レフトで主にプレーするスパイカー。高校男子バレーにおけるエースポジション。

ミドルブロッカー（センター）
フロント（前衛）センターで主にプレーするブロックの要。攻撃ではクイックを主に打つ。

オポジット（ライト、セッター対角）
フロント（前衛）ライトで主にプレーするスパイカー。トップレベルではサーブレシーブに参加しないエーススパイカーが配されるが、高校レベルではウイングスパイカーが配され攻守の要となることが多い。

リベロ
後衛選手とのみ交代できるレシーブのスペシャリスト。違う色のユニフォームを着る。

セッター
攻撃の司令塔。スパイカーの力を引きだす役割として、スパイカーとの信頼関係を築く能力も求められる。

コート・ポジション=ローテーションのルールによって定められたコート上の位置

- 各セット開始前に提出する**スターティング・ラインアップ**に従って**サーブ**順が決まる。
- ウイングスパイカー2人、ミドルブロッカー2人、セッター／オポジットをそれぞれ「**対角**」に置くのが基本形。後衛のプレーヤーは「ブロック」「アタックラインを踏み越してスパイクを打つこと」ができない。
- サイドアウトを取ったチームは時計回りに1つ、コート・ポジションを移動する(=ローテーション)。このときフロントライトからバックライトに下がったプレーヤーがサーバーとなる。
- サーブが打たれた瞬間に、各選手がコート・ポジションどおりの前後・左右の関係を維持していなければ反則になる。サーブ直後から自由に移動してよい。
- 後衛のプレーヤーのいずれかとリベロが交代することができる。ミドルブロッカーと交代するのが一般的。

コート・ポジションと、スターティング・ラインアップの一例

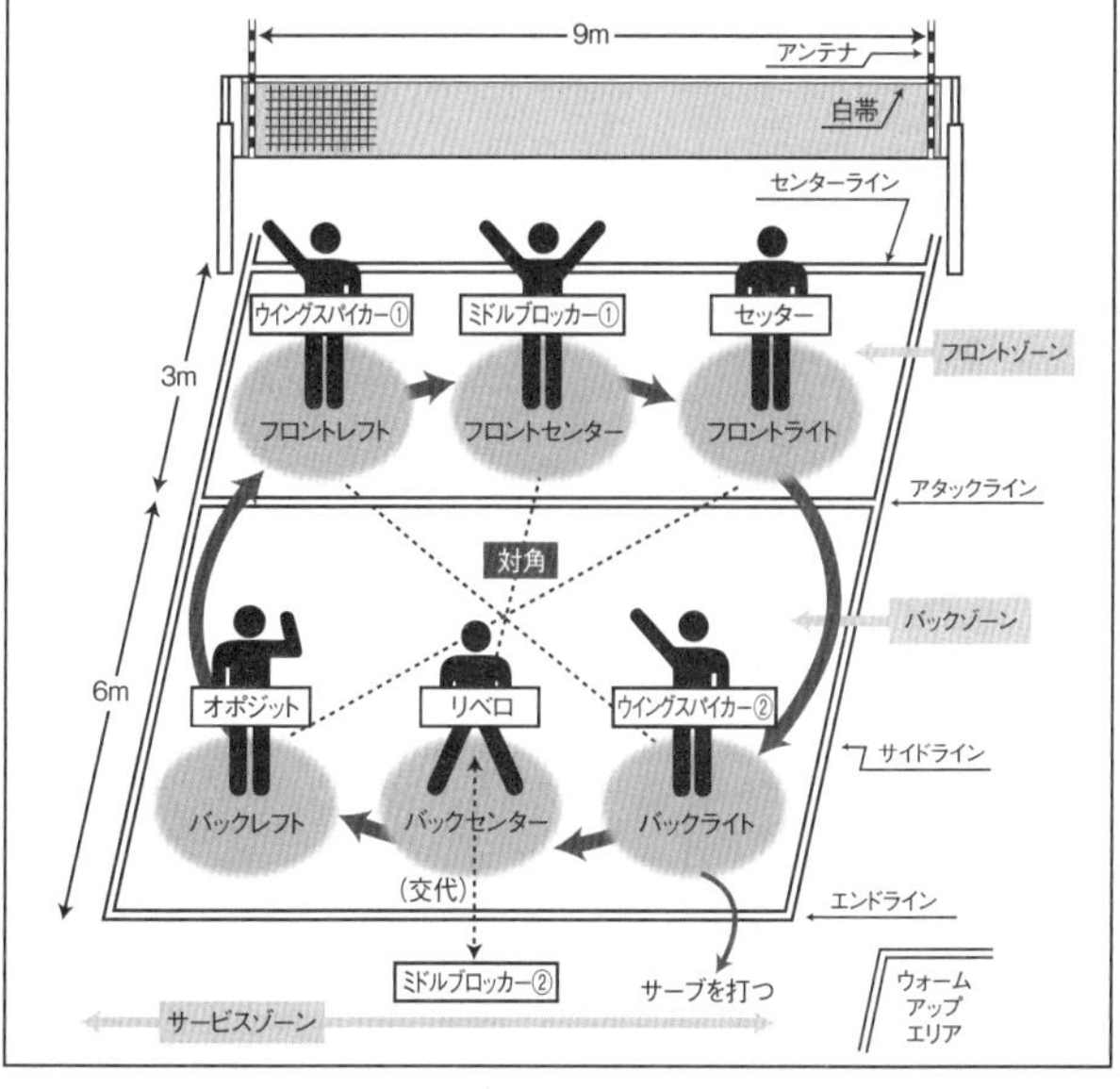

バレーボール用語集

【サイドアウト】
サーブレシーブ側のチームが得点し、**サーブ権**が移ること。サイドアウトを取ったチームは、ローテーションを一つ回してサーブを打つ。これに対し、サーブ側のチームが得点して連続得点となった場合を**ブレイク**という。この場合はローテーションを回さず、同じサーバーがサーブを続行する。

【コンビプレー（コンビ攻撃）】

セッターが複数のスパイカーを操って、相手のブロックのマークをはずそうと意図する**サインプレー**。サインどおりにプレーするためにAパスが要求される。マンツーマンブロック戦術が一般的な高校バレーにおいては多用され、バレーボールの華とも言える攻撃。ゾーンブロック戦術が基本で、サーブが強力な世界トップレベルにおいてはコンビプレーよりもむしろ、攻撃の選択肢の確保が優先される。


【クイック（速攻）】

トスがあがってから打たれるまでの経過時間が短いスパイク。主には、前衛ミドルブロッカーがセッターに近い位置から打つスパイクを指す。

コンビプレーにおいては、時間差攻撃のおとりとしてマイナステンポのクイックが多用され、攻撃の選択肢を確保する意図ではファーストテンポのクイックが多用される。

セッターとスパイカーの相対的な位置関係により、**Aクイック**から**Dクイック**に分けられる。


【オープン攻撃】

前衛両サイドのスパイカーに向かって十分に高いトスをあげ、時間的余裕を持たせて打たせるスパイク。前衛レフトから打つ場合は**レフトオープン**と呼ぶ。サードテンポのスパイクの代表。


【バックアタック】

後衛のプレーヤーが打つスパイク。**アタックライン**より後ろで踏み切って打たなければならない。

海外では"back row attack"と呼ばれる。"back row"は「後衛」の意味で、「後衛のプレーヤーが打つ」ことを明示した表現。


【時間差攻撃】

マイナステンポのおとりにコミットで跳んだブロッカーが、直後にもう一度ブロックに跳んでも間に合わないタイミングでスパイクを繰りだすことを意図したコンビプレー。


【パイプ攻撃】

バックセンターから繰りだす、ファーストテンポないしはセカンドテンポのバックアタック。主に時間差攻撃として用いられるものを指す。

攻撃の選択肢の確保を意図して繰りだすファーストテンポのバックアタックは「**ビック(bick)**」(back row quick

の略）と呼ばれる。

【ブロード攻撃】
片足踏み切りで跳び、踏み切り位置から身体がネットに平行に流れながら打つスパイク。

【Cワイド】
ブロード攻撃の一つ。ライト側に流れながら**Cクイック**を打つこと。

【ダイレクトスパイク】
相手コートから飛んできたボールを直接スパイクすること。

【テンポ】
セッターの**セットアップ**と、スパイカーが助走に入るタイミングならびに、踏み切るタイミングの関係を表す。**マイナステンポ**、**ファーストテンポ**、**セカンドテンポ**、**サードテンポ**がある。

【スロット】
コートをサイドラインに平行に1m刻みで9分割して表すコート上の空間位置。ネットからの距離は問わない。主には、レセプションが返球される位置や、スパイカーが助走に入る位置を表すのに用いられる。

【ツーアタック（ツー）】
ジャンプトスをあげると見せかけて、セッターが強打や**プッシュ**で相手コートに返球すること。セッターは自コートのレフト側を向いてトスをあげるのが基本姿勢となるため、その姿勢を崩さずに強打を打てる左利きのセッターのほうがツーアタックに有利とされる。

【二段トス】
レシーブが大きく乱れたとき、コート後方やコート外からあがる一般的に高いトス（**ハイセット**）。セッター以外があげる場合も多い。

【ワンハンドトス】
片手であげるトス。特にネットを越えそうな勢いのあるボールをトスするときに使われる。

【ジャンプサーブ（スパイクサーブ）】
サービスゾーンで助走・ジャンプして、スパイク並みの威力で打つサーブ。他のサーブの種類に**ジャンプフローターサーブ**、**フローターサーブ**などがある。

【サービスエース】
サーブが直接得点になること。レシーブ側がボールに触れることもできずに得点になったサービスエースを**ノータッチエース**と呼ぶ。

【レセプション】

サーブレシーブのこと。


【ディグ】

レセプション以外のレシーブのこと（**スパイクレシーブ**など）。


【フライングレシーブ、ダイビングレシーブ】

空中に身を投げだしたり、床に滑り込んだりして、離れた場所のボールに飛びつくレシーブ。身体を回転させながらレシーブすることで、すぐに起きあがることを意図したプレーを**回転レシーブ**と呼ぶ。


【パンケーキ】

ボールが床に落ちる寸前に手の甲をボールの下に差し入れて、ぎりぎりで拾うレシーブ。ダイビングレシーブでよく用いられる。


【マンツーマンブロック戦術、ゾーンブロック戦術】

マンツーマンブロックは相手のスパイカー1人に対して、ブロッカー1人が対応してブロックに跳ぶ戦術。3人以下のスパイカーしか攻撃を仕掛けてこない相手に対して主に用いられる。

ゾーンブロックは自チームの守るべきゾーンを、ブロッカー3人で分担して対応するブロック戦術。常に4人以上が攻撃を仕掛けるトップレベルのバレーボールにおいては、ゾーンブロック戦術が基本となる。


【コミットブロック、リードブロック】

反応の仕方によるブロックの分類。

コミットブロックはマークしたスパイカーに反応するブロックで、スパイカーの助走動作にあわせてブロックに跳ぶ。マンツーマンブロック戦術ではコミットブロックが基本となる。

リードブロックはトスに反応するブロックで、ゾーンブロック戦術で用いられる。トスが上がる時点で攻撃の選択肢が限られる場合は、複数のブロックをそろえることが可能だが、攻撃の選択肢が多い場合は、ブロックが間にあわない可能性が高くなる。


【バンチシフト】

ゾーンブロック戦術において、ブロッカー3人がセンター付近に束（バンチ）になって集まるブロック陣形。ブロックとディグの連係を図ることが容易なため、世界トップレベルにおいては頻用される陣形である。他には、ブロッカー3人が均等にゾーンを分担して守る**スプレッドシフト**などがある。


【リリース】

バンチシフトから、両サイドどちらかのブロッカー1人を切り離す（リリース）ブロック陣形。意図的にそうする場合もあるが、サイドブロッカーが**ブロックステップ**に難があるために、無意識のうちにそうなるケースが多い。

【ブロックアウト】
ブロックにあたったボールがコート外に落ちること。アタック側の得点となる。

【オーバーネット】
ネットを越えて相手コートの領域にあるボールに触れる反則プレー。ただし、相手コートからの返球をブロックする際には反則にはならない。

【リバウンド】
ブロックにあたって自コートに戻ってきたボールをつなぐこと。強打すればシャットアウトされることが予想される場面で、軟打でブロックにあててリバウンドを取り、攻撃を組み立てなおす戦法もある（**リバウンド攻撃**）。

【クロス、ストレート】
スパイクのコースの種類。クロスはコートを斜めに抜けるスパイク。ストレートはサイドラインと平行にまっすぐ抜けるスパイク。クロスの中でもネットと平行に近いほどの鋭角なスパイクを**インナースパイク**と呼ぶ。

【ふかす】
打ちそこねて大きくアウトにすること。

【テイクバック】
ボールを打つために腕を前に振る準備として、腕を後ろに引くこと。

【Aパス、Bパス、Cパス、Dパス】
サーブレシーブの評価を表す。大枠の基準は、A＝セッターにぴたりと返る、コンビプレーが使えるサーブレシーブ。B＝セッターを数歩動かすが、スパイカーの選択肢が保たれるサーブレシーブ。C＝セッターを大きく動かし、スパイカーの選択肢が限定されてしまうサーブレシーブ。D＝スパイクで打ち返せず相手チームのチャンスボールになる、もしくは、直接相手コートに返ってしまうサーブレシーブ。

【ファーストタッチ、セカンドタッチ、サードタッチ】
3打（三段ともいう）以内に相手コートに返すというルールの中で、1打目、2打目、3打目にボールにさわること。

【対角】
コートポジションを六角形にたとえた場合に、対角線で結ばれるプレーヤーの関係のこと。対角の2人はローテーションが回っても必ず一方が前衛、一方が後衛になる。長身者や強いスパイカー同士を対角に配置し、前衛・後衛の戦力のバランスを取るのがローテーションの基本の組み方。

【アンテナ】

サイドラインの鉛直線上にネットに取りつけられる棒。相手コートにボールを返球する際、アンテナの外側を通ったり、アンテナにボールが触れるとアウトとみなされる。

監修／バレーペディア編集室

本文デザイン／鈴木久美
本文イラスト／山川あいじ

［初　出］
集英社WEB文芸レンザブロー　2017年4月14日～2018年7月27日

本書は2018年9月、集英社より刊行された
『2.43　清陰高校男子バレー部　春高編』を
文庫化にあたり、加筆修正のうえ二分冊して再編集しました。

［主な参考文献］
『2017年度版　バレーボール6人制競技規則』公益財団法人日本バレーボール協会
『Volleypedia　バレーペディア［2012年改訂版］』日本バレーボール学会・編／日本文化出版
『わかりやすいバレーボールのルール』森田淳悟・著／成美堂出版
『コーチングバレーボール（基礎編）』公益財団法人日本バレーボール協会・編／大修館書店

本書のご感想をお寄せください。
いただいたお便りは編集部から著者にお渡しします。

【宛先】
〒101-8050　東京都千代田区一ツ橋2-5-10
集英社文庫編集部『2.43』係

壁井ユカコの本

2.43 清陰高校男子バレー部①

東京の強豪中学からやってきた才能あふれる問題児・灰島。身体能力は抜群なのにヘタレな黒羽。かつて幼なじみだった二人は中二の冬に再会、エースコンビとして成長していくが——。

集英社文庫